中阿典籍互译出版工程
مشروع تبادل الترجمة والنشر بين الصين والدول العربية

人类七天

أيام الإنسان السبعة

［埃及］阿卜杜勒·哈基姆·卡西姆 著
李世峻 译

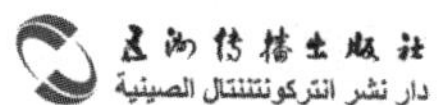

图书在版编目（CIP）数据

人类七天 /（埃及）阿卜杜勒·哈基姆·卡西姆著；
李世峻译著．-- 北京：五洲传播出版社，2017.1（2023.6重印）
ISBN 978-7-5085-3608-8

Ⅰ．①人… Ⅱ．①阿… ②李… Ⅲ．①长篇小说—埃
及—现代 Ⅳ．① I411.45

中国版本图书馆 CIP 数据核字（2017）第 004663 号

出 版 人：荆孝敏
策划编辑：郑　磊
责任编辑：姜　珊
助理编辑：杨　雪
装帧设计：管　斌
内文设计：高　洁

人类七天

作　　者：阿卜杜勒·哈基姆·卡西姆（埃及）
译　　者：李世峻
出版发行：五洲传播出版社
地　　址：北京市海淀区北三环中路 31 号生产力大楼 B 座 6 层
邮　　编：100088
网　　址：www.cicc.org.cn www.thatsbooks.com
电　　话：010-82005927，010-82007837
印　　刷：北京天正元印务有限公司
开　　本：710mm × 1000mm 1/16
印　　张：15.25
版　　次：2017 年 3 月第 1 版
印　　次：2023 年 6 月第 2 次印刷
书　　号：ISBN 978-7-5085-3539-5
定　　价：65.00 元

译者序

对于大多数中国读者而言，阿卜杜勒·哈基姆·卡西姆恐怕是一个相当陌生的名字。坦白说，在接触他的代表作《人类七天》以前，我对他的了解还仅仅停留在“上世纪六十年代一位重要的埃及作家”。

阿卜杜勒·哈基姆·卡西姆（1935–1990），埃及当代著名作家，也被视为埃及文坛上近三十年来一面特色鲜明的旗帜。卡西姆出生于埃及坦塔城附近的一个普通村庄，五十年代中期移居开罗。上世纪六十年代，他因参与左翼团体活动而被捕入狱，在狱中开始了小说《人类七天》的创作。1974 至 1985 年间，因与当局政见不一，卡西姆始终流亡在外，在柏林生活了十余年后才回到故土，1990 年因病去世。卡西姆生前著有五部长篇小说，四部中篇小说，五部作品集，包括《渴慕与哀伤》（1984）、《猜想与见解》（1986）、《向未知地的迁徙》（1987）、《附录集》（1990）、《最后的诗集》（1991）等。

小说《人类七天》是卡西姆的经典之作，发表于1969年，曾入选“百佳阿拉伯小说”排行榜。小说从一群上埃及苏菲派苦修者的领袖哈吉·凯里姆之子阿卜杜勒·阿齐兹的视角出发，引领读者进行观察与思考。从小说的情节来看，“七天”指村中的苦修者们每年一度在哈吉·凯里姆的带领下，前往位于坦塔城的苏菲派圣地巴达维陵寝进行朝觐和施舍的过程；从作者试图传达的思想来看，它也暗指主人公阿卜杜勒·阿齐兹面对农村与城市、传统与现代、质朴与浮华、怀疑与信仰间的冲突时所历经的纠结、复杂和迷惘的心路——此时的“人类七天”，自然象征着一种领悟和参透的道路。可以说，小说一方面表现了埃及普通农村人民的善良、朴实和虔诚，另一方面也反映了他们的迷信、贪婪和愚昧，以及那个时期埃及农村生活的穷苦、艰难和乏味。同时，小说更向我们呈现出神秘的伊斯兰苏菲派教义如何与埃及的民族习俗相融合，从而得以在农村地区广泛传播，并渗透至乡村生活的各个角落。总体而言，小说生动地描写了上世纪中后期埃及农村的自然景观和风土人情，展现了宗教信仰和现代化的冲击如何深刻地影响着那片土地上人民的生活。

对我而言，有幸得以深入阅读并翻译这部看似寻稀松平常，实则内有乾坤的迷人作品，实乃缘分使然。随着翻译的进程反复阅读这部作品之后，我对卡西姆的认识也越发饱满、丰富起来。跟随书中哈吉·凯利姆和阿卜杜勒·阿齐兹这一对父子，我似乎纵身跃入一个笔墨铸成的“冥想盆”，时而飞身至上世纪的埃及农村和坦塔城，时而徜徉于自己儿时常常流连忘返的乡村旧宅，时而回到曾经求学、生活过的北非沃土。难以想象，这样一部细腻、深刻的作品，竟始于卡西姆在狱中的创作。上世纪中后期，因参与阿拉伯左翼运动而被捕入狱或流亡他乡的当代阿拉伯文学家、思想家不乏其人，卡西姆也是其中之一。

（一）

从创作手法来看，《人类七天》最引人入胜的一大特点是对细节的刻画，包括对场景、动作、服饰、神情等细致入微的描写。例如，在描绘上埃及的乡村生活时，卡西姆有这样一段文字，不妨在这里回味：

> 灯盏中的火焰稳固安然，被一圈光晕环绕，仿佛丝毫不受空气的摇动。除它之外，还有黑暗，还有沉寂，还有宅子中间那没有顶棚的四角空间所聚拢起的清晨的星宿。他坐在阳台上，远处传来许多模糊的声音，鸽子在靠近房顶的屋檐上晃动着，黄牛咀嚼着草料，棕色的大驴子惬意地喘着气，宅子的屋顶堆满了柴草和树枝，那儿还有许多鸟巢。也许小鸟儿们仍在做梦，雄鸟和雌鸟正依偎在一起，安静地耳语。棚子上还有条蛇，它不加咀嚼就把鸟儿吞咽下去；它悄无声息地靠近鸟儿，然后你便能清楚地看到，鸟儿已在它那细长的腹中变成了球状……

短短几行，就把清晨时分的埃及乡村宅院细腻、生动又多视角地呈现在我们眼前。再如，作者在描写阿齐兹母亲是如何教授女儿们和面、发面和烙饼时，着意描写了在一旁观看的阿齐兹的心理动态，更没落下母亲的每一个动作、每一句言语，乃至母亲是如何珍视那些仿佛被“赐了福”的酵母……即使是异国读者，心中也很难不为这生动的一幕产生共鸣。作者细腻的笔触并非仅描画人物，连最不起眼的小生物——在熙熙攘攘的大街上、人群脚踏的地板砖下藏匿的蟑螂——都在作者笔下成为引领我们观察与思考的一个妙趣横生的新视角。

虚实结合也是作者所擅长的描写手法。例如，在首章“礼聚”中，作者在描写众人准备开始当夜的诵经仪式时，忽然笔锋一转，有了下面这段文字：

> 一个广阔的世界：沙漠，尘埃，海洋，河流，树木，云彩，原子，细胞……无论多么微小，哪怕只是一粒漂浮在阳光下的尘埃，都存在于每个人的心里——一颗颗温暖而跳动的心。

此时，经文本身已经不再重要，对于哈吉·凯利姆及其跟随者们而言，口中念诵着的、耳中倾听到的良言金句无异于江、河、湖、海，也正是那些神秘又动人的文字夜夜指引他们周游世界，为他们洗去白昼的劳作所带来的疲惫和苦闷。

小说的另一大创作特点是时空交错的大量存在。文中常有相同情节、相同场景和相同的描述在不同的时空反复交错出现，或不同时空的情节、场景在同一顺叙段落中交换出现的现象。客观上说，这为我们阅读和理解这部小说带来了一定的困难。然而，凭借严谨巧妙的情节设定和驾轻就熟的描写功底，卡西姆在《人类七天》这部小说中成功实现了情节在不同时空的“嫁接”，极大程度上丰富了作品本身的可读性，同时也增加了作品的深度。

此外，卡西姆还极其善于心理描写。在作者笔下，主人公阿卜杜勒·阿齐兹的内心独白成为贯穿整部小说的主要线索。通过这样的“心声”，我们得以理解正值青春期而急于长大成人、独当一面的阿齐兹在面对形形色色的女性时是如何的悸动和懵懂，他对“长父”哈吉·凯利姆的情感是如何的深沉和复杂，对宗教和迷信的态度又是如何的纠结与挣扎。

（二）

从内容来看，“乡村”和“苏菲”一起构成了小说的主体。以乡村为题材的小说在当代阿拉伯文坛并不罕见，如苏丹著名现实主义作家塔伊卜·萨利赫的代表作《北迁季节》，更被誉为阿拉伯文坛“当代的奇葩”；神秘的苏菲主义也是当代阿拉伯文坛经久难衰的主题之一，包括诺贝尔文学奖获得者纳吉布·马哈福兹在内的许多阿拉伯作家，都曾经在其作品中描写过苏菲大师的睿智和神秘形象。然而，将“乡村”与“苏菲”相结合，以伊斯兰苏菲教派的思想和人物及其对上世纪埃及的农村生活和农民信仰的影响为主题的作品却并不常见。小说以一众生于乡村、长于乡村、穷困于乡村、愚昧于乡村却也只有在乡村才得“安稳”的“苦修兄弟”为载体，将他们对“圣徒”艾哈迈德·巴达维大师的尊崇以及对其陵寝的无限向往作为推动情节发展的主要动力，时明时隐地描绘了诵经、入迷、苦修、禁欲、拱北等与苏菲信仰息息相关的画面。其中，除了哈吉·凯利姆和阿拔斯谢赫等苦修兄弟的领袖，卡西姆还着力塑造了包括身戴铁链的老者、忽然拄着拐杖起舞又匆匆离去的长者、负责打理巴达维清真寺的粗犷又豪爽的谢赫等数位具有典型苏菲神秘主义色彩的人物，值得读者对其投入更多的关注与思考。为了印证昔日坦塔城是否真的曾举办过类似小说所描绘的圣徒诞辰庆典、侍主仪式（乡下人进城布施）等活动，我在查阅有关文献资料的基础上，曾拜托几位来自埃及坦塔的留学生向家中年长的亲人询问，得到的答案都是肯定的。可以说，小说中的苏菲派信仰已经与乡村的躯体和精神相融合，从而将一幅真实而深刻的有关埃及乡村和宗教信仰的画面铺陈在我们面前。

（三）

在我看来，小说《人类七天》最为成功之处，在于作者对阿卜杜勒·阿齐兹、哈吉·凯利姆、穆罕默德·卡米勒、公子哥穆罕默德、哈吉·沙乌卡、拉希黛等众多角色的成功刻画，以至于在这幅“人类”的画卷中，读者能够清晰地分辨出每个人物的生动形象。进一步说，小说中的人物命运也是作者眼中特定时期埃及社会的缩影；阿卜杜勒·阿齐兹“七天”的心路历程，实则是对该时期埃及社会发展进程的侧面反映。卡西姆借阿卜杜勒·阿齐兹之口，巧妙地表达了对人类贪婪之本性的讽刺，对愚昧和迷信的痛恨，对回归质朴的渴望，以及对何去何从的彷徨。作者在“大夜”一章中连发数问：

> 究竟要走向哪里？为什么要去？哈吉·凯里姆那思念

和渴望的眼神究竟有什么样的魔力？是什么令他生出眼见素丹陵寝的强烈欲望？是什么使他无法抗拒，使他无法站住脚步，大声说出一个真正的“不”字，并远离人群而去？

同时，卡西姆成功地在小说中制造出几处关键的矛盾和冲突：传统与现代，质朴与贪婪，城市与乡村，愚昧与开化，农耕与商业，尊崇与轻蔑等等。今天看来，狱中的卡西姆对当时埃及的乡村状况和农人的穷困生活有着过人的理解和把握，才能使这部小说同时具备故事性、客观性和现实性，这也是它入选 “阿拉伯百佳小说” 排行榜的主要原因之一。

（四）

在翻译《人类七天》的过程中，我遇到的主要难题大致有三种。首先，小说中存在大量的诗歌、经文，如何能做到在保证原意的基础上尽量有韵有调，让资历尚浅的我着实费了一些头脑。例如，首章“礼聚”中，在苦修者念诵苏菲派经文时，出现了以下的文字：

奈夫西娅，切勿绝望，那屈辱的也会宏壮；宽恕中的重罪，如痴如狂……

再如，在哈吉·凯利姆动身前往坦塔城之前，年轻的艾哈迈德·巴达维曾为之念诵了如下诗篇：

干净又利落，艾布·扎耶德；取利剑，背行囊，叩拜真主当成双；锃亮宝甲配披风，意决尸裹突尼斯。新月部落多子嗣，送别祝祷难告辞；平地荒原抬眼观，回首再将老者瞻，有吟有诵相叮咛，尔等当为先知吟……

实际上，类似这样的文字由于无据可考，在翻译当中很难做到与原文完全契合。“意”“形”难两全时，权衡之下，我都选择了“重意轻形”的翻译策略，首先考虑译文与原文在意义上的对应，其次再试图尝试实现译文与原文音韵、格律等形式的契合。两难之间，实难兼顾，期待各位方家不吝赐教，学生诚惶诚恐。

其次，小说中的人物对白几乎全部由埃及方言写成；甚者，据查证个别语句或词汇系早年间仅流传于上埃及地区的乡村土语，即便埃及本国的母语者也未必理解。为此，我求助了数位来自埃及和摩洛哥的好友，在与他们的反复商讨下，今日之定稿才最终形成。在此，我一并向他们表达最由衷的感谢。

另外，由于小说涉及的宗教称谓不少，相关宗教用语也频繁出现，作为非穆斯林的我只好凭借以往的知识积累，在查阅相关文献的基础上，根据小说的整体语言风格确定了几位关键人物的称谓及部分伊斯兰教常用语的译法。若有不妥之处，同样欢迎批评与指正。

本书译者在翻译的过程中有幸得到来自王复译审的悉心指导和鼓励；此外，好友马涛也在翻译和校对的过程中给予译者无私、珍贵的帮助；五洲传播出版社的杨雪女士在本书的编辑过程中也付出了辛勤努力。在此，谨向她们表示最衷心的感谢和最诚挚的敬意。

译者：李世峻

2016年12月26日

（李世峻，男，甘肃兰州人。2016年毕业于北京外国语大学阿拉伯学院，阿拉伯语语言文学专业硕士。主要研究方向为阿拉伯伊斯兰思想、文化及阿拉伯文学。）

目录

我一生的梦想
所有的愿望
都如我心念城郭的航船
渴望着
那远方的锚地

礼　聚

这个叫作阿卜杜勒·阿齐兹的孩子自打降生就爱上了昏礼[①]——它肇始于白昼稀薄时分，此时日头西落，日光柔和，也许还带着一丝悲伤……他的父亲哈吉[②]·凯里姆总会庄严肃穆又如吟似唱地讲道：

“日落如宝石，你们当握它在手”；

“如果不抓紧做礼拜，就会遗失那一抹来自天际的、透明又湿润的光痕，黑暗就会侵袭……”

父亲做完了礼拜，起身坐在宅子阳台的沙发上，那是专属于他的位置；他的前额上还留着叩拜时沾上的尘土印记，口中念着赞美真主的诗句。哈吉·凯里姆，多么善良、亲切又威严的一位父亲。

---

① 译者注：伊斯兰教规定穆斯林每日礼拜五次，昏礼为其中的第四次。

② 译者注：该词为阿拉伯语音译，伊斯兰教称谓，意为“朝觐者”。亦译作“哈只”、“哈志”、“罕志”。专用以尊称曾前往伊斯兰教圣地麦加朝觐、并按教法规定履行了朝觐功课的男女穆斯林。我国穆斯林通常将这一称谓列于姓名之后；此处，译者为更加贴近原文称谓的语言风格，将其译为“哈吉·凯利姆”，后文“哈吉·穆罕默德”、“哈吉·莎乌卡”同理。

即使父亲不在这里，也不会有人坐在他的沙发上。即便有人坐了，他也往往会局促不安，两腿下垂，躬身向前，手放在双膝上。这座宅子是哈吉·凯里姆从父亲那里继承的遗产。它坐落在巷口，巷子里住的也都是父亲的亲戚。父亲是他们的头领和领袖，他们爱戴他，顺从他，更以他为荣。

阿卜杜勒·阿齐兹卷起发白的草席，将它放在角落里，而后黏坐在父亲身旁，像一只深情的小猫，身形瘦弱，浸润在一种对黄昏时分的愉悦所特有的渴望中。

白昼是多么英勇：当太阳的炽热逐渐汇聚，当那日光残忍而果断地触及每一个角落，男人们严肃、坚韧地矗立在田间，女人们默默无言地把水灌入容器、把饼装入口袋……当那片土地上不再响起痛苦的言语，也不必发生任何故事时，就是黄昏的开始。

黄昏时分的哈吉·凯里姆是多么讨人喜欢，然而白日里的他却又那样令人生畏。他那双残酷的手紧握着牲畜的缰绳，用鞭子抽打着它的脊背，在大地上挥舞着犁头。那牲畜屈服于牛轭，口中不断流出白沫，滴落在早已皲裂的土地上。在哈吉·凯里姆的身边，是一个个面露愁容却仍专心劳作，仿佛不为任何事物所动的农人……

白日里的劳作是令人忧伤的，它被日光和尘土湮没，那时的街道是寂静的，阿卜杜勒·阿齐兹的心也是沉重的；然而黄昏时分的劳作却是晶莹剔透的，它饱含着天上那晚霞的绚丽。

孩子黏坐在父亲身旁，倾听着他口中的赞诗，那些朦胧而模糊的文字，他并不懂得其中的真谛。但也正是这些文字，在他的脑海中勾勒出一幅幅恢宏的画卷：画中的男人们非比寻常，他们或是瘦骨嶙峋，衣衫褴褛，却能够站立在世上每一个角落；或是凭借他们的双脚行走于世间，跨越广袤的土地却不费吹灰之力。他们伸出双手，将痊愈赠予病患，让奶牛胀满奶水，用谷物填满粮仓。他们在陌生的人群中频频问候，然后死去，于是便有了光芒，有了城市里高耸的圆顶；狭窄的巷子也从此充斥着如蚁群一般的人们，他们各自顶扛着食物，走向那些长老和谢赫[①]们的诞生之地。

孩子黏坐在父亲身旁，聆听着那深邃的声音——发自哈吉·凯里姆心头的声音，此时的他微微颤抖，端详着黄昏的愉悦，渐渐入迷。

父亲念完了赞诗，整理好手中的念珠，把它放在口袋里，又用手掌敲打敲打因为盘腿久坐而略感麻木的腿肚，长叹一声，仿佛在以一位君王的名义发出召唤。他脸色黝黑，脸型发胖，但相貌端正，坚定的眼神飞落在挂满玫瑰色晚霞的天际。此时，阿卜杜勒·阿齐兹估摸着父亲会吩咐他准备灯盏，因为在这样的夜晚，一切都会如期而至。孩子带了一盏大灯回来，一盏装满煤油的玻璃烛台，父亲用火柴将它点亮，孩子又捧着它来到宅子的大厅，踩上椅子，才够到了从房顶垂下的大吊灯。点亮吊灯之后，他关上了灯盏的玻璃小门。此时，吊灯昏黄的光漫延至发白的墙壁，那些画像和装饰仿佛都被涂上了昏暗的灯光中仅存的光点，纷纷苏醒了过来。硕大的圆形阴影占据了地面，

---

① 译者注：谢赫，阿拉伯语音译。原有老人、老者、长者、学者、前辈、专家和老师等的意思，用来称呼比自己年长或学识渊博的人或表示对被称呼者的尊敬。

它去去来来，伴随着晃动的吊灯不断地摇摆……

当吊灯下的圆形阴影几近沉寂、稳定，昏黄的椭圆形灯光漫延至大厅门外，把阳台分割为漆黑的两岸，之后又向街道倾斜而去，直至做完宵礼的人们从清真寺陆续返回，如同一个个柔弱的影子一般逐渐散去，隐约还能听到他们的口中所念诵的那些残留的赞诗。他们走过宅子的阳台，低声问好，随即又被巷子的黑暗吞噬。那些被忧伤的劳作所累的人，等待他们的是黑暗的房屋和直至天明的睡眠。至于哈吉·凯里姆的友人和跟随者们，则尚有夜晚带给他们的欢愉。

“你好。”

“你好。”

纯粹的笑声与真挚的友情汇聚成一阵轻风，徐徐吹过。来者登上通往阳台的小台阶，问候过了哈吉·凯里姆，坐在他身边的长椅上，转身又去戏弄阿齐兹那纤瘦的脖颈。孩子感受到了他手上那依旧冷冰冰、湿漉漉的寒意。

即便在黑暗中，阿卜杜勒·阿齐兹也能看到父亲眼中正在流动的思念和渴望：

“但愿你能在圣殿中礼拜，艾哈迈德谢赫。”

而来者则谦虚地回应道：

“你一定同我们一起，哈吉大叔。”

每个夜晚，都会有人向着通往阳台附近的街道走来，然后登上直至礼聚场所的小台阶，问候，轻语，祝福，直至众人聚集。

每个夜晚，这些友人们和跟随者们都会聚集，他们白天在大地上劳作，直到手掌皲裂。他们朝着孩子们和女人们吼叫，用皮鞭抽打牲畜，直到双眼由于猛烈的怒火而模糊不清。然而到了夜晚，他们便换上干净的长袍，合众在清真寺完成宵礼，在阿訇的面前由衷地说句“阿米乃[①]”，之后就来到这座宅子。

此时的他们好似慈悯的圣贤，用平和与微笑回应白昼的劳作，为他们对女人、孩子和牲畜的怒火而懊悔不已；但这些也正是生活的冷峻和白昼的粗拙，是他们之所以能够在白昼的炽热下，狼狈、忧虑、愤怒地爬行在这土地上的一个巨大而模糊的秘诀——这秘诀就隐藏在这片丰饶的沃土中。

于是，真主创造了夜晚，令太阳在一定时间内被许许多多神秘的褶皱所遮蔽。假如这世界永是白昼，人们就会变身魔鬼，不识真主。每晚的平静是必要的，他们会讶异于白昼的奇迹，以笑容回应自己白天的粗鄙，身着长袍，去找寻万物生长和凋敝的秘密……

哈吉·凯里姆是这群农人的领袖，土地是顺从他意志的女人，而他则是土地冷峻的主人：

“脚踏土地的你们要勤奋劳作，否则将一无所获！”

他们惊叹着、微笑着，却也深信不疑。

每晚的平静是必要的，他们在夜幕下诉说，如慷慨的棕榈树一般舒缓着自己的心灵，言语四溢，故事频出。每个人都行走在生命的旅途上，观察、倾听、讲述，无论痛苦或是欢欣。因为每个人的胸膛里都生长着一颗心灵，每颗心灵里都有着与众不同的忧虑；夜幕降临，他们便纷纷来到这兄弟们的礼聚。

每一张脸都在阿卜杜勒·阿齐兹的心中留下了细腻而清晰

---

① 译者注：伊斯兰教用语。阿拉伯语音译，源自希伯来语，意为“祈主准我所求”。

的印记。因为每张脸上都带着不同的情绪，每种情绪都代表了不同的认知和喜好，于是，他将这些情绪与自己相联系，并且爱上了这些情绪。

艾哈迈德·巴达维是第一位来到夜晚礼聚的人。一位聪明的青年，兄弟会书籍的忠实读者。他有着孩童一般的红润圆脸，眼睛细长，总是面带微笑。而阿里·哈利勒则是最晚到来的那一位，他是一家杂货店的老板，机敏过人。他认真礼拜并完成功修，大腹便便，肩膀和双腿却纤弱瘦小。他极少言语，也不常大声发笑，只静静地微笑着，贫血的折磨使他原本消瘦的脸颊更显苍白。高个头的穆罕默德·卡米勒皮肤黝黑、双肩奇宽，他头发花白，是众多夜晚里吟唱和念诵的领头人。

来自伊拉克的聋人不能听也不会说，他与生活的一切联系都依仗着那双犀利而敏锐的双眼。通过这双眼睛，他得以辨识那些旋绕在他人嘴中的文字，他用破碎的语言拼凑而成的回答却往往只是引得人们发笑。

公子哥穆罕默德生得精致，一双白净的手总是散发出香水的优雅气息。他是个十足的花花公子，是小偷拉维赫的丈夫。

欧迈尔·法尔胡德·贾马勒白天与高大的骆驼为伴，手持缰绳，不停地给它们喂食。而每当念诵经文时，他的心则常常飞上云霄，口中发出骆驼一般的嘶叫。人们只好将他抓住，直至他平复。每逢先圣[①]诞辰，总是由他的驼队载着一箱箱食物，向坦塔城进发。

木匠赛利姆·舒尔库西，一位家庭被诡异的疯癫所破坏的

① 译者注：这里指伊斯兰教苏菲派巴达维教团的创立者艾哈迈德·巴达维。

遗留式人物。他安静地坐着，一声不吭——那是他正因听到的话语恼怒不已；当然，他也会因听到某些话语而愉快地笑出声。

这样的人数不胜数，他们中的每一个都如同一个世界，是阿卜杜勒·阿齐兹每晚都在等待的一个个可爱的世界。那里，他用久久无法停止的贪婪畅饮着他们的言语。而这些人紧密而友好的相聚，正得益于每晚在礼聚时被抛出的那些白日里的苦闷和忧愁。无论是什么样的苦闷或忧愁，一经抛出，都会将他们引领至同一条道路：这条道路通往许久以前，通往那一幅幅画满了善良、富有等美好事物的模糊画卷，通往那些拥有神迹的人们——他们口中讲着最富智慧的言语，享用着最为丰盛的食物，拥有神的力量——将痊愈赠予病患，让奶牛胀满奶水，用谷物填满粮仓。这些苦闷和忧愁，也会引领他们走向那遥远的国度，那里有朋友，有因伟大的爱而千里相会的传奇故事；那里也有神奇的所在，有值得旅行家们流连忘返的未知圣地——大城市中先民和圣贤们的墓地陵寝。那一刻，在有限生命世界的背后，另一个精彩纷呈、广阔无垠的世界出现了。在那里，到处都有思念和渴望，每一颗心都充满了发现和惊奇。

每晚都有通向奇异世界的旅行，而这旅行的主人公正是"长父"哈吉·凯里姆：他游历甚广，听闻甚多。当他滔滔不绝地讲述时，一双眼睛就在那个被发白的黄光所照亮的宇宙中畅游，如炬的目光凝视着悬挂在墙壁上的一幅幅画卷。他在沙发上盘腿而坐，一边叹息，一边敲打着位于右腿之上的、略感麻木的左脚脚肚。

"先圣的仆人们啊，既是真理，谁人能使之消亡？"

所有的心都变得谦卑，所有的脑袋都保持低垂。哈吉·凯里姆向他们描述着他的一位跟随者，抑或一位谢赫，抑或一位曾在席间毫不避讳、满口“真理”的官老爷；每当讲话接近尾声，他都会抿抿嘴唇，喃喃地说着一些奇怪的话语。哈吉·凯里姆的父亲哈吉·穆罕默德曾经拥有大片的土地和成群的耕牛和骏马。后来，危机与苦难降临，往日的富庶与繁荣消失殆尽。那时候的哈吉·凯里姆还是个王子一般在床头转圈的少年，他身边也只有些一无所有的卫士，那时候，生命的真谛还在于末世。那是一个纯粹的、被迷魂了的模糊世界，哈吉·凯里姆每晚都会为兄弟们点亮自己的灯盏，用美妙的言语照亮整个礼聚。众人为友谊和真诚敞开心扉，哪怕田地有限，他们仍有真主的良多祝福，那是多么的幸福！

艾哈迈德·巴达维讲述着他两个孩子的故事。如果他们还活着，该是与阿卜杜勒·阿齐兹同岁。那一天，艾哈迈德·巴达维不再笑容满面，他的面庞沉浸在泪水中，他短小的身躯也不再像平日一样灵活，他虚弱不堪，需要两位朋友从旁搀扶才能勉强支撑。

每当阿卜杜勒·阿齐兹想起那些日子，他都会陷入悲伤和沉默：那是瘟疫横行的日子，是可怕的日子。一位青年大叔来找哈吉·凯里姆：

“哈吉·凯里姆，死亡正在一家家地蔓延，我们想带亲戚们离开镇子。”

哈吉·凯里姆的追随者和亲人们惊恐地望着他，而他，却无论如何都不肯舍弃自己身上那件克什米尔的大袍和头巾。他遍访左邻右舍，用手抹去呕吐物和粪便，亲自将病患扛到车上……尽管人们那时相互疏离、四散奔走，唯恐被传染。车辆载着病患，在鸣笛声中带着一去不返的人们离开了乡村——那是没有坟墓的死亡。他们被遗弃在坑里，用生石灰掩埋。

宰牲节的早晨是悲伤的早晨。太阳散发着金色的光芒，街道已打扫干净，洒上了清水，整个村庄被恐惧和沉默围绕着。艾哈迈德·巴达维来了，手上抱着两个年幼的孩子，四只苍白的小脚还穿着崭新的红拖鞋，到了夜晚他们便死去了。真主啊……

艾哈迈德·巴达维讲述了他的两个孩子，穆罕默德·卡米勒则说起了他那个叫作萨蒂卡的女人。她身材高挑，肤色黝黑，两眼狭长，走起路来好像身负着沉重的罪孽。无论是谢赫还是疯子，都很少来他家里做客，除非穆罕默德·卡米勒招呼他们，或者向他们念诵只有自己的女人出现时才会念及的祝祷词。穆罕默德·卡米勒用卑微的声音讲道，即便夜晚来临，萨蒂卡在黑暗的房间中步步靠近，他也从不会分神，以至遗忘了祝祷。他脸色棕黑而暗淡，面容憔悴，垂头沉思……也许，一切都各有其时？

每颗心灵都有自己特有的愁苦，然而所有的心灵都仿佛被一种渐渐稀薄的颜色所控制。此时，艾哈迈德·巴达维正讲述着他心仪的那位，运河两岸的梧桐树见证了他们的感情。但男人最终拒绝了她，去了遥远的村子。她在挫败中沉默不语，却最终告诉男人你要迎娶法蒂玛并且善待她。此时的他深爱着自己那位白净、头戴深蓝色头巾的女人。他深爱着她，因为这女人善良、顺从，她也为爱人祈求平安。然而，为什么这些心灵有时也会叛逆——像易怒的鲜红色那样，不愿被引向肃穆和良言的道路，反而渴望着那些闲言碎语、淫词滥调。于是，当那位花花公子的双唇和早已被熏毁的牙齿开始上下起舞，眼睛兴许也被烟锅中缓缓升起的烟雾迷障，天平便向着他的那边倾斜了。听着他那做了窃贼的妻子拉维赫,以及那个舞女情人的故事，在座的所有人都情不自禁地爆发出笑声。

和舞女交往并不违法，她已经把自己交给了他。阿里·哈利勒在与公子哥的争论中显得苍白无力。无论如何，这个女人都是把白皙的肉体和宝蓝色的眼睛当作宝藏送给了这男人。这宝藏能抵得上拉维赫送给他的所有——那些能被偷窃和转移的东西。集市上,舞女跟在公子哥身后,在一条黑暗狭窄的走廊里，哈吉·凯里姆抓住了他们，并大声呵斥。公子哥在慌乱中从女人身上跳起，整理着自己的头巾，哈吉·凯里姆愤怒地盯着他说：

“那么多人，你却在这里玩！你这狗孩子！”

公子哥仍贪而不舍地整理着自己的衣着：

“遵命！大叔……”

于是，他赶忙去给人们招呼食物和咖啡。他主动去找那些需要修理煤油灯的人，向他们讲述着。哈吉·凯里姆故作矜持地敲打了他，于是，他又赶忙藏起笑容。那收不住的笑意还着实让他踉跄了一番。看到这一幕，阿卜杜勒·阿齐兹开心地在座位上跳了起来。

除了铁路旁边的两丈地，公子哥再没有其他土地了。他身穿雪白的大袍，像一位帕夏老爷，头上顶着一把昂贵的遮阳伞，每天下午都去寻找“土地”，于是，整个村子都笑了起来。他并不是个农民，而是在婚丧典礼上调试灯光的侍者；他的女人会为他偷来所有东西，所以他每天都可能吃到偷窃而来的牛肉、羊肉、鸡肉和鸭肉。他坚持每天用香水，穿最华丽的衣服，对其他任何人都满不在乎。笑声再一次填满了阿卜杜勒·阿齐兹的心扉，他想起瘦弱的公子哥曾经站在一个丧礼上，身着比波斯围巾还要鲜亮的大袍，手中拿着咖啡壶——他可不认为这是把“壶”，而是叫它“武器”。他一只手拿着“武器”举向高处，另一只手伸向玻璃杯。咖啡的液体从上至下，越过如此漫长的距离，却从来都精准地进入玻璃杯里。他满是自豪与骄傲地手持着咖啡，一杯一杯地递向宾客们。愿意喝的便接过来喝了，不愿意的则会用脑袋做个动作示意，于是他的手便轻快地越过这个人，带着杯子飞向下一个人，从不洒出一滴咖啡。他像一只公鸡一样在盛大的葬礼中走动着，面带愁容地盯着一盏盏煤油灯，仿佛自己是一个巡逻的战士，途经正在执勤的哨兵……

阿卜杜勒·阿齐兹喜欢公子哥，喜欢他的笑话，也喜欢他对舒尔库西和法尔胡德的挖苦讽刺。人们讲起他来总是不乏谈资，什么他的女人是个窃贼啦，他的吃、穿都是违法且不符合教规的啦。这些话击打着阿卜杜勒·阿齐兹的心，尤其是当阿里·哈利勒来到哈吉·凯里姆面前时。阿里·哈利勒平日里就言语不多，人们看看他的脸就知道他饱经风霜。开腔前，他垂下头，双肩越发消瘦。这时候，所有人安静了下来，所有的目光都移向了他，哈吉·凯里姆也柔和地望着他。

“哈吉大叔，公子哥在靠偷盗来的钱财维持生计。”

“阿里，只有能够维持生计，我们才能获得欢愉，才能让这苦难的日子有光明可盼。”

“可他靠的是偷盗！”

“这是真主赐给他的生路，我也没有办法阻止。”

阿里却不依不饶道：

“可他这么做完全不对！”

阿里的脸在恐惧中变得蜡黄，那种脸色，阿齐兹曾在哈利勒倾听这位“讲道人”时见识过。那位身形庞大的巨人，站在所有乡下人中间，用他最响亮的声音讲述着有关地狱的烈火、欺骗者和通奸者的事情。他讲话时，出现在阿里·哈利勒脸上的蜡黄色让阿卜杜勒·阿齐兹好生害怕，于是他不再喜欢这讲道人了，兴许他更喜欢讲道人的那头母驴，那头颜色发白又身形瘦小的母驴。阿卜杜勒·阿齐兹曾经以为她在驴类中是一个孩子，后来他才知道，她已经是个老太婆了。尽管如此，他还是满怀怨恨地注意到这位讲道人的身躯使她不堪重负，脊背都快折断了。遵照父亲的命令，他牵着驴子来到驴圈。她沉默地站在圈里,不时向周围肥硕的棕色驴子们吐一口气。阿卜杜勒·阿齐兹幻想着，也许他离开以后这两头驴就会沉浸在友好的对话里……

哈吉·凯里姆始终在与阿里·哈利勒争论，直到他脸上的恐惧渐渐消失，一点微弱的喜悦又爬上了他的面庞。哈吉·凯里姆对公子哥的维护也让阿卜杜勒·阿齐兹打心眼儿里开心。他那苍白、瘦小如孩童一般的身躯，不正像讲道人的母驴一样……孩子的心是那样怜悯着他俩：瘦弱的驴子和犯错的公子哥。

庄严的氛围也会掺杂些许消遣。那位来自伊拉克的聋人一把胡须、戴着头巾，拿着他那串木质的大念珠站在舞台中央，他也在讲述着。

伊拉克的聋人怎么讲述？他有属于他的特殊语言，一些模糊不清的语言，透过双手和身体，用猴子一样的动作表现出它所蕴藏的含义。他做着鬼脸，叫喊着，私语着，时而站起，时而坐下……

但是，真主啊，曾经这个伊拉克聋人整个白天都像一只孤狼似的盘坐在田间地头的梧桐树上，不发一语。那时的他双眼深陷，愁眉不展。除了肤色发黑、满脸皱纹的老母亲之外，仿佛再没有什么与他有所关联。后来，他从树上摔了下来，生了大病。他蹲坐在家中阴暗小屋的灶台上，无论是方士们的符咒还是智者们的良方，都无济于事。直到村里来了一位老者，据说他在用鬼魂康复身体这一行当中颇有些名气。于是老母亲便引他来到儿子身边。老者在家中逗留了数日，说这伊拉克人是中了写在一些麸糠粒上的邪咒才得了这疑难杂症，而这些麸糠已经被分散在世界的四处角落，只有重新收集这些不祥的麸糠并把它们烧毁才能破了这邪咒。当然，这是一项十分艰巨的工作，必须依靠老者的随从和善良的精灵侍者们去完成。此后，每天清早老者都会带来一些麸糠，说这是从伊拉克收集的，那是从希贾兹得来的……日子一天天过去，这位老者盘腿坐在灶台上，早上只吃饼和蜂蜜，中午必进肉和热饭，每时每刻都焚香画符，耗资巨大。哈吉·凯里姆得知后，带着他的斗篷和手杖，旁边跟随两名兄弟会的成员，向伊拉克聋人的家中走去。他掀翻了老者的香案，打碎了老者的器具，给了老者好一顿教训，将老者驱逐出了村子。伊拉克人错愕地看着眼前的一幕，终于发出了笑声。哈吉·凯里姆将他带回宅子，从此走上了苦修的道路。

那个晚上，他与那些诵经者一起坐在草席上，并不知道周围正在发生着什么。接着，他的眼睛开始模糊，脑袋开始左右摇摆。他用奇怪的声音低语着，仿佛在没有节奏地模仿着那些苦修者。

那个晚上，阿卜杜勒·阿齐兹发自内心地冲着伊拉克人笑了。然而伊拉克人却变成了另一种光景：他讲着模糊不清的言语，却也不是全无意义；他开始在苗圃里做一个花匠，买了一辆自行车并且爱上了它，把它装饰一番，系上红红绿绿的丝带和纸片。每当自行车撞上某样东西，他都会悲伤不已，前来找哈吉·凯里姆：

“爸爸，自行车坏了……”

伊拉克人称呼哈吉·凯里姆为爸爸，因为他喜欢哈吉·凯里姆，坐在哈吉·凯里姆面前开心地欢笑，几乎要跳起来。他喜欢兄弟会，也喜欢这苦修的道路，他甚至刮掉了胡子，为自己买了一块红色的头巾和一条红色的腰带，上面用纳斯赫体书写着“万物非主，唯有真主，穆罕默德是主的使者”。他对各种蜡烛和旗帜都情有独钟，不顾一切地花钱购买。在节日的清晨他会把清真寺布置装饰一番。于是，在黎明前的黑暗时分，你会看到清真寺沉浸在烛光里，到处都有彩色的灯盏和旗帜。这时的伊拉克人几乎高兴地疯狂起来，他在人群中跳跃，亲吻着众人，大声呼喊着，祈求素丹[①]的保佑。

伊拉克人站在舞台的中间，用他特有的方式讲述着一天工作的故事。他模仿每个人，嘲笑着兄弟们，就像个检查员，冲着所有他遇到的、让他生气或者愉悦的人咯咯发笑。

夜夜如此，夜夜都有灯盏熄灭，人们于是陆续回到家中。

---

① 译者注：阿拉伯语音译，又译作“苏丹”或“速檀”、“锁鲁檀”、“苏尔坦”等。原意为“力量”或“权柄”。引申为“君主”或“统治者”，这里指前文提及的苏非派巴达维教团长老和创始人艾哈迈德·巴达维。

但是，这个夜晚不同寻常——这是主麻日的夜晚，每周的周一、周五是两个吉祥之夜，在这两个夜晚，人们会念诵《良言赞词》[1]和诗人布西里的赞颂诗篇——这就是吉庆的礼聚[2]。

当所有兄弟们聚齐，他们便离开阳台，来到悬挂着吊灯的大厅，那里沿着墙边摆放着两条相对的长凳。哈吉·凯里姆依旧坐在他的沙发上，面向其中一位坐着的兄弟说：

“孩子，去把席子铺开吧。”

“是，哈吉大叔。”

于是，雪白的席子在大厅潮湿的地面铺开，这席子白得像打了一层蜡，红红绿绿的符号和正方形把它的素净分割开来。这是一张美丽的席子，一张由一位来自米哈莱·马努夫村的贤者制作的席子。他眼神不济，几乎什么也看不见；他破碎而微弱的声音也几乎听不到，然而他却有着一双粗糙如偶蹄一般坚毅的手，也许这双手已经无数次为了制席而穿梭在针线之间……

无论是在礼拜时还是在卷席子的时候，一旦一块席子他不喜欢，他都会用制席人特有的方式将它卷起来挂在腰间，从他的村子来到哈吉·凯里姆这里。漫漫长路，他会途经人群、农田、村落，沿路此起彼伏的诵经声和念诗声使他倍感愉悦。所有人，甚至那些玩泥巴的小孩儿也会向他问好。抵达后，他把东西放下，随机坐下，像一只鸽子一样安静而小巧，只发出从精美的大玻璃杯中咂摸咖啡的声响。喝完后便起身离去。哈吉·凯里姆阻止他道：

---

① 译者注：伊斯兰教苏非派巴达维教团创始人艾哈迈德·巴达维所著的祈祷赞词。

② 译者注：这里指伊斯兰教苏非派巴达维教团所特有的一种宗教仪式。

“谢赫先生，怎么这么急着走啊？”

“我还有活要做，也是真主的意愿。”

“吃一口或者喝一口吧！”

“没有这份福气了……”

阿卜杜勒·阿齐兹十分悲伤，因为这位纤瘦的客人不会与他父亲一同用饭了。握手的时候他问自己，究竟这双奇特而坚毅的双手中有没有真主的旨意？

这一张由那位来自米哈莱·马努夫村的贤者制作的席子在大厅潮湿的地面铺开。席子被几个低矮的板凳从中间一分为二，板凳上摆放着几盏小型的煤油灯和伊拉克人的蜡烛，还有一些盘子，盛着还在燃烧的炭火，散发出熏香。烟雾和香气一同缭绕，这些苦修者沿着低矮的板凳坐成两排，每当宅子的门打开，都会有一位农人迈着碎步走进来，问候，机敏地四下环顾，而后脱去鞋子坐在队伍的末端。直至那个时刻来临——一个巨大的箱子被从里屋取出，箱子里保存的正是那一本本《良言赞词》和赞颂诗篇，以及《近主之路篇》。就在那个箱子里，还有许多令人惊异的书籍……

阿卜杜勒·阿齐兹凝视着一位苦修者，看他把箱子扛在肩头，直至将它放落在席上，位于落座者的队首处。真主啊！人们总会去田间进行今天的劳作，街道总会变空、鲜有行人，这空虚使他的心灵越发沉重。于是，他溜进里屋，打开箱盖，发现了一堆堆页面发黄、字体端秀清新的书籍。他鼓起勇气，却依然害怕地颤抖，他从箱中取出一本书，在自己眼前打开，仔细端详着那些仿佛堆积在永恒中、不知疲倦地填满了一页又一页纸张的细小的文字。他认真地凝视着这些文字，却并不能够深究其中的奥秘。他平时也会去学校，那里有属于他的书籍：书本小巧适当、字体很大，书里讲的都是关于衣着鲜亮的男孩和扎着辫子的女孩的美妙故事。然而，眼前的这些文字却真正占据了他的内心，这些文字所能透露给他的，只是从一些字母和不知所云的词语中泄漏出的少得可怜的秘密。那么，每当哈吉·凯里姆盘腿坐在他的位置上，用手掌敲击自己右侧大腿上方的左脚肚时，这些发黄的书页又是怎样拥有了魔力，在兄弟会头顶那一片天空中盘旋不去的呢？

“艾哈迈德·巴达维谢赫，取灯来吧，用贤者们的美德点亮我们的礼聚吧！”

艾哈迈德·巴达维取来《贤者的美德》一书，开始吟诵。他的吟诵如歌，一幅幅模糊的画面闪现，仿佛在四下舞动了起来。人也不再是人了：躯体仿佛被上了钉子，脊背好像在被皮鞭抽打，然而奇怪的是始终感受不到痛苦，见不到流血……当哈吉·凯里姆的双眼流下泪水，阿卜杜勒·阿齐兹的心也因为试图捕获那传奇般的秘密而破碎了……粗硬且发黑的大饼，咸盐，浑浊的水，破衣烂衫，还有那一双双像不敢落梢的陌生鸟儿一样的眼睛……人不再是人了，双腿也不再是双腿，而是成了一根根能日行千里的指针；双手也不再是双手，而是化身一个个能称斤掂两的秤盘……

阿卜杜勒·阿齐兹鼓起勇气，从箱子里取出许多书来。他注视着书本的封面，其中的一部分单从图画就能知道书中的内容。

那本一定是《希莱拉部落传奇》，封面上那幅画正是三个阿拉伯人——哈桑·本·拉比阿、艾布·宰德以及迪亚卜·本·加尼姆。其中，阿卜杜勒·阿齐兹是那么的着迷于哈桑·本·拉比阿——他曾是一个聪慧、沉稳而忧伤的人，能预知即将到来的灾难。每当艾哈迈德·巴达维在礼聚中吟诵有关他智慧的诗歌，许多人都会或喜或悲地摇晃起自己的脑袋。

但是，手工匠人玛利亚在阿齐兹的心中激起了一种陌生的忧伤，那个终年忙于针线活的女基督徒，她在集市上前行，幸运也总会因她精巧的手艺眷顾她的货物……

还有那只经常变身英俊王子的猴子，太好笑了！此时的阿卜杜勒·阿齐兹已经长大，他已在学校学会了如何阅读。于是，他拿起书本，如同身在班级中一样朗读了起来。不料却被哈吉·凯里姆大声呵斥：

“我的孩子，为什么这样念诗？应该去吟诵！”

所有那些发黄页面上的文字都是诗文，所有的念读都应该是吟唱。

那就是一切喜悦和悲伤的真相——大箱子……

一本本《良言赞词》的册子被分发到这些苦修者手中。

所有坐在这发白的席子上的人都是苦修者。

一种沉寂降临了，只能听到舔舐嘴唇和清嗓的微弱声响，以及哈吉·凯里姆的拍手声。

“开始吧，穆罕默德·卡米勒谢赫。”

穆罕默德是所有苦修者中年龄最长、最严正庄重的一位。他是夜幕下的骑士，用他旷远的声音率领着身后苦修者的队伍。此时的吟诵沉静而单调，正适合为先知祝祷。沙粒究竟有多少，海浪到底是几重？用笔书写的文字究竟有几多，那些没有用笔记录下的又是几何？重重声音的温度不断地上升，越来越有力量……直到《良言赞词》念毕，所有苦修者都意犹未尽……哈吉·凯里姆拍了下手，略愉快地说：

"开始念诵布西里的赞颂诗吧，巴达维谢赫。"

艾哈迈德·巴达维，聪明的青年，音色优美，兄弟会书籍的忠实读者，由他带领苦修者的队伍吟诵布西里的诗篇最合适不过。这些诗中充满了乐律和音韵，而他的音色浑厚低沉，能够引领诗歌诵读产生回响……

"保佑我们吧，布西里，赐福于我们吧，我的主……"

面对大厅上方空中彷徨的白光，他的眼神难舍难离。

"艾哈迈德谢赫，我的孩子，该读《近主之路篇》了。"

思念和渴望的灵魂，除吟诵以外无药可医。乘着吉祥之音的翅膀，飞向远方满是淡水的几重天，去回应那正在如火中烧的心脏。

"安拉啊，治愈我们吧！"

然后，艾哈迈德·巴达维开始带领苦修者们吟诵"近主之路篇"。阿卜杜勒·阿齐兹是多么喜欢这首诗啊，他又是多么喜欢倾听他的父亲在口中念诵：

"每当心中空无一物的人倒头睡去，仁爱总会眷顾那些清醒着的、口念圣徒先贤以求近主的人们。"

他们没有恐惧，也没有悲伤。安拉早在在创造人类之初就往其中加入了自己的气息，数位先知也诞生于真主的脊柱，通过法蒂玛得以绵延后代。他们为数不多，却是真主所造的人类中距离真主最近的那些，在人群中可以用红色的头巾辨识他们。哈吉·凯里姆是那么钟爱着他们，正如同他的父亲曾经给予他们慈爱那样。他的父亲甚至还迎娶了他们中间一位来自东方的女性，在她死后，她的棺木一度从扛棺人的肩上滑下，她想同善良的亲人们埋葬在一起。爷爷在棺木旁驻足哭泣，并祈祷她能留下，直到答应为她建造一座带有圆顶和新月的坟，棺木才安定下来。直到今天，村里的墓地中依然能看到那座建筑。在她尚且在世的日子里，哈吉·凯里姆把妻子的父亲当作自己的谢赫，他也有自己的苦修者和支持者。在爷爷去世之后，这位大谢赫的儿子哈吉·凯里姆就被尊为谢赫。

《近主之路篇》的诗句中有许多都在赞颂圣徒及他们的仁慈和美德，苦修者们的声音也因此充满了期冀与倾诉，他们在透过圣徒向真主祷告。阿卜杜勒·阿齐兹注意到了那句包含了如今谢赫姓名的诗句：

“广为人知的穆罕默德·本·法德勒，你是最光荣也最耀眼的雄狮；

是雅尔布·努拉的心灵和道路，使他在清算之日与我们心手相连。”

每当想起谢赫，想起他俊朗、纯洁的面容，想起他的伟岸和沉静，阿卜杜勒·阿齐兹的心都会悸动。

艾哈迈德·巴达维的诵读戛然而止，他的头却依然低垂，细密的汗珠还在他的眉梢泛着光。哈吉·凯里姆仍在跟着之前的节奏摇晃着自己的脑袋，仿佛那吟诵的余音依然环绕在耳边……一阵漫长的沉寂，除了用长袍末端擦拭额头的声响再无杂音，直到哈吉·凯里姆拍响了手掌：

“卡米勒谢赫，该读《开端章》了。”

每次礼聚都以这一庄严的庆贺作为结尾，由穆罕默德·卡米勒带领。他用迷离的眼神和尖锐的声音引导着、演说着。

“四位轴心……四位高贵的贤者……四位先知的继任者，我们把《开端章》献给他们……”

之后，在座的众人开始低声而模糊地诵读《开端章》。

“《开端章》献给宽容者。”

“《开端章》……”

“《开端章》……”

“《开端章》献给修行的兄弟们，不论是出席者还是缺席者，我们都把《开端章》送给他们。”

从某个方向传来一个羞涩而迟疑的声音：

“兄弟们，《开端章》献给那主为他去除哀愁的人吧。”

也许那是一位被病痛或苦恼缠身而无法离家的兄弟，也许那是一位为了生计正在旅途上奔波的兄弟……穆罕默德·卡米勒双眼迷离，继续发号施令、领诵《开端章》。

还有死者。这些兄弟原是夜晚中的盛开的花朵，却被死亡卷起遗弃在坟墓里。但是，苦修者们的记忆不会将他们遗弃，穆罕默德·卡米勒为他们中的每一个人吟诵《开端章》，他们身处永恒的住处，我们却尚在寂灭的房屋。他们是多么的幸福啊！真主把善终赐给他们，又选择他们常伴左右……

坟墓存在于每个修行兄弟的脑海中，那是一处永恒的家，带着棕褐色的石碑。泥土做成的石碑沉静地依次排开……每当节日的早晨，嘈杂而响亮的声音就回响在清真寺中和广场上：

“如若演说者登上讲坛，赞美真主并口念安拉至大，

那么每位出席者当倾听他的言语……”

他们倾听着，直至瘦小而须发雪白的演说者走下讲坛的阶梯，节日的礼拜结束了。哈吉·凯里姆身着最华丽的衣衫走了出来，身后跟着一言不发的兄弟们和村民们。他们朝着墓地走去，没有人握手也没有人说话——在问候逝者前不可致意与言语。如此，每当哈吉·凯里姆面对墓地，人们都会在他身后光荣地站立。

“信众们的家，愿仁慈的真主赐福于你们。你们是先行者，我们是后来人……”

而每当哈吉·凯里姆带着众人出现，一众妇女也会折回墓地并且偷溜进去——那些悲痛的丧子的母亲或丧夫的妻子。在这节日的夜晚，她们每个人都站立在沉睡于泥土之中的孩子或丈夫的墓碑前——这吉庆的夜晚是她们慰藉。至于那些幸福的女人，她们则都在村里和亲人们一起或在丈夫的怀抱里度过节日的夜晚……

男人们在墓地的小路上散开，在众多墓碑间问候逝者，为他们祈祷。生者对死者的祷祝能够照亮死者的坟墓，拓宽死者的道路。他们将绿色的枣椰叶柄置于墓碑之上，为一旁的仙人掌浇水。最后，所有人齐聚在先辈穆罕默德夫人的坟前，在那里他们进行一次清早的礼聚，为了逝者他们不惜自己衣衫褴褛。

用如此方式问候逝者之后，他们才会相互致意、彼此问好，向每个人表达节日的祝福。

如此，《开端章》念给一切近处的人和远方的人，所有死去的人和活着的人，然后穆罕默德·卡米勒的声音再一次尖锐起来：

“最后，献给先知。”

于是，《开端章》在同样有力、响亮的声音中最后一次被诵读，以示对先知的尊崇。终于，礼聚结束，苦修者们松弛下来，开始谈天说地、在驴鞍上敲敲烟锅，或点起一支香烟，烟雾升起，一双双眼睛飞转着寻找自己的鞋子。

像这样，每逢周一和周五的夜晚，都会有一次吉庆的礼聚。礼聚中人们会念诵《良言赞词》、布西里的赞美诗、《近主之路篇》以及最后的《开端章》。

但是，这一夜不同寻常。哈吉·凯里姆正在阳台上坐着喝咖啡，忽然那位木匠赛利姆·舒尔库西来到面前——他身穿丝绸制成的长袍，头戴白色的毡帽，踩着橙色的鞋；他脖子修长，脸上还残留着路上的尘土和一丝喜悦的痕迹——一种自旅途归来的人脸上特有的喜悦。

赛利姆·舒尔库西并不是机车和打谷机的木工，他的行当是制作门扇和窗户、刀柄和门闩。自然，他的工具锃亮，衣服整洁，脾气却神经质、尖锐；此外，他还有一点令人发怵。也许是因为他闪烁的双眼，以及曾经有关舒尔库西家族的大爷爷脑子坏掉了的传言：说他沉迷毒品，行为古怪，言语乖张。也许有一股风从这位爷爷身上吹到了他的子孙身上。这是一种无法掌控却能够感知的、令人心生畏惧的影响。

木匠赛利姆·舒尔库西的妻子身材高挑，为他诞下了六个女儿，他从内心期盼着能有一个更像他的儿子。他的声音与失望的情绪相交错，苦修之路更让他心驰神往。妻子后来为他生下一名男孩儿，他们给孩子取名“小叫花”。因为我们每个人都不过是叫花乞丐，所拥有的只是几口饭。这世上的乐趣已经所剩无多了。

舒尔库西登上阶梯，脸上还残留着路上的尘土和一丝喜悦的痕迹。哈吉·凯里姆没有等他开口就抢先问候道：

“你好啊，舒尔库西，欢迎你！”

“您好，哈吉大叔，您好！”

哈吉·凯里姆用手掌敲打着脚心，口中哼出的喜悦之情仿佛在四周飞旋：

“哈哈……哈哈……”

他赶忙继续讲述。舒尔库西机警地整理好自己的长袍，那件他无论冬夏都穿在身上的轻薄发白的长袍。自打阿卜杜勒·阿齐兹记事以来，他便身穿着这件袍子，不论是去旅行还是参加节日庆典和兄弟会礼聚。他常常拿出自己的烟锅子，不似其他人那样用地上的稻草清扫里面的烟灰，而是用一根全新的、被磨尖了的钉子掏出其中残余的污垢，再给哈吉·凯利姆让让烟。

“我在素丹那里[①]为您诵读了《开端章》。”

“先生，素丹会赐福给你的。”

那谦逊的重复足以让心灵震颤。

“我见到了阿里谢赫，问他节日是哪天。他回答说大夜会在同今天一样的一天里。”

哈吉·凯里姆连连赞颂真主，仿佛看到了伊历一月的一轮新月……

“我的先生啊，愿素丹保佑你！我们祈祷了那么久，终于得到了回音……”

吉庆的消息不动声响地溜进了村子，唤醒了一颗颗心灵。阿卜杜勒·阿齐兹的心像一只麻雀一样忧郁。巴达维先生呼唤

---

① 译者注：指位于坦塔城的艾哈迈德·巴达维清真寺，即巴达维的陵寝所在之处，被信徒们尊为圣地。

着自己的孩子们——他们正在清真大寺潮湿的地板上爬行或打转，询问着侍者们节日什么时候来临……几天过后，节日的消息开始见诸各大报纸，这一说法得到了印证。

在这个夜晚，伊拉克的聋人也曾火急火燎、充满贪恋地爬上通往阳台的阶梯，没来得及问候，就把卷起的报纸推到哈吉·凯里姆面前。阿卜杜勒·阿齐兹笑得发颤，艾哈迈德·巴达维则从旁捣了伊拉克人一拳：

“狗东西，先问安！”

伊拉克聋人盯着艾哈迈德·巴达维的嘴唇，明白在咒骂自己后，于是他用模糊的言语答道：

“你在说些撒，狗吨西。”

所有人都发出了笑声，伊拉克人也同他们一起笑了起来。而后，他跳跃着进入大厅，取过一把椅子，端坐在仍在发笑的哈吉·凯里姆面前。哈吉·凯里姆卷起了报纸，放在身边的席子上。观察着他双唇和双手的动作，伊拉克聋人这才明白他已经读过报纸，知道当天发生了什么。

那一刻，哈吉·凯里姆正把黄色铜壶中的咖啡倒入大玻璃杯，忽然，村里的学者穆罕默德·贾麦勒谢赫来了。他穿着西洋府绸的大袍，围着白色的印花布，手拿着琥珀制成的念珠，指尖飞速地旋转着。出于礼节，阿卜杜勒·阿齐兹整了整自己的衣服。穆罕默德·贾麦勒是他的老师，曾教授他读书和计算的原理。也许是这位学者的眼中那被白色所遮蔽的东西使人心生畏惧，人们不停地质疑：穆罕默德·贾麦勒谢赫口中的赞诗究竟能否跟上他指尖飞速运转的念珠；或者他口中交织不清的言语，原本就是一种言不由衷的胡诌……

哈吉·凯里姆说道：

“心灵的秘密只有安拉知晓。”

但是，人们依然在发出疑问。贾麦勒为客人斟满第一杯咖啡，把刚才拿在手中的报纸摊开。

“哈吉大叔，凭真主的旨意，素丹的诞辰来临了。”

贾麦勒用手指敲击了一下消息所在那页的位置。

“为我读读，为我读读，这报纸的书写满足不了我眼睛的干渴。”

“大夜的时间已经确定……”

在贾麦勒朗读结束后，哈吉·凯里姆接过报纸，靠近自己的眼睛，然后又用一只手将它拿远。他动着嘴唇为自己读了起来，然后把报纸放在旁边，坚定地拍响了手掌。

“素丹啊，我们谨遵您的旨意。”

然后愉快地哼唱道：

> “去往依雅德部落的旅行者啊，
> 你们出发之日我便心有不舍，念念成疾。”

就这样，巴达维先生呼唤着他的孩子们。至于住在东边两个村庄以外远郊荒野的居民，比如赛里姆先生，就是那位带着自己的族人和旗帜从伊拉克来到肥沃的埃及土地、独居荒野的先生，则还像以前那样。他们的房屋仍建在一些低矮残破的坟头上，周围布满了坟墓。茅草屋星星点点在这里或那里分散着，好像是专为守夜人服务似的。

在很长的一段时间里，他的四周都吹着自由而猛烈的风……

假如没有素丹的诞辰，没有开垦荒野，没有人、帐篷、鼓和马队，没有小山羊的肉，没有偷盗者和杀人者的忏悔，没有吟诵时对天际的探讨，也就没有这位先生，以及他呼唤孩子们的奇特经历了。

在素丹诞辰确定之后，那位伊拉克人赛里姆带着报纸步履匆匆。他皮肤黝黑，活像一辆汽车；肌肉结实有力，像一匹躁动不安的黑色小马；他赤脚走着，手中拿着一份长长的报纸。报纸的一端是一块纸片，上面写着诞辰的日期，盖着赛贾德谢赫的印章。他周游列省，呼喊着素丹诞辰之期……

椰枣渐渐变为褐色。那个初晨，阿卜杜勒·阿齐兹注视着他，如同一辆迷失了方向的马车，被街道吸引而来，最终，他面对着大宅子驻足，呼喊着诞辰的消息，然后跨上通往阳台的阶梯，跳跃着回应哈吉·凯里姆的邀请。面对食物，他贪婪地吞咽，沿着罐子边缘喝尽了酪乳，然后急忙起身。哈吉·凯里姆挽留他道：

“兄弟，歇歇吧。”

“哈吉大叔，我不能歇，还有四个省没去呢！”

于是他又消失在路的尽头，也带走了阿卜杜勒·阿齐兹的心。而哈吉·凯里姆则满脸欣慰。

“愿素丹保佑你吧，来自伊拉克的赛里姆先生。”

侯赛因之女、两世的奈菲赛，求您保佑。

此时的阿卜杜勒·阿齐兹心情低落，他的手似刚生出绒毛的小鸟一般蜷缩在父亲柔软而温暖的手掌中。他俩仿佛都站在奈菲赛的坟前。阿卜杜勒·阿齐兹把视线投向铜制的窗户，越过透明发亮的玻璃，他看到了垂掉在坟头的罗纱——那是她婚礼的妆饰，阿齐兹喜欢它，也识得它的香气。

每个有邮递员到来的清晨总是格外的甜美。邮递员总是从驴子上下来，面对着宅子，有礼貌地问候哈吉·凯里姆。书信多是来自住在朱又什·埃米尔大街的哈桑·阿凡提和他那白皙美丽的妻子以及还在襁褓中浑身长满了丘疹的女儿。阿卜杜勒·阿齐兹开始忐忑，哈吉·凯里姆把书信推给了艾哈迈德·巴达维。

平和是这些兄弟们心灵的香气。吉时已经来到这座大宅子，一座古老的庭院。爱是情人的温床和枕头，而我们都身处圣徒新娘的院子里。哈吉·凯里姆几乎要放声大哭。

“主啊！不要让我们远离你的正道，仁慈的主啊！”

如果没了这些灯盏，世界将会变成什么样？

哈吉·凯里姆盘腿坐在自己的沙发上，苦修者们沿着白墙坐成两列，面对着那一排摆放着煤油灯和炭火盆的板凳。他们的手中捧着一本本《良言赞词》的小册子。

“孩子们，下个主麻日我们去素丹的脚下做礼聚。”

一张张带有泥垢的脸庞都笑开了花……求主赐福吧。

在驴鞍上敲敲烟锅子，接下来的日子注定充满喜悦。在接下来那些劳作日子里，在正午时分的压迫下，期盼和思念日渐成熟，心和魂是多么的欢愉！素丹啊！

“哈吉大叔，盘缠少得可怜！”

艾哈迈德·巴达维是苦修者中最勇敢的一位。他敲了下手中的册子，思考着。他在墙上的小盒里藏了五十皮阿斯特[①]，但碰巧被他的女人遇到，都拿走了。他能对被自己娇纵惯了的女

① 译者注：埃及货币的辅助单位，1 埃镑 =100 皮阿斯特。

人说什么呢？

“会有办法的，孩子，总会有办法。打起精神来。”

一种乌云般的担忧浮现在众人的脸上，环绕在他们周围，只有哈吉·凯里姆那坚定而深刻的话语才能将它驱散……

“会有办法的，孩子们。打起精神来！”

总会有办法，天无绝人之路。每逢灾祸降临，大量的钱财就被逃难的人群带去远方的平原；同时，在一段时期内，旅行外出的人却越来越少。哈吉·凯里姆沉思了片刻，一阵寂静蔓延开来，使在座的人都越发希望有人讲话……

“是啊，既是真理，谁人能使之消亡？”

老谢赫曾经带着众人赴底苏卡参加圣徒易卜拉欣的诞辰，在回来的路上他们错过了一辆火车，只好等另一辆火车。于是，众人在站台上为谢赫铺开了草席，他便躺了下来。

“哈吉·穆罕默德！”

“什么事，这位大叔。”

“买杯喝的吧。”

“真主至知，我的大叔。我的钱只够我们回程的车票。”

“哈吉·穆罕默德，买杯饮料吧。”

于是，谢赫喝了饮料。

“付钱吧，哈吉·穆罕默德。”

“我哪儿来的钱？这位大叔……”

于是谢赫生气了，他激动地把空玻璃瓶扔到了远处。玻璃瓶就像长了一对翅膀一样跳跃着，直到它在一根轨道上稳稳地停住并立了起来，不摇不晃，不偏不倚。

苦修者们赞颂着真主以示对他的崇拜，而后人们纷至沓来，故事也很快传开，人愈发多了起来。在谢赫横卧的地方堆积起了数不清的银币，那些有求于谢赫的人都来亲吻他的双手，希望他为自己祝祷……

“哈吉·穆罕默德，现在付饮料钱吧……”

那个时候的哈吉·凯里姆还是个青葱少年，在路边的空地上跳跃着。阿卜杜勒·阿齐兹从来没见到过这般神奇的事情，眼前的谢赫还是个帅气的青年，一样受人祝福，却不似现在这样被人尊崇。如果阿卜杜勒·阿齐兹能见到那些伟大的先贤谢赫，他也许会发现眼前的谢赫正是先贤伟人的延续。然而人们的心灵却随着时间的推演而越发冷酷了，真主也减少了对现世中人类的赐福，每个阶段都会少一点。除了大街，他们再无安身之所，只好带上行囊、手杖和帐篷，向素丹的所在地进发。就这样，谢赫穆罕默德和追随他的苦修者们踏上了旅途。在素丹的陵寝前，他扣响了自己的手杖，于是人们支开了帐篷，点起了火焰，立起了瓶瓶罐罐。苦修者们说道：

“大叔，扁豆太少，要吃饭的人太多了。”

谢赫答道：

“我的孩子，如果素丹把他的孩子们送了过来，却没有送来扁豆，那我们就把剩下的扁豆泡在水里。”

于是，苦修者们在锅里增加了水量，所以几乎没有扁豆的扁豆汤越发得稀了，没有比它更美味的了。那么，他们又是为了什么而舍弃了家园、扶着墙壁到处游荡呢？盘缠少得可怜，但总会有办法。

父亲即派儿子去唤执政官赛鲁赫前来。他到后坐在席子上，与哈吉·凯里姆相邻。他显得消瘦、粗糙、拘谨又有稍许愁容。

阿卜杜勒·阿齐兹心生怜悯，也有些忐忑。

“赛鲁赫，我们需要些盘缠。”

“好的哈吉大叔，交给我了。”

那位村里的会计进了屋。他个头高挑，身板和双手都显得比较柔弱，一副眼镜垂架在他的鼻子上，这个陌生人进进出出地打探着这层楼，又盘腿坐下，把纸张放在膝盖上，眯着眼睛写了起来。他写着，人们的土地和牲畜都纷纷易了主，人们都盯着他看……他从哪里来，要到哪里去？谁卖，谁买？哈吉·凯里姆土地旁边那皲裂又贫瘠的土地属于赛鲁赫，而他的土地面积每年都会变大，代价则是哈吉·凯里姆的土地面积越来越小。

只有哈吉·凯里姆那深刻而坚定的言语和他那颇有趣味的讲话才能驱散盘踞在阿卜杜勒·阿齐兹心中的忧虑。

“我们自己别无所求，我们只是信众们的卫士罢了。”

这座宅子里的所有东西都是可以施舍的。母亲或者刚刚断奶的婴孩，只要他们的眼神落在他身上，即刻就会有牲畜被宰杀，毫无迟疑。一位苦修者遇到了好事，来找哈吉·凯里姆报喜。

“哈吉大叔，”

他羞涩又高兴地站在哈吉·凯里姆面前，

“母牛下崽了！”

“恭喜你！我的孩子。”

每当哈吉·凯里姆听到兄弟们的好消息，他总是那样的快乐、欢心！

“我有牛奶就足够了，小牛献给真主的仆人们吧。”

“我的孩子，真主会补偿你的。”

在那位苦修者家中的一夜真是美妙绝伦的一夜。然而老谢赫每年都会有一次连续几日对镇子的造访，彼时则往往会有连续几个美妙无比的夜晚。那真是吉祥喜庆的夜晚！再没有比它更荣耀、更欢乐的了。

所有的苦修兄弟们都来到车站迎接老谢赫，回程时便形成了一支庞大的队伍：苦修的兄弟们，以及他们来自东边的客人。谢赫走在最前面，身旁是哈吉·凯里姆。二人有着共同的血缘，也走上了相同的道路。队伍在他们身后行进着，每位兄弟都发自内心地欢迎客人的到来，满心尊敬。穆斯塔卡维对着公子哥咯咯发笑，阿里·哈利勒则全神贯注地倾听着哈桑·阿凡提的话，阿拔斯谢赫独自观察着木匠舒尔库西，做咖啡的师傅则微笑着向穆罕默德·卡米勒问候致意，画符咒的师傅双眼闪烁，口中赞诗不停。大街小巷尽是友好的言谈，欢迎着他们的到来。

充满吉祥和喜庆的几个夜晚，没有比它们更荣耀、更欢乐的了。每天晚上，谢赫都带着自己的族人到其中一位兄弟或信徒的家中做客，他们会献上祭品和食物，进行礼聚和赞主。那喜悦仿佛要从围墙中渗透出来一样。但是，没有一个夜晚的光彩能比得上在阿里·哈利勒家中的那一夜。那就是哈利勒的家，阿卜杜勒·阿齐兹是多么喜欢那里。他越过门槛，向房子的中部走去，发现了一把用泥土砌成的梯子，它召唤着他登上屋顶。于是，他向梯子挪步而去，却不曾想过要打开旁边那个小山洞一样的门。那里也许就是存钱的地方，也许里面有炉灶，也许里面是孩子们在冬日夜晚的栖身之地……也许，阿卜杜勒·阿齐兹永远不会进去。然而，阿里·哈利勒的那些患了病的孩子，以及他那位双颊微红、身材高挑、如沃土一般丰腴的妻子会从里面一个接一个地走出来。

谢赫带着队伍走向阿里・哈利勒的家，他家门前有一块很小的空地，被一圈低矮的土墙包围着。这些墙不似大街上的墙那般高耸，孩子和妇女都能爬上去，一起看着街上谢赫的队伍正款款而至，朝阿里・哈利勒家走来的情形。

谢赫登上泥土制成的梯子，走上了屋顶，众人紧随其后。屋顶真是一片美妙的所在，白色的席子已经铺开，散发出一种好似海风的味道。铜制的窗户上摆着一些全新的罐子，用阿里从坦塔买来的塑料毯盖着。那塑料毯有三种颜色：红色、绿色和柠檬黄。阿里・哈利勒是多么仔细，他的日用品是多么优雅。每当有男人或女人登上梯子，阿里都会接过他们的小孩，并带他去见谢赫。阿里・哈利勒的房子坐落在一条贫穷的巷子里。他喜欢这个地方。他曾经是最贫穷的人，后来真主赐予他帮助，否则他根本无力支撑一家的生计，更别说邀请谢赫光临。

但凡有人带着孩子来到阿里・哈利勒的门前求谢赫赐福，阿里都会带着孩子来见谢赫。谢赫则会摸摸孩子们的头，向他们的口中吐一些唾沫。在房间里，画符咒的师傅正专心地写着他的咒语，为那些失去了孩子又不能再生育的妇女画着头巾。谢赫对阿里・哈利勒家的到访对于整个街区而言都如同节日一般。阿里站立着，环顾四周，也许有一位宾客有求于谢赫，却因为他威严的东方口音而不敢上前呢。

“阿里啊，坐下吧，歇一会儿。我们都很满意、很快乐，不缺什么了。”

阿里・哈利勒惭愧地微笑着，来到房子中间坐下。

哈吉・凯里姆宰杀了那头小牛。它被牢牢地绑住，蜷缩着。周围的人们拽紧绳头，他们中有人用力，有人躲闪，有人畏惧。

小牛的膝盖被绑在了脖颈之下。也只有在宰杀牲畜或是耕地或是教训女人和孩子时，哈吉才会有这样的脸色。刀穿过小牛的喉咙，宣告这生命即将终结。鲜血四溅在地面上，也溅在了男人们的大袍上。女孩们踩着拖鞋在鲜血中奔跑，发出嘚嘚的响声，她们纷纷卷起长袍的尾部，身体在地面上颤动着。哈吉·凯里姆微笑着，身边围着众人。他用刀面敲击了小牛颤抖的身体，从背面抓起小牛，用刀刺穿身体，于是小牛的脊骨出现了，牛皮和牛肉之间出现了一片空间。它即将被灌水清洗，再悬挂在屋檐上。哈吉·凯里姆站在它面前，为它剥皮，将它切割成块。他什么知识都有，每个行当都懂一些，他可是“长父”啊……

房子门前的庭院点燃了灯火，孩子们在院中嬉闹。院子的最外围是妇女们和姑娘们。公子哥穿戴着他最鲜亮的大袍和头巾，像一位帕夏老爷。他四处张望，满面愁容地盯着那些煤油灯。他的眼睛一旦在其中的一盏上逗留稍久，马上就会有一架梯子出现在他面前。他像只猴子一样跳上去，忧虑地对着那盏灯，好像要去斥责它或拧它的耳朵一般。灯光乍现，铃声四起。

白色的席子铺展开来，和许多分散的坐垫一起延伸到远处。不论是男人还是女人都携带一样东西从自家来到这里，把东西放在那个柜子里。他们很喜欢阿里·哈利勒，纷纷注视着他，与他交谈欢笑。哈利勒的脸被白色的光芒照亮，他的脸是那么的俊朗、敦厚。孩子们吵闹顽皮地拥挤在一起，他只是温柔地推推他们。

这张巨大的席子铺展开来，低矮的椅子被苦修者们分成长长的两列。这一夜，他们人数众多，多得无以数计。人们从街头巷尾的深处款款而来，脸上带着庄重与和气。男人脱下鞋子，将它放在对面的墙角下，自己则谦恭地坐下，两列队伍绵延不断。低矮的椅子之间的距离开始缩紧，相较于数量庞大的人群，这一列则显得短小许多。

伊拉克聋人匆忙地笑着，戴着他那块红色的头巾，胸前佩的是那条缎带，手拿着自己的香炉，用最大的声音呼唤着，求素丹保佑自己。之后，他把手中的香炉放在地上，加入那庄严的赞美真主的队伍里，伴随着自己声音的节奏，左右摇摆着。

“安拉显真……安拉显真……”

忽然，他发现自己落了单，便笑了出来。于是，在座的男人、女人和孩子们都笑了起来。他站起身，拿着自己的香炉边走边笑，呼唤着，求素丹保佑……

远处，孩子们做着样子，小声念着真主的赞诗。他们转了一会儿圈，然后就起身去了别处——在欢笑、奔跑、拉扯和打闹中生长、发芽去了。至于那些懂事的孩子，他们则在苦修者们身后排排端坐。队伍超出了席子的范围，以至于一些孩子坐在了潮湿的地面上。而女人们，则聚集在那些几乎没有光亮的边缘。屋顶上，她们的眼睛连同首饰一起闪烁着，她们的耳语、欢笑仿佛为这夜晚的礼聚划出了一道道遥远而模糊的界限。

哈吉·凯里姆来了，四下即刻安静。他行走着，身穿斗篷，手拿手杖，蚊子到处乱飞。他停住脚步，片刻间一言不发。阿卜杜勒·阿齐兹原本悸动的心几乎停滞了。接着，哈吉·凯里姆发出轰鸣般清楚响亮的声音，仿佛真主本真在讲话：

“哈利勒啊，无数道光芒从天而降，照在了你的家中。”

阿里·哈利勒的脸瞬时凝固，如同蜡像一般。妇女们的欢呼声像火焰一般划过天际，哈吉·凯里姆用稍弱却能够被每个人听到的声音说：

“穆罕默德·卡米勒谢赫，开始吧。”

那一天，穆罕默德身穿最华丽的服饰，在自己的小帽上缠上了一条白色的羊毛锻带，围巾垂掉在两肩，脸上的胡子也不见了踪影。他宽阔的双肩像极了在集市上摆卖的那些画像中的真主圣徒们。他眯起了双眼，崇高和庄严在他的脸上浮现。然后，他发出深远的声音，身后是苦修者们一重重稳健而肃穆的和唱。“求真主保佑，使我免受被驱逐的恶魔的干扰。奉至仁至慈的真主之名。真主啊，最佳的礼拜当属由您所造的最佳之人，我们的先知穆罕默德。您的音讯在其子孙，您的庇佑亦在其身。”一个广阔的世界：沙漠，尘埃，海洋，河流，树木，云彩，原子，细胞……无论多么微小，哪怕只是一粒漂浮在阳光下的尘埃，都存在于每个人的心里——一颗颗温暖而跳动的心。他们以真主的名义念诵着赞诗，为真主所创造的最幸福的物种躬身礼拜。跟随那些神奇的旅行，他们来到世界各地，来到漫无边际的宇宙，来到深不可测的地底。思念开始在心中燃烧，吟诵越发激烈，妇女们的欢呼声仿佛刺穿了宇宙的核心。

在众多和声中，艾哈迈德·巴达维单薄却富有穿透力的声音最有特点。他开始想象，自己在众多诵读声音浪潮的中间，与那些声音一起，开始婀娜多姿地摇摆起来。言语逐渐清晰，所有字母都在哭泣，所有言辞都那样的卑微，只有当每颗心都得到了舒缓，身体快要在光亮中飞起时，《良言赞词》的念诵才会接近尾声。

艾哈迈德·巴达维真是狡猾，他只认可那些在念诵《良言赞词》时汗流浃背、声音变得沙哑的苦修者，并愿意带领他们前往布西里赞颂诗中无边的天际。妇女们沉醉在屋顶，男人们像欧德琴一样在队伍中摇摆，而谢赫自己则凝望着窗外……

“巴达维啊，读第二首吧。亲爱的巴达维啊，开始第二首吧，以真主的名义。”

巴达维手拿赞颂诗的册子，两手悬浮在空中。他的身体时而倾斜，时而直立……

> “奈夫西娅，切勿绝望，那屈辱的也会宏壮；宽恕中的重罪，如痴如狂……”

阿卜杜勒·阿齐兹看到清真寺玻璃上那红红绿绿的彩光映照在这些文字上，仿佛灵魂溜进了这些文字，他的心颤动了。

“该《沙耶夫》了，我的孩子。你来读吧，布西里的赞颂诗全部写在清真寺的墙壁上。”

位于亚历山大的布西里清真寺，海风咸咸地吹过。那些字母在彩色光芒的映照下活了起来。

> “纯洁之爱的斥责者，我宽恕你；我把这宽恕献给你，即使你对犯罪之人也不偏不倚。”

每当夜晚来临，兄弟们主导着大厅中的仪式，其余的人们则席地而坐，敲响了铃鼓，墙壁也为之颤动。此时，作为颂扬者的艾哈迈德·巴达维嗓音变得沙哑。阿卜杜勒·阿齐兹越发全神贯注地倾听着这位在火焰中敲打铃鼓的兄弟。这究竟是赞颂真主的寻常一夜，还是在阿里·哈利勒家门前的一次礼聚？

或许那盏吊灯的光线也因为素丹的诞辰即将来临而绚烂夺目？

队伍中间的小板凳被举起，穆罕默德·卡米勒站了起来。于是两列队伍里的其他人也都站了起来。孩子们快速地在脚跟和身体间来回穿梭，或者铺开席子坐在站立的队伍之间。煤油灯还是那样发出耀眼的光，阿里家的屋顶被妇女们急切而杂乱的欢呼声湮没，因为赞颂真主的吉时即将来临。

在两列队伍的前端站着一位来访的塞努胡提村村民，正在往水池中注水。他身形消瘦，身上的衣服好像是两片竹叶似的，面色如死人一般苍白。他眼窝深陷，仿佛只在注水时得以从沉醉中苏醒。这位来自塞努胡提村的老爷为何会迎娶一位身形壮大的黑人女性做妻子呢？她就站在他的身边，手拿一张巨大的手鼓，笑容中露出自己健康、美白的牙齿。

穆罕默德·卡米勒身处两列人的中间，高举双手呼唤着……

"啊，真主啊……"

他用一次强有力的拍掌结束了这一声旷远的叹息。于是，伴随着一种低沉、深远的节奏，真主的言语开始有序而有间隔地出现。那塞努胡提人也随着吟诵的节奏以及手鼓在震动中发出的叮铃声继续注水，塞努胡提人身穿一件收腰的白色长袍，袖口距离他纤细又长满了汗毛的双臂似乎有着很远的距离。他的妻子也迷蒙着双眼，随节奏摇摆着。如此这般，塞努胡提人和他的妻子站在一汪长度不足一拃的水池旁，轰鸣般的鼓声吸引着远方村子里那些肤色同样黝黑的妇女们，人数众多的她们谨慎而犹豫地汇聚前来，震颤着千回百转的巷子，直至到达塞努胡提人所在的那所房子。

男人们近乎癫狂了。穆罕默德·卡米勒站在中间，他的双臂在空中飞舞，在快速而炽热的节奏中用力击打着手掌，塞努胡提人仿佛也往水池中注入了疯狂的灵魂，他的帽子，连同他黑发上的饰品都飞落了。他纤瘦的身体随着节拍颤抖着，数不清的呐喊声伴随着足以震动墙壁的节拍从几十个男人的胸腔中迸发而出，不计其数的跺脚声似乎足以撼动村子的根基。两队人的身体都流淌着汗珠，他们整齐划一地一同倾斜，一同躬身，一同直立，一同起身，没有一人弄虚作假。那个塞努胡提村的女人用她黝黑而巨大的双手敲打着鼓面的中心，而那鼓心早已在火上被烧磨的光亮无比。除了鼓声、注水声、苦修者们的呐喊声和跺脚声，这世上仿佛再无其他事物。巨大的声响，全力撼动着每一颗心灵。

阿卜杜勒·阿齐兹感到了一丝畏惧，但那是一种美妙的畏惧。正如他曾经在姑姑身边时，父亲把姑姑嫁到了村里的一个大户人家。那宅子里的小路漫长而黑暗，这人家的老祖就被埋在院子的中间。人们在他的坟头搁置了一盏长明灯，每当人们路过，都会小心翼翼地盯着坟墓的一端看看。那不是一户寻常人家，家中的老姑娘曾被邪灵侵占了身体。于是他们拿来巨大的铃鼓，敲击声令人胆战心惊。然而，那是一种美妙的畏惧——姑姑把阿卜杜勒·阿齐兹揽在怀里，抓住他的袍子并在尾端打了一个结。据说这样就能够避开邪灵。此刻的阿齐兹也想在长袍的末尾打一个结，来避开那些令人畏惧的敲击声……

穆罕默德·卡米勒又一次高举双臂，高呼以宣告念诵的结束。

“安拉啊……”

铃鼓的玎玲声持续地颤动着，直到彻底安静。水池中的水在还在来回摆动，屋顶上爆发出妇女们阵阵的欢呼声。结束念诵的男人们站立着，却个个都几乎要疲惫地倒下。欧迈尔已筋疲力尽，却仍在入神地扭动着，没有人能够阻止他，也没有人能够控制他。没好心的公子哥说：

“就别管他了，恐怕只有见到他婆娘他才会停下来吧！他会跟那女人讲，我正全身心地念经呢，可那女人从来不信。”

说罢便笑了起来，露出自己黑色的牙齿；那位塞努胡提村人用他白色的手帕擦了擦他那颗被唾液浸湿、早已穿了孔的短小的虎牙；但伊拉克的聋人仍独自沉浸在念诵中，没有注意到身边的众人。有人提醒他，用胳膊拉了他一把，他发现了原委，便开始一边走动一边谩骂着人群，试图掩盖自己的羞愧。

宅子大厅的墙壁上留有着无数个夜晚的印记。其中，艾哈迈德·巴达维的声音就像那欢愉之夜的香气，那也是正道的香气。

“各位，所有人都蒙主庇佑了。”

“这一夜有神迹降临。”

“大叔，这是因为有素丹的存在吧？”

“真主会让素丹永远庇佑我们。”

所有人都拿出手帕去擦拭脸上的汗水。在那些虔诚的低语声中，《开端章》被吟诵给远方的人们、附近的村民们、生者和逝者。苦修的兄弟们是短暂生命旅途中的伴侣，没有他们的世界将只剩下泥土的滋味。

着急去睡觉的人们也都纷纷留下，陪苦修兄弟们最尊崇的友人哈吉·凯里姆守夜。烟雾缭绕，双腿在席子上摊开。既然晚上的礼聚已经结束，又为什么还要故作庄重呢？言语像梦境一般轻柔地旋转着：

“凭真主的意愿，我们周日出发。”

出发去谒见素丹，旅途，坦塔城，侍主堂，兄弟们的齐聚，欢愉和大夜，言语散发出微弱的光芒，在吊灯的光亮中制造着接下来曼妙日子的美梦，此时的吊灯也仿佛正在低语着，灯芯也越发得困倦。

最后一位离开的往往都是艾哈迈德·巴达维，他微笑着……

而当他起身离去，宅子的大门在他的身后关闭，大厅顷刻间变得格外荒凉。哈吉·凯里姆手持灯盏和手杖回到房间，身后跟着阿卜杜勒·阿齐兹。这夜晚沉静而令人畏惧，它屈服于即将来临的白昼——那些愁容满面而叹声不断的人们所共同拥有的白昼。倘若这夜晚的礼聚永远不会结束，该多好啊！

备　饼

整间屋子都充斥着沉睡者的呼吸声，墙壁上些许微弱的光线在黑暗的恫吓下几近窒息，灯盏像极了一双双困倦的眼睛。四根高耸的铜制床柱直插屋顶。呼吸声此起彼伏，毫无规律。一个个瞌睡堆里的巨大生物，一颗颗从额头滑落的汗珠，一条条被炎热和拥挤包围了的裸体赤身……黑暗中一个模糊不清的世界——所有这些，连同发酸的尿骚味，一并溜进了阿卜杜勒·阿齐兹的脑海，搅扰着他的美梦。一种巨大的恐惧感不断蔓延，让他也几乎窒息了。他在惊恐中醒来，将手从父亲那肥厚、多毛、被汗水浸湿的手掌中抽了回来，放在自己的脸上。他眼珠旋转着。感赞真主，刚才不过是一场梦。他再一次闭上眼睛，却已完全清醒了。睡在儿子身旁的哈吉·凯里姆辗转反侧，于是坐起身来，在光腿的两侧整了整睡袍，从床边侧身下来，地面上满是成堆的孩子，他小心翼翼地从孩子们的身躯旁经过，走到衣架旁。他脱去睡袍，赤裸着全身，背朝阿卜杜勒·阿齐兹站着。阿齐兹睁开双眼，看到父亲的裸体，两腰间尽是赘肉的褶皱，他又一次闭上了眼睛。哈吉·凯里姆穿上袍子，出门向清真寺走了去。

阿卜杜勒·阿齐兹忧心忡忡地翻来覆去，他的姐姐们也在墙角处翻着身，他眯起眼睛避开她们赤裸的身体，把脸掩在枕头中。一种负罪感令他心生畏惧，他听到母亲的声音：

“女儿们，起来吧，赶快，马上就黎明了。我们去备饼吧。”

女儿们纷纷坐起，一边擦拭着眼中的困倦，一边整理衣着，一边又为身边年龄尚小的孩子们盖好被子。阿卜杜勒·阿齐兹从床上下来，戴上小帽，扣上袍子领口的纽扣，向宅子的中部走去。灯盏中的火焰稳固安然，被一圈光晕环绕，仿佛丝毫不受空气的摇动。除它之外，还有黑暗，还有沉寂，还有宅子中间那没有顶棚的四角空间所聚拢起的清晨的星宿。他坐在阳台上，远处传来许多模糊的声音，鸽子在靠近房顶的屋檐上晃动着，黄牛咀嚼着草料，棕色的大驴子惬意地喘着气，宅子的屋顶堆满了柴草和树枝，那儿还有许多鸟巢。也许小鸟儿们仍在做梦，雄鸟和雌鸟正依偎在一起，轻轻地耳语。棚子上还有条蛇，它不加咀嚼就把鸟儿吞咽下去；它悄无声息地靠近鸟儿，然后你便能清楚地看到，鸟儿已在它那细长的腹中变成了球状。

阿卜杜勒·阿齐兹的母亲出来了。她缠着头巾，双臂交叉，双手掩藏在腋窝下。她从墙上的泥架子上取下带有蜡烛的灯盏，用另一盏灯将它点亮，然后从自己的胸脯间掏出一串钥匙——那串她从不曾委与旁人或远离己身的钥匙。她用钥匙打开了储藏室的大门，消失在里面。

阳台一端的另一扇门也被打开了，从中走出的是哈吉·凯里姆的另一位妻子。她手持黑色陶壶走出了门，与阿卜杜勒·阿齐兹四目相对。

“早上好。”

“早上好。”

她棕色的脸庞楚楚动人，镶嵌着一双大眼睛。在阿卜杜勒·阿齐兹的众多远房姐妹中，他清楚地认得这双眼睛。她手持黑色的水壶向水龙头所在的角落走去；她有一对巨大的乳房，纤细的双腿支撑着她向前迈步。一滴滴水自水龙头中落下，滴入下方的容器中，发出清脆的声响，开始在罐中积聚。她腰纤背瘦，双瞳圆大，却面容憔悴。阿卜杜勒·阿齐兹的母亲曾说她为了取悦哈吉·凯里姆特意买了美容香皂。有一回，有人在她房中找到了一卷纸，里面夹着一块红色的美容香皂，用它洗脸可以让面颊绯红；她描了眉画了眼，坐在自己房间的门槛上，可哈吉·凯里姆进进出出，却从不曾看她一眼；到了夜晚，她擦亮灯盏的玻璃，盘腿坐在干净的床上，双手托着下巴。阿卜杜勒·阿齐兹溜进她的房间——那时候他还小——她将孩子揽在怀里，亲吻他，给他讲妖怪、食人鬼和卖茄子的人的故事。她拿起水壶，向盥洗室走去，衣着整洁而干净。之后，她会去做礼拜，厨房的事情她一概不懂。她能接触的往往是那些不需要技术和专注力的事情，以至于阿卜杜勒·阿齐兹也不再关注她了。她却依然坐在房前的门槛上，阿齐兹察觉到她深陷的双眼，却始终不再望向她的方向。她带着水壶回去了。四下安静的宅子里只能听到储藏室中阿齐兹母亲忙碌的声音，以及另一位妻子做礼拜时发出的吟诵声，还有鸽子的咕咕声，和水龙头嘀嗒的落水声……在沉寂和黑暗的间隙，在这些漫长的毫无意义的低语声中，一种麻木感油然而生，溜进阿齐兹的心房，越聚越沉，几乎占据了他的整颗心，让他喘不上气来。他久久地盯着灯盏里的火焰，语言如同眼泪一般在其中泛着微弱的光芒。假如有一本书，里面满是忧伤的词句，就像小说中的女主角送给情人的信笺和一撮因为思念而掉落的头发那样，该有多好。但是，他做不到，他心中的语言像云彩一般难以捉摸和把握，只有头脑被忧伤和紧张的画面填满，如旅途中的女子对情人的百般思念一般：她从车窗向外望去，祈盼着能尽快到达，剪不断的心心念念。

阿卜杜勒·阿齐兹的窗台上还摆放着少量书籍，书的封面早已落满了灰尘。他多么希望能够生活在某一个地方，独自一人，远离所有事物。然而他还记得她：她的辫子、她的眼睛、她纯洁的微笑……时间啊……曾经，当他刚刚长成个少年，他是那样热切地盼望着素丹诞辰和节日的来临。节日的夜晚，他总是独自一人，远离亲戚们的喧闹。忽然，他听到了车鸣声，他跑出院子，打开正门：她和她的父亲、母亲一道走下车来，那么娇小可爱，像一个橱窗里摆放的人偶。整个节日期间，阿卜杜勒·阿齐兹寸步不离地陪伴着她，照顾着她，直至她离开。他只好黯然神伤，日复一日地等待着下一次节日的到来。她的父亲由于病重去世了，现在她和妈妈一起住在自家的街区里。自此，阿齐兹每天都和她一起去坦塔城上学。即便如此，阿齐兹还是频频地思念着她。

他站在巷口，心里的思念仿佛要爆炸一般。他的视线死死地盯着巷子的拐角处。弯曲的巷子已然在那里消失不见，而他却继续备受折磨地思念着，盼望着她能忽然出现，穿着那条飞舞的裙子，如同先知施展的神迹一般……

阿卜杜勒·阿齐兹坐在阳台上微笑着，体验着他的美梦。他幻想着她正像蝴蝶一样飞舞。他满心欢喜，嘴角上扬。他想着她和窗台上尘封的书籍，以及那张写着他心上人的小纸片。他多么想独自一人生活。但即使如此，他依然深爱着身边所有的一切：棕色的驴子、父亲那年老又慈爱的女人……

女儿们纷纷从两间房中走出，进入厨房和储藏室。那里，依旧困倦却早已开始的忙碌声和说话声，连同阿齐兹母亲的指令声一齐渐渐喧闹起来，一些细细的笑声也响起来了。不时会有一个女孩儿手持灯盏从屋里走出来，在宅子中来回走动，处理着这样或那样的事情，最后又回到原处。

阿卜杜勒·阿齐兹的妈妈走了出来，爬上由粗壮的无花果树干制成的梯子。她身材娇小，双脚踩登着梯子，灯盏放在头顶，还带着各式各样的东西，双手和腋下都没闲着，假如她有十只手，也许会拿得更多……

阿卜杜勒·阿齐兹心念着自己的父亲哈吉·凯里姆，想着也许他昨天结束和兄弟们的夜聚从宅子回来时，就要求母亲为素丹的诞辰准备用以施舍的饼和干粮了，母亲一定怒不可遏：叫嚷着仓库里已经没有种子和面粉了，罐子里也早已没有了黄油的味道，母牛的乳房挤出的牛奶根本不足以止住家人的干渴，父亲早就应该停止把自己孩子们的口粮散发给邻里和宾客了，他完全可以像其他人一样，只带一篮食物去坦塔，然而家里那几个巨大的箱子总会出门远行，最终也不会给自家的孩子剩下哪怕一口吃食。

哈吉·凯里姆一定是盘腿坐在铜制的大床上，和母亲说上好几个小时：说献给素丹的饼、孩子们和家庭，说怎样才能运行这艘脆弱的航船、支撑这座负重的城堡，说依靠圣徒的呼吸在生命的大河中前行所预示的吉祥与福气……父亲的话语饱含吸引力，动人心弦，母亲却只是沿着床脚蹲在墙边，固执又不服软，冷酷地打断他，指着这些坦塔城的“流氓”，这些最令人匪夷所思的造物主的作品；却正是他们这样的人在吃着孩子们的口粮，永远长不大似的……

过去，每当自己的意愿被母亲违抗，父亲都会朝她大发雷霆，而他们的争吵也总会吓到阿齐兹。他害怕地呼喊着。于是，人们带他远离父母，直至争吵声消失不见……这种恐惧的痕迹仍像一块难以愈合的伤疤留在他的心里。此刻，他却由衷地为父亲感到一丝悲凉：他不再像过去那样大发雷霆，在母亲的固执面前，抑或在那些可憎的、似乎在等待时机以随时拒绝的假意顺从面前，他所有的“凶恶”都变得异常柔和。

漫长的年月里，这两个世界始终不曾相遇。在哈吉·凯里姆的世界里，他脚踏荣耀与祝福的翅膀，为苦修的兄弟们倾其所有，被视为扶弱济贫的最佳典范；反观阿齐兹母亲的世界，却被局限在那些瓶瓶罐罐和仓库之中，如果存储丰裕，她就会收起自己的吆五喝六，一旦仓库出现短缺或空仓的状况，她就会发怒不止。

她始终在抗争着，用她短小而结实的身躯和圆白却愁苦的面庞，以及那对始终盯着地面的细长的眼睛，她在同某种东西抗争着。她时常幻想有一根探针——在她坚定而果断的言语和命令中，它监视着女儿们，警示她们不要疏忽大意、弄出乱子，更不要去和男孩子们见面；在她那如探照灯一般敏锐而闪亮的目光下，那根探针每时每刻都在寻找着错误和过失。这目光往往会威胁似的落在哈吉·凯里姆的脸上，而哈吉通常只是微笑着，摇晃着自己的脑袋，仿佛在宣示自己无边的自信，那些被施舍出去的恩德永远不会穷尽；那间供宾客们吃饭的宅子也永远不会崩塌。“雁影分飞”的两个世界，一对形同陌路的夫妻。那么，这两人又是如何在这满是亲眷和牲畜的宅子里一同偷看着荏苒的时光，无休止地争吵，并同孩子们挤在一起的呢。

阿卜杜勒·阿齐兹站在储藏室的门口，整个屋子被灯盏中的烛光照亮。那烛光在堆积的杂物的阴影上创作出一幅幅光的画卷；屋檐下悬挂着一串串洋葱和大蒜，墙上的木楔子上挂着许多篮筐，紧贴着墙壁的是一口口用泥土烧制而成的坛子，里面装满了面粉；一拃距离以外的地面上摆放着各式各样的瓶、瓮、罐、筐和盘子……这屋中的光线总是暗淡的，无论是白天还是黑夜。因为屋里没有一扇窗，也从来没有男人会进入这间屋子。屋中存储着全家人赖以生存的口粮。阿卜杜勒·阿齐兹的母亲绝不会交出这间屋子的钥匙。女人们拥挤着，在这间屋里活动，又怎能不被其中的物件绊倒呢。

灯盏中的烛光异常微弱，烛火上方笔直的一道烟线径直而上，在屋顶漫开。灯盏旁边的坛坛罐罐上映着淡黄色的光，墙壁上是一道道狭长的阴影。母亲来回走动着，她的脸上满是凝重与严厉，一旁的女儿们等待着她的指令。她们中有阿齐兹母亲的孩子，也有父亲另一位妻子所生的孩子。然而，另一位妻子的女儿们却经常诋毁自己的生母，也并不怎么想念她，或许她们恨她，却无奈于同她有着剪不断的联系。阿齐兹的母亲也会教训她们，冲她们发火，而女儿们往往也只是跑去生母那里发一通火，然后又回到阿齐兹母亲身边来。她们的眼睛是那么的困倦，而屋里的阴暗和苍白的灯光好像令一双双眼皮越发沉重。母亲的指令是低声且隐晦的，但仍然能够被彻底地贯彻和执行。女孩儿们在拥挤的物品堆中间四处走动着——如梦魇一般的氛围——她们的双手隐藏在瓶瓶罐罐里，或者高高举过头顶扶着盛水的容器。

备饼的过程通常黎明前就开始了，阿卜杜勒·阿齐兹小的时候就常听到女孩儿们起床和妈妈一起准备做饼的各种故事。女孩儿们在阴暗房屋里的光团中走动着，整理着面纱和头巾，轻声地嬉笑着，相互鼓舞着……

“加油啊，你会在素丹的诞辰里得到许多糖果呢！”

“糖果？糖果在哪儿啊？我的姐姐，向先知发誓，这回他们要是不带我去，我才不会在这帮着家里干活呢。”

阿卜杜勒·阿齐兹的母亲果断而讽刺地插话道：

“妈妈的心肝儿啊，可得当心了，你是一定会赶上素丹诞辰的。全家都会启程去坦塔。只是真主啊，我亲爱的……”

阿齐兹妈妈坐在储藏室的中间，周围摆放着储存牛奶的罐子——那是一些陶瓷烧制的圆锥形容器，里面流动着从母牛的乳房中挤出的牛奶。有些罐子中装着大约两三天前挤好的牛奶，牛奶已经开始稀释，表面出现了一层稠密的奶皮，恰好封住了罐口。阿齐兹妈妈用手感受着，好确定它究竟是能够继续饮用还是已经变质了。也有一些罐子中的牛奶是昨夜或者今晨才挤的，仍然新鲜无比，牛奶表面晶莹的泡沫还有些没有破裂。

母亲开始收集罐口的那层奶皮，将它放入一口砂锅里，她的动作娴熟又敏捷。阿卜杜勒·阿齐兹坐在一个倒扣的筐子上，脸颊深埋在双手中。女孩儿们环绕在母亲的周围，仔细观察并学习着。母亲原本在城市里长大，她的父亲在某个政府部门里当差。当初，她嫁给哈吉·凯里姆的时候对农活家务根本一窍不通。那时的她白净美丽,圆润白皙的脸蛋清纯秀丽。在哈吉·凯里姆的父亲哈吉·穆罕默德的家中，女人们将她孤立起来，指摘她对于厨房事务的无知，时至今日，她竟然也成了教给女儿们牛奶处理和烹饪秘诀的活教材。

母亲把手上的奶皮粘在阿齐兹的脸上，边画边说：

“快看阿齐兹，这可是咱家奶牛的奶。阿齐兹啊，快感赞先知吧！”

今天让她引以为豪的母牛，曾经却令她百般畏惧。她羡慕这头牛刚进家门的时候所受到的关注。人们首先用白面粉把牛的额头扑白，男人们这才把牛牵进了家门。起初，男人们总是用香烟勾着奶皮在新媳妇面前晃动着。但她并非无动于衷，而是反复尝试、研究着这头母牛的“把戏”——这个闹不清母牛“把戏”的无知女人，用尽了一切办法，终于找到了这“把戏”的奥秘，这才安下心来。她自信、清晰地教授着女孩子们：她用灯罩舀起水渠中的水来清洗喂牛的苞米，然后将洗好的苞米堆在墙边。只有当苞米中混杂了昨天挤奶溅起的乳汁时，才能将苞米摆在路上用脚板反复地踩踏，否则对母牛是有害的。接着，她将罐子倾倒干净，把干草和风干的牛粪投入炉灶，将罐子放在炉上预热。趁着余热尚未散去，从母牛乳房中流出的乳汁开始涌入罐子，罐中随即溢出了温热的乳白色泡沫。之后，泡沫开始凝聚，最终形成了奶皮。每当母牛出现不适或缺少奶水的状况，或因乳汁凝结变质而挤不出奶时，母亲就会在黎明前起床，牵着母牛绕圈，在东面的各个房门前留下母牛凝结的乳汁。太阳升起，如若全凭真主的大能，凝结的乳汁得以溶解，母牛的乳汁定会像河水一样顺畅地流淌。这个身材娇小的女“术士”，如今的她已经知晓了所有奥秘。然而，当初哈吉·凯里姆娶她进门时，吸引他的并不是这些；使他神魂颠倒的，是那个生长在城市里，坐在父亲家客厅的沙发上，手中绣着花布的女孩儿。

砂锅里聚集了层层奶皮，那些凝固的乳汁也被装进了许多罐中，收放在一个巨大的容器里；而那些流动的鲜乳则收集在另一个容器中，一个女孩儿将它拿到炉灶上，点火煮沸。不计其数的瓶瓶罐罐被移放在储藏室的外面，好让它们在清晨能够回到自己的主人那里。无疑，为素丹诞辰备饼的消息已经传遍了镇子，每个人都带着自己家中的牛奶来到哈吉·凯里姆家——都想为素丹老爷献粮和向穷人施舍吃食的行动出一份力。

宰娜卜谢赫——镇子里全权证婚人的女儿，她一定是从阿卜杜勒·阿齐兹母亲的口中得知了备饼的日期。她开心地来到阿齐兹家里，说她有话要讲。这个像机器一样讲话的老姑娘总是喋喋不休。每当想起她是怎样来家里看望母亲，阿齐兹总会笑出声来：她坐在母亲旁边的石凳上，开始了无休止的闲扯；这边母亲已经坐着睡着了，女儿们也各自走进了屋子，整个宅子都安静了下来，只有她还在那里自说自话，停不下来……除了说话，她还能做什么呢？家里人从来没有教她任何厨房里的事情，对她说，她永远不会搬出去；于是乎她浑浑噩噩，犹如一个独眼人在丑陋中慢慢地凋敝。对于女孩儿们来说，这可谓咄咄怪事：穷困潦倒的萨巴赫家尚且有一个像满穗儿的谷物一般正值韶时的女儿，她的两腮日渐红润，酥胸不断高耸；然而出身权贵的宰娜卜却像脱离了母体的植被一样骨瘦如柴。他们告诉她，她永远不会出嫁，于是便将她“许配”给了《古兰经》，直至她将经文背了下来，此后经常在葬礼上为女人们念诵。尽管如此，死亡与末世间的日子仍是多么的漫长呵！她又能做什么呢？整日在人群里穿梭，提防着自己的衣服别被弄脏，然后坐下来，开始滔滔不绝地讲话。没有什么能让她停下。她的兄弟们一个个娶了妻，有了自己的房子；她的姐妹们一个个嫁了人，离家而去。至于她，就只有在自己的房中和一些多产的兔子们哼哼唧唧。她有一个小巧的布兜，她总是把钱装在布兜里面，将它挂在胸前。有一回，阿卜杜勒·阿齐兹为了去坦塔城看一场电影向她借了十五个皮阿斯特，当她向阿齐兹要债时他却无法偿还。这简直成了一桩丑闻！幸好宽厚的哈吉·凯里姆微笑着替他还了这笔债，否则阿齐兹真要一辈子做兄弟们的笑柄。

毫无疑问，我们的宰娜卜一定游走在人群中传播着有关备饼的消息。公子哥穆罕默德的女人对她的丈夫说：

"今晚我们带着自家的牛奶去哈吉·凯里姆大叔家吧，为了给素丹老爷的诞辰备饼。"

公子哥笑着答道：

"真主会奖赏你的。"

夜晚，女人头顶着母牛挤出的牛奶，怀里抱着她还在襁褓中的儿子来到哈吉·凯里姆家中。她曾经有两个儿子，都是红扑扑的脸蛋，丝毫没有褶皱的皮肤，但两个儿子都死于霍乱。安拉为了补偿她，才赐给她现在的孩子。阿卜杜勒·阿齐兹亲吻了孩子的面颊。女人带着襁褓中的婴儿来到阿齐兹母亲面前，孩子叫喊着，哭闹着。阿齐兹妈妈将孩子揽在怀里，隔着衣服触碰孩子的身体，感受他活动的四肢和颤抖的躯体；她要来一枚鸡蛋，用手敲碎蛋壳，蛋清的皎白仿佛渗透在她的指间，蛋黄在她轻柔的手掌中完好地保留下来。她将蛋黄放在孩子裸露的身体上，在他洋红的皮肤上滚动着，直至滑过他身体的每一个部位。在某一处，蛋黄破碎了，她便用恰到好处的力量把它按在那里，粘连在孩子的皮肤上。第二天清晨，那一处变得洁白无瑕。这孩子的妈妈一定是在羞愧中把自家的牛奶献给了哈吉·凯里姆的女人，然后匆匆离去了。

阿卜杜勒·阿齐兹的一个姐姐笑着对他说：

"你知道这罐牛奶是谁的吗？是那个小偷拉维赫的。"

所有人都笑了，好像他们都被一个装满了可笑物什的箱子绊倒了似的。是的，有关拉维赫的故事可以让她们一直消遣到天明。这牛奶一定是不干净的，一个女人偷来的牛奶当然不合理了，但可以肯定的是，她至少给母牛喂了来自邻家田里的饲料。然而，无论干净与否、违法与否，心同肚子一样大的巴达维先生似乎都不在乎。这女人曾偷来一只鸡，准备宰杀了给孩子们吃，在烧炉灶时鸡却不见了，只见那个秃头的男人站在那里一动不动，盯着她看。问他鸡去哪里了，他便张开嘴。她看到那里仿佛一片广袤的"海洋"，还漂浮着那只鸡的模样。他吞下了那只鸡，为了防止她的孩子们因为吃了偷来的食物变胖，更为了使他们将来免遭劫掠。

"也只有他，肚子里什么都装得下吧。"

"可不么，不是有人说：巴达维的肚子，杂货的汪洋。"

"杂货的汪洋，这是什么意思呢？"

"何必要问个什么意思，这就是故事而已。"

在坦塔城，无论在什么情况下人们吃东西都是非常迅速的：他们会飞速地吃掉一块饼干，哪怕它之前掉进了煤油里。她们笑着，笑那些和拉维赫居住在同一条巷子里的人：这年头，他们都在提心吊胆、小心翼翼地过日子；即便是一个有钱人，去坦塔城的旅途也会让他付出巨大的代价。她们还讲述着同住一宅的两个“鲜肉”的故事。这二人曾经共同拥有一只出了名的大公鸭，每当它走到门前，总要光鲜亮丽地来回踱步，用尽全力地鸣叫，二人便会做梦似的对鸭子说：

“七七，快进屋！还没被人看够啊。”

“今晚你又得‘芳香四溢了’。”

漫长的日子里，这只公鸭一直在吃东西，在它的胆囊底下藏了许多苞米和豆子，乃至它的视线都因为肥胖变得模糊不清。终于有一天，鸭子不见了。他们找遍了所有地方，当然也只是怀着希望、想当然地猜测。结果，这只鸭子忽然出现在拉维赫的家中，在那里来回踱步、鸣叫着。二人于是坐在拉维赫家门前的石凳上，琢磨着要把自己的鸭子带回去，哪怕得杀了拉维赫！可是，谁又能做到呢？镇上的人没有一个敢冒这个风险。此时的拉维赫正抓着鸭子的身体，逼它跪在地上，这可成了路人眼中一道独特的风景。人们说，她偷了多少家禽，死后脸上就会长出多少羽毛，就像在她妈妈——那个比拉维赫更加娴熟、更要危险一千倍的小偷——身上所发生的那样。

一时间女孩们又开始谈论莎乌卡——哈吉·莎乌卡，她家的母牛挤出的牛奶满满装了一大罐，罐口被一层稠密的奶皮封住。每当女孩们谈起哈吉·莎乌卡，都会睁大眼睛，为她身上的奇观所深深地吸引。她们的唇边也会出现一种满足的、狡黠的笑容……

“哈吉·莎乌卡，她手里的罐子可真好看啊！”

“她家可有一头不一般的母牛。”

莎乌卡的大宅里摆满了各种东西。她的男人很早就去世了，她便开始养起这个家，用男人的心思照料着自家的田地，家中还赡养着双亲。

每当哈吉·凯里姆去看她，她总是呼唤着：宽恕者啊！我的主！

身材高挑的她出门相迎。她双乳高挺，彷佛从未生育、也不曾奶过孩子似的。她笑着，棕色的脸庞净洁明澈，双瞳剪水。

“欢迎啊我亲爱的人，欢迎！哈吉·凯里姆！”

哈吉递过手去，她亲吻了它两次、三次。哈吉又抚着她的双肩念诵真主，并亲吻了她的额头。接着，哈吉·凯里姆紧挨着门坐在房中的石凳上，莎乌卡则坐在哈吉面前的地面上，拨弄着手中的木棍儿。她说着，哈吉·凯里姆侧耳倾听，她的话沉稳而有逻辑；每当哈吉·凯里姆讲话时，她又微笑着望向他，目不转睛……

有时候，阿卜杜勒·阿齐兹心里会想，假如哈吉·莎乌卡是他的妈妈，该有多好。儿时的他跟着爸爸去过她家里，父亲将他寄托在她身边。至今，阿齐兹仍能感受到她温柔的怀抱。然而，他却全然记不起自己的母亲抱他在怀里，或者像对待一个孩子似的宠爱他。母亲的一生仿佛都带着愁容，专注于家务和琐事，每个夜晚，母亲总会由于过度劳累而石头一样地睡去。哈吉·凯里姆回到了家里。阿卜杜勒·阿齐兹察觉到自己的父亲仍然在思念和回味那些满是爱意和情感的语言，他的妻子却早已怒火中烧，疯了似的叫嚷着日子注定要过到头了；她口中说着莎乌卡，一边笑，一边眼睛死死盯着自己的丈夫——多么奇怪的画面啊。他们曾一同前往希贾兹[①]，那时两人都还年轻。彼此之间的爱情和尊重令他们共同致力于为所有的哈吉们服务。如今，他们仍会聊起这些。哈吉·凯里姆总会自信满满地摇晃着脑袋，听着妻子对自己说着这样的话：

“安拉是不会辜负您的，哈吉·凯利姆。您一定会劳有所酬；全凭安拉，您的家门就始终敞开着吧。”

女孩们对哈吉·凯里姆衷情于哈吉·莎乌卡的心思一清二楚，阿卜杜勒·阿齐兹也明白。他们串通好了似的坏笑着，阿齐兹妈妈则厉声命令他们停止这些闲言碎语，好好干手头的活。

大盆里堆满了轻轻抖动后筛好的白面粉，阿齐兹妈妈取来盐罐，伸手进去拿出一块酵母。这仅有的酵母被她藏在盐罐里，再没有富余的了。酵母被揉进了面团，她从中掰下一块放回盐罐，存了起来。像这样，从酵母块到酵母块，这块仿佛被赐了福的酵母被反复利用着，是从何时开始的，早已无人知晓了。母亲从来不会把它外借，她让这块酵母充满了神秘和奥妙。她用温水在一个小碗里把酵母化开，在白面粉堆上挖出一个深洞，然后在微微的颤抖中一边口诵真主之名[②]，一边小心翼翼又颇具神圣感地将温热的酵母水倒进面粉里。女孩们围聚在面粉盆周围，她们的脸上满是非同寻常的专注。当流动的酵母流进面粉，她们抖动的双唇也在轻声地念诵真主，甚至连阿卜杜勒·阿齐兹自己也在认真地诵念。女孩的面前放着煮沸的牛奶，当牛奶被倾倒在面粉中的酵母上时，一股热腾腾的蒸汽缓缓升起。面粉

---

① 译者注：即“汉志”，阿拉伯半岛人文地理名称，位于沙特西部沿海地带。辖区包括伊斯兰发祥地麦加和麦地那两座圣城。

② 译者注：即“太斯米”，意为“诵真主之名”，内容为“奉至仁至慈真主之名”。

中的深洞注满了牛奶，女孩们捧了些面粉盖过洞口，开始动手和起面来。每个人都行动了起来，手巧的在取笑手拙的，纠正她的动作；一绺绺头发从额前垂下，笑声，急促的呼吸声，手臂击打发面团的声音，衣领下一对对的兰胸和一颗颗棕红、鲜小的乳头若隐若现，直到面团发热，她们笑了起来。

“我的大小姐们，专心点，小心手里的活。你，还有她！”

女孩儿们抽出手臂，抹掉残留的面粉。阿齐兹妈妈最后用手平整了面团的表面，口中念诵着真主之名。女孩儿们筋疲力尽，艰难地呼吸着，用盖子盖住了装着面团的盆子，一个一个摆放整齐。不久，足以填满两大箱子的大饼和饼干就会出锅，用欧迈尔·法尔胡德家的骆驼驮着带去坦塔城的“侍主堂”。

现在，除了等待面团发酵，再没有其他事情可做了。女孩儿们在堆放的杂物间各自安静地坐着，灯盏在她们脸上画出暗淡的光影。阿齐兹妈妈走出屋子，去查看正在隔壁屋里熟睡的孩子们，或者去做点其他什么事情——她从不会安静地坐下来等待，装面粉团的盆子蒙上了布，上百万个酵母菌正在发面团上忙活着自己的工作；或者说，阿齐兹妈妈酵母的奥秘正在上演着……那些神秘的、深藏在发面团内部的生命在房间里制造出一种奇异的氛围，女孩们把脸埋在手掌中说着悄悄话，像鸣叫的母鸡一样发出尖细的声音。

欧迈尔·法尔胡德·贾马勒的女人——那个心地善良、身材苗条、音色温润的女人，她的身上究竟发生过什么？她的父亲原来是个教法学家，去世后留给女儿六吉拉特[①]的田地；还在女儿的面前留下了真主的话，还给她留下了艾布·穆哈谢尔

① 译者注：长度和面积单位，每基拉特约等于 2.83 厘米 /175 平方米。

的书。

那本奇特的书，封皮上写满了各种魔法和配方，凡是能知晓它的秘密、破解它的符号的人，精灵就会听命于他，他也就可随心所欲、无所不能了：他能给痴呆者以智慧，让情人反目成仇，令仇人互生情思，他能治愈病痛，抚慰那些在夜里因害怕而哭闹的婴孩。阿卜杜勒·阿齐兹见过这本书，也翻过它发黄的书页，读过封皮上分散的目录，他曾亲眼看着那些陌生的符号和形状，内容涉及混杂的原料、被点燃的物体、用来敲击的钉子，以及一些人形纸片，眼睛都被插上了钉子，还有许多小袋子，里面装着各种东西：死人的骨头、鸟的羽毛、蛇皮……想要谁交好运或是想要诅咒谁，就把它藏在那人家的门槛下，等他从上面跨过……阿卜杜勒·阿齐兹看过所有这些内容，却丝毫不信。然而恐惧还是伴随着他，震慑着他幼小的心灵。他的一个妹妹睁大了眼睛，深沉的阴影和苍白的灯光湮没了她的面容，她惊恐地说：

“可是这个女人从来没做过什么坏事啊。”

原来，经常有一些女人带着孩子的衣物等一类东西来找她。她量好衣服的尺寸，并在上面打了个结，再量好结的尺寸，然后口念一些咒语，直到她完全知晓了孩子的病根。随后，她画上符咒，点起熏香，喂病人喝了一些东西，又在身上按揉推拿了半晌。仅此而已，她并没有做任何于人有害的事情。其中一个女孩笑着叫道：

“你们难道没有听说过法尔胡德的故事吗？”

其他女孩儿们异口同声地问道：

“怎么回事？”

有一次，法尔胡德独占了艾布·穆哈谢尔的书，他也想体验体验书里写的内容。在不知道一个咒语功能的情况下他就将它念了起来。除美妙以外，那时的他对书里的东西一无所知。恰巧他念到的是召唤精灵的咒语，于是精灵出现在他面前，等待着他发号施令；但这时候的他早就惊慌失措，真主也没能让他想起该说些什么，精灵发了怒，把他倒悬了起来：他的头被插进了泥土，双脚被吊在屋顶，身上的衣服也倒垂了下来，他的裸体被一览无余。女孩们沉浸在欢笑声中，其中的一个继续讲述着：法尔胡德的女人是如何来到他面前的，怎样迅速地命令精灵拯救了她的男人。如此，他总是陷入差错和困境，总是小孩似的求助于那位心怀仁爱的妻子。

但是，当中的一个女孩儿一直保持着沉默，没有加入欢笑的队伍。她眼睛圆睁，脸颊在恐惧中显得苍白无色，她的声音颤抖着：

“我害怕……”

在座的人都安静了，阿卜杜勒·阿齐兹倾听着。尽管他并不相信精灵的存在，但恐惧已然溜进了他的心。在储藏室的外面，在灯盏发出的微小而苍白的光圈外面，黑暗和寂静正在嚎叫，那寂静中充斥着许多奇怪的低语，阿齐兹努力控制着自己的恐惧，朝他的妹妹嚷道：

“你这小姑娘，有什么好怕的！”

然而女孩儿的眼睛依旧闪烁着，像一只病猫似的呻吟着：

“我很怕……”

阿卜杜勒·阿齐兹一边讲话，一边抬高自己的声音，好以此击败内心的恐惧：

“精灵的故事和她讲的那些都是不存在的，是迷信，没用的话！”

另一个女孩儿鼓起勇气，尽管她的声音仍在发抖：

“精灵也是阿丹[①]的后代。”

其中一个女孩儿轻声回应，她微弱的声音几乎都快听不到了：

“那些精灵能做的事，穆罕默德·卡米勒不知道做了多少回了。”

又是一片沉寂，甚至连一丝嘈杂声都听不到了。

“有些被溺死的孩子，肩头还写着她的咒语。”

她咽了一口唾沫。

“他们被埋在一个没有人知道的地方。”

恐惧又一次开始在阿卜杜勒·阿齐兹的心上爬行，女孩儿继续说着：

“每晚她都会去坟地里徘徊，在泥土中找寻着什么。”

阿卜杜勒·阿齐兹大声叫嚷，好让女孩儿们住口：

“疯话已经够多了！你真是个大骗子！”

一个女孩儿不依不饶地说：

“天啊！人们真的是那么说的吗？”

听到母亲走下楼梯的声音，恐惧顷刻间四散而去。母亲进屋后径直去检查发面团，发现面团已经发了起来，溢出了盆外。

“看来有人在里面吹了口气啊！”

“他们着急出发，要带饼上路呢。”

阿齐兹妈妈沉稳地说：

---

① 译者注：即亚当。

“孩子们，只有阳光照满大地，白昼才会来临；我们每个人首先都要做好自己的事情。”

阿卜杜勒·阿齐兹走出屋子，来到院子中间。院子里仍然黑暗一片，然而头顶的天空已经开始发亮，鸽子、母鸡、鸭子们渐渐从睡梦中苏醒，纷纷围向哈吉·凯里姆的另一位妻子，不时低头享用着她撒下的谷物。阿齐兹笑着，家里最不起眼的活总是她干，阿齐兹妈妈对她说：

“喂过水以后再把它们圈起来，免得它们搅和了备饼。”

她一言不发地照做了。之后，她还要缓慢而安静地打扫整个宅子。阿卜杜勒·阿齐兹一边端详着她，一边笑着。他想起她最近一次去探亲时发生的事情：亲戚们送给她一只公鸭，回来后，那只鸭子被放在火炉上烤了一整天；到了晚上，宅子中间的草席擦拭一新，一张大圆桌支在那里。哈吉·凯里姆坐在正中间，身旁坐着他的孩子们和客人们。米饭、汤泡饼和其他食物端了上来，鸭子却还没出锅。她羞愧难当，哈吉亲自来到火炉旁，戳了戳鸭肉，又用指头拉了拉，好像那是块橡胶似的；他取来刀子在鸭肉上切开了一道口子，然后郑重地说，还是明天一大早把它重烤一次吧。阿卜杜勒·阿齐兹笑着，她做的事情没有一件能像模像样地完成。尽管如此，她仍旧是个善良、温顺、重情谊的女人。哈吉·凯里姆是在拉茜黛的妈妈——他的堂妹去世以后娶的她：堂妹去世后，哈吉前往舅舅家中，娶回了现在的她。故去的堂妹曾是他最中意的妻子，是这世上他最喜欢的人。她走了以后，哈吉·凯里姆再也没有感受过婚姻带给他的幸福。

阿齐兹妈妈朝最小的女儿叫道：

“快去！把萨巴赫妈妈叫来！”

“要把拉茜黛也叫来吗？”

“对！把拉茜黛也叫来！”

萨巴赫的妈妈是备饼时专门守坐在炉前的帮工，她的女儿也会跟她一起来——那个个头高挑、双乳丰满，总是能引起阿齐兹兴趣的女孩儿。今天的阿齐兹怕是也在劫难逃了，总凭挖苦本事逗乐所有人的拉茜黛也会来，这天注定是不同寻常的一天——一个在拉茜黛的带领下，充满了笑声笑语和喧哗吵闹的备饼的日子。拉茜黛一直患有眼疾，这让她免于繁重的家务活。她经常整日待在家中，专注地用她柔软的双手搓洗衣服。她没有工作，隔三岔五就要去坦塔城治眼睛，大部分时间和母亲家的亲戚们一起度过。她从城里的姑娘们那里学到很多东西：她曾经穿着时髦的衣服,幻想一位绅士来娶她过门,带她离开镇子。只有过节时她才回来，那时，缓步下车的她会呼唤那些干净而懂礼貌的孩子：

“小伙子们，来亲吻你们姨妈的手吧；姑娘们，快来亲吻姨妈的手吧。”

然而，她却嫁给了一个身形巨大、懂得毛纺的农民。他的大袍、小帽、围巾都出自他本人的“手笔”。在拉茜黛之前的那个妻子过世了，留给他许多孩子。他们一个个都光着头，脸上也很脏，那时的阿卜杜勒·阿齐兹还是个孩子。拉茜黛婚礼的那天，他看到巨大的新郎钻进大袍，瘦长的身躯像一根木头似的立在大袍中间，当那根袍子里的木头开始一溜小跑，阿齐兹大声地哭叫了起来。

而今的拉茜黛早已被无休止的家务活纠缠不清，只有在挖苦和嘲讽周遭的一切时，她才能从农活的重负中缓过神来，她身边的人也都会被她逗笑。

一个女孩儿坐在炉前，铲扫着上一次备饼时留在炉内的尘灰。无数个夜晚，这个火炉总是不出声响、一动不动地坐在屋子正中间。炉身上有两扇巨大的铁门，门内那一团可怕的、黑暗的所在马上就要燃起熊熊的火焰，旁边围着吵闹不休的女人们。

一张大圆桌摆在了炉前，一些破旧的草席和麻袋平铺在它的周围，装着发面团的盆子也摆在了圆桌旁边。阿卜杜勒·阿齐兹的妈妈坐了下来，擦了擦圆桌的表面，力道恰到好处。然后她从发面上扯下一块一块面团，把它们挨个摆在桌面上。

萨巴赫的妈妈推门而入，身后跟着萨巴赫。阿卜杜勒·阿齐兹的心在胸腔里揪了一下。他安静地坐在石凳上，警觉地观察着。萨巴赫妈妈叫唤道：

“奉至仁至慈的真主之名，愿先知安息。”

接着，她径直走向火炉，在炉前坐了下来。阿齐兹妈妈对她说：

“萨巴赫她妈，快来吧，你来了就能点炉子了。”

女孩儿们连同哈吉·凯里姆的另一个妻子，一起坐在圆桌旁边，每个人都手拿一块带柄的木板。大家安静了下来，开始轻声念诵真主之名，她们的嘴唇颤动着。阿卜杜勒·阿齐兹的母亲把一根柴火棍放在灯盏的火焰上，抬高了自己的声音：

“奉至仁至慈的真主之名，安拉啊，我们的指路人。”

燃起火焰的木棍被投进了火炉的拱门，一根接一根的柴火棍被丢进了炉内，炉火燃起来了。女孩儿们从发酵的面团上揪下一块面，放在圆桌上用手掌拍打，直至面饼初步有了形状；然后再用合适的力道将面饼摊在手中的木板上；她们用温柔的手掌不停地拍打着面饼的表面，用木板将面饼抛向空中，翻过一面后再用木板接住。饼和木板间的距离越抛越远，女孩们重复着这个动作，同时用手掌拍打着面饼的表面，直至饼的边缘超出木板。

炉火的苗头已经冲出了火炉的拱门。阿齐兹妈妈用自己长柄的木板接过女孩儿们做好的一张张面饼，将它投向火焰中间的烤盘。一张张白色的面饼优雅地平躺着，慢慢地开始有了生命的迹象：它们逐渐膨胀，在原先的位置躁动不安，直至有了熟透的身躯和红扑扑的表面。此时，拉茜黛妈妈用她的铁棍子将烤熟的饼收了回来。

整个宅子被炉烟笼罩，乃至鸽子也无法像往常一样围着屋子盘旋。它们深吸一口气，然后奋力飞向远离烟雾的高空。屋檐上麻雀巢里，小鸟们不停地跳跃着、叽叽喳喳地叫唤着。伴随刚出炉的大饼所散发出的热气，飞扬着面粉的屋子也开始暖了起来。木板拍打面团的声音，柴火燃烧的噼啪声，姑娘们的细语声……所有的声音加在一起，让阿齐兹的母亲不得不提高声音，她近乎叫喊般发号着施令——只有这样别人才能听见她说了什么。房门时不时被推开，一位妇女带着孩子走了进来，高声说道：

“奉至仁至慈的真主之名,孩子们啊,饼已经进了炉子了啊!岁岁平安，岁岁平安！”

女孩儿们则会像乐队和声似的齐声回应她，她们欢笑着、吵闹着，招呼她快来帮忙：

“来搭把手吧！先知会赐福给你的！”

来者客气地回答道：

“不管是参与了备饼的还是没有参与的，都祝福你们！素丹老爷来瞧瞧吧！愿安拉让哈吉·凯利姆的善心和善举永远不要停歇。”

然后她脱下鞋子，拿起一块木板，围坐在圆桌旁，也加入了她们的和声、欢笑声、喧闹声和叽叽喳喳的声音中……原来她只是来给家里借点光亮的。

“说真的，孩子们自己在家，还有许多活没有干，我确实没有时间久留了。”

然而女孩儿们还在挽留着她，大饼的温热也让她无法轻易离去。

“姐姐啊，你就坐下来做两张饼吧，这可是献给圣徒素丹的饼啊。”

于是，她做了一张又一张的饼，几乎忘记了自己……终于她站起身来，抖了抖身上的面粉，点燃了手中的灯盏，伴随着女孩们的喊声和笑声，一溜烟地回去了。

阿卜杜勒·阿齐兹抬眼看着萨巴赫，她的双手始终被面饼和木板上的活占着，单薄的袍子底下，乳房微微抖动着，原本红润的面颊在疲惫中越发红润，脸上和睫毛上还沾着面粉。火炉拱门内那团鲜红的火焰正熊熊燃烧着，萨巴赫的母亲一张又一张地往里投送着面饼。女孩儿们沉浸在欢声笑语中，一个个仿佛都变成了动作整齐划一的机器，一边用手扬起面粉，一边吵闹着，母亲依然紧锁着眉头，一言不发地揪起面团，一块一块地摆在圆桌上，周而复始。

房门又被推开了，哈吉·莎乌卡走了进来。她身材细长，嘤嘤地笑着。她身穿一件红色的丝绸外套，美丽而优雅。

“奉至仁至慈的真主之名，愿使者安息。”

女儿们的嘈杂声和附和声越发地响亮了。阿卜杜勒·阿齐兹站在正对大门的石凳上，哈吉·莎乌卡把她揽在怀里。她的衣服和面容都是那么温婉柔和，身上还带着熏香沐浴后残留的香皂味。仿佛是出自身体血脉里的一种猛烈的本能反应，阿齐兹惊恐地从莎乌卡的怀抱中挣脱而出。

“亲爱的阿齐兹，你还好吗？”

接着，她又光鲜亮丽地朝着圆桌盛宴和女孩们走去：

“祝你们健康，姑娘们！在备饼呢？岁岁有今朝！”

欢乐和吵闹的嘈杂声又一次爆发了。

“真是的，哈吉姑姑，我们从早上就在等你了，怎么现在才来，快来跟我们一起吧。使者会赐福给你。”

“阿卜杜勒·阿齐兹他妈，你好啊，祝你健康！许久不见。这活我也早就生疏了。”

“你好啊，我的妹妹，愿你更健康！”

两人不加亲吻地相互问候毕，莎乌卡继续去和女孩儿们说话。

“福气都在你们年轻人身上，我们这些人已经完啦，我们的时代早就过去了。”

女孩儿们假装听不明白。阿齐兹的母亲在一旁默不作声，却也敏锐地察觉到她声音中夹杂的几分傲气：

“怎么会！您的时代过去了，可您还是那么聪慧过人啊，哈吉姨姨！”

在夸赞声中她满意地笑了。身着绸衣的她坐在了圆桌旁，取过一块木板开始同姑娘们一起备饼。阿卜杜勒·阿齐兹端详着她的双肩和小臂，像她这样的女人真是绝无仅有。

“我先说好，给巴达维老爷的诞辰备饼可是马虎不得的，我就做一张，最多两张饼，否则做失败了的饼我只好自己全吃了。”

说罢，哈吉·莎乌卡哈哈大笑。阿卜杜勒·阿齐兹拿她和萨巴赫做了对比，前者是成熟的完美，后者是初始的繁茂，女孩们责备地叫嚷着：

“失败？您的一生几时失败过？做几张饼让我们瞧瞧吧。萨巴赫她妈，当心了，哈吉姨姨的饼要来了！”

一双双眼睛盯着哈吉·莎乌卡的饼——它优雅白净地平躺在火炉中间，慢慢开始膨胀，开始在原先的位置躁动起来，像一只壮硕的雄鸡一样，不把周遭的一切放在眼里。女孩儿们爆发出毫不掩饰的赞叹的笑声，哈吉·莎乌卡也加入了：

“只是巧合，孩子们。真主只是不愿戳穿我而已！”

她放下手中的木板，那柔顺、摆动的刘海上方包着一条蓝色的头巾，两条大辫子落在背上，上面还系着一把钥匙。她卷起衣袖，让自己融入这备饼的火热中。

房门又一次打开了，拉茜黛一边呼唤着兄弟姐妹们一边走了进来：

“你们这些没良心的！”

“哈，凯利姆他妈来了！”

她发现了石凳上的阿卜杜勒·阿齐兹。

“我的宝贝儿！”

说着，她把他拥在怀里。拉茜黛尤其喜欢他，阿齐兹也紧紧抱着她。她有着娇小的身材，细窄的双肩。

“你好吗，阿齐兹？你那些姐姐妹妹都没有良心了！远处就听到您的声音了，哈吉姨姨，您身体还好吧？”

说着，拉茜黛转头向阿齐兹妈妈望去，先是亲吻了她的双手，又问候了她。拉茜黛是绝对不会忘了规矩的。然后她才回身去问候哈吉·莎乌卡：

“哈吉姨姨，我老远就听到您的声音了，我还说要是备饼缺了您，那可就太没意思了。”

“你太客气了，我亲爱的拉茜黛，感赞你的美言。真像你父亲一样，生了一张甜美的嘴啊。”

所有人都说，拉茜黛是她爸爸的心头肉，莎乌卡又拿起木板，加入做饼的行列。如果一伙人里同时有拉茜黛和哈吉·莎乌卡在，那必定是最欢乐的。而这就是为先圣巴达维备饼的日子，几天之后就是他的诞辰。

一个女孩儿央求着：

“拉茜黛啊，求你让你的父亲也带我一起去吧，我可以在诞辰庆典的那几天帮你在厨房打下手。求你了，拉茜黛，你说什么我都答应。”

“我亲爱的妹妹，没问题！”

“拉茜黛，还有我！”

“遵命，我的心肝儿。”

“还有我！”

哈吉·莎乌卡插话说道：

“你们每个人都能去，这一年又一年，你们怎么总是这么来精神。”

女孩儿们爆发出清脆爽朗的欢笑。手中的木板抛在空中，一张张面饼在上面轻快地翻着跟头。也许是自在，或者出于疲劳，也可能是开心，哈吉·莎乌卡脱去了自己的丝质大袍，身上只留下一件粉色的内衬，女孩儿们和拉茜黛也都效仿，露出一件件内衬，浅蓝色、粉色，短衣袖的、宽前襟的……有什么可害羞的呢？又没有外人在场,阿卜杜勒·阿齐兹也没什么危险；即使有，也只有萨巴赫的妈妈在那里警觉地盯着他看。

“可不能相信男孩儿，年龄小的也不行。”

姐姐们冲他笑着，阿齐兹悻悻地低下了头，然后抬起眼睛，瞥见哈吉·莎乌卡的胳膊、双乳和前襟，以及她的笑容，还有她那精致的下颚。但是，萨巴赫身上那件松弛的内衬在胸部断开了！胸脯的峰顶，一对精致的棕色乳头在那里若隐若现。他迅速移开了视线,心脏差点从胸腔里跳了出来;视线又收了回来，恰巧和萨巴赫的眼神交合在一起。她慌忙地用手合拢了胸前的衣襟，却又赶忙松开衣襟去理会眼前的面饼。一对酥胸几乎要跳出那件柔软的内衬。阿卜杜勒·阿齐兹根本无法移开他的视线。灯盏始终亮着，在一片喧闹声中，在燃烧的火焰和拍响的木板声中，微热的面粉飞扬在空中，灯盏始终亮着。此时的阿齐兹正急促地呼吸着，几乎要在那里一命呜呼。

拉茜黛略带炫耀和讽刺意味地用她那带疾的眼睛打量着自己伸向木板的小臂，拨弄着眼睛上方的眉毛，不时舔舔自己的嘴唇。女孩们都在笑话她，而她就只是佯装训斥地对她们说：

“有什么好笑的？我们每个人都美得像玫瑰一样，只是缺少些好运罢了。”

她们笑着,廉价的耳环和石头做成的项链发出清脆的响声。

刚刚发育的双乳撑起柔软内衬的前襟，阿卜杜勒·阿齐兹和萨巴赫的胸脯紧紧连在了一起，苦遭蹂躏的阿齐兹心如擂鼓……

“只要稍加打扮，多休息些时日，我们一定比坦塔城的女人们美多了！”

哈吉·莎乌卡回应着说：

“倒也未必，只是她们与我们的习惯不同，生活方式也不同。她们大都各自专心致志地过着自己的日子。”

哈吉一边说着，一边摇晃着身子，她的乳房也跟着晃动。她躬下身子，双肩向前，举手投足的妩媚让阿卜杜勒·阿齐兹心慌意乱。眉飞色舞的女孩儿们疯了似的朝他叫喊着，哈吉·莎乌卡是如何在端庄持重的外表下隐藏了这样的婀娜多姿呢？一定是备饼日里特有的疯狂——这真是所有日子中最奇特的一天。阿卜杜勒·阿齐兹几乎要跳到萨巴赫身上，去吮吸她的乳房和双唇。什么时候她们才会派她去取什么东西，好让他有机会与她独处、把她捕获？

拉茜黛看着哈吉·莎乌卡，责备地说：

“真主诅咒她们，诅咒她们的面容！都是没有意义的东西。”

哈吉·莎乌卡用一种新的、恼人的方式答道：

“我亲爱的，咱这男人们可都是喜欢她们那样的女人啊。”

“天啊，哈吉·莎乌卡，你在说些什么？”

哈吉·凯里姆的另一个妻子在惊慌中睁大了眼睛，而阿卜杜勒·阿齐兹的妈妈却独有一种让自己绝缘于周遭所有事物的能力，她用鹰隼一样的眼睛盯着一张张即将入锅的面饼，心无旁骛。

拉茜黛则幸灾乐祸地说道：

“随他们去喜欢吧，他们就算去了坦塔，最后还得回来，我们就在他们后面，等着他们来认怂！他们终究会发现，城里的姑娘鼻子虽然好看，可个头太矮，那些和我们不一样的女孩儿，根本不用理会。”

女孩们取笑着拉茜黛的勇气，笑到几乎喘不上气来；其中一个姑娘突然也鼓起勇气说：

“城里的姑娘们都美丽漂亮，她们的男人们也都英俊帅气！”

笑声又一次四起，拉茜黛赶忙道：

“可不是么！我刚刚也想说，你啊，将来就嫁给一位城里的先生好了！”

阿卜杜勒·阿齐兹像一只猫似的，眼睛在兴奋的女孩圈里穿梭着，估算着她们的每一个动作。现在，萨巴赫会被派到黑暗的储藏室再去取一些面粉；他跳跃着溜进了储藏室，在黑暗中隐藏在门后。萨巴赫的脚刚刚迈进来，他就踢了一下门，门基本上锁起来了。他和她在黑暗中，两人的心跳声和起伏的呼吸声依稀可辨。阿齐兹慌忙伸手抓住她内衬的末端，双臂环绕着她裸露的细腰，用力抱住了她。她的脑袋向后躲去，手中的面粉盆在掉在了地上；她的乳房就在阿卜杜勒·阿齐兹的鼻子下面，阿齐兹用另一只手完全解开了她的内衣；她摇着头，向后躲闪着，不让他靠近自己的衣襟；阿齐兹用力把脸贴在她的双乳之间，两只胳膊紧紧揽住她裸露的身体。她只能像一只无助的鱼一般在阿齐兹手中挣扎着。阿齐兹强拧着她的腰肢，直至她的小腿开始弯曲，最终被推倒在地上。解开的衬衣紧贴着地面，阿齐兹的脸紧贴在她的胸脯上，萨巴赫像一只病猫，在慌乱而急促的呼吸中挣扎着：

“不！不行！别这样，阿齐兹老爷！”

阿齐兹伸手去解她的裤子。萨巴赫用力反抗，捶打着身上的阿齐兹：

“我要喊你妈妈来了！伟大的真主作证！”

在她的威胁下，阿齐兹赶忙起身。他突然手足无措，被脚下的罐子绊了一下，差点脸朝下摔倒在地上。她赤身站了起来，身上只剩下裤子。她叫嚷着：

“向先知发誓，你等着吧，小子！”

阿齐兹低声回说：

“没必要这样吧。”

她穿上衬衣，在罐子里装满面粉，出去了。留下阿齐兹坐在一张倒扣的筐上，平复着自己的呼吸。

他走出厨房，发现萨巴赫已经重新加入做饼的行列。一张张面饼在空中飞舞着。她已经忘记了之前的一切。他一边懊恼，一边无精打采地坐在石凳上，眼瞅着一张张烤熟的大饼，饼身上的热气也仿佛从他的血管流向大脑。萨巴赫的乳房还在他眼前跳动，再也没有什么能填充他的饥饿了，那饥饿让他泫然欲泣——他想要的是亲吻，是拥抱……

赛米拉从梯子上走了下来，裙摆在她的双腿间飞舞着。她的笑声仿佛点亮了脚下的路……

“阿卜杜勒·阿齐兹！”

女孩儿们开始嚷：

“赛米拉！赛米拉！”

拉西黛开心又略带责备地招呼她说：

“欢迎你，我的赛米拉！你不来问候问候我吗，未来的弟媳妇。”

羞涩像鲜红的血液一样，涌上赛米拉的脸庞。所有人都说，等他俩长大以后，阿卜杜勒·阿齐兹会娶她做妻子。阿齐兹起身回应，她递上早先从他那里借来的书，匆忙地跑开了。阿齐兹心里浮现出一种特别的感觉,一种特别的忧伤。他进屋去放书，看着那些被尘土覆盖的封面，一本本小说和其他书籍，他心里那种细微的、特别的忧伤也像被尘封了似的，蜷缩在某一个角落,一同被尘封的还有那张小纸条,上面写着他喜欢的人的名字:赛米拉，萨巴赫，哈吉·莎乌卡……此刻，就算是一条河也无法浸润他内心的干渴。

他倚门站着，此时，早晨露出了它的真容。门被推开了，巴达维的女人走了进来，还有穆罕默德·卡米勒的妻子萨蒂卡。那两张面孔，前者面色红润，微笑着，露出整齐而洁白的牙齿；后者面色黝黑而憔悴，一对大眼中仿佛隐藏着特别的忧伤。

“愿真主补偿你，我的姐姐。”

萨蒂卡听到了祝福，却只是低头做着饼，没有望向任何人。阿卜杜勒·阿齐兹知道，她一直被这种忧伤折磨着。原本她只愿独处，让其他人做饼，她盼着备饼这天的热闹能让她们都离自己远一点……她来只是为了沾沾素丹老爷的光，做两张饼，盼着能够受到圣徒们的保佑，也好增加一点原本已经所剩无几的福气。也许，圣徒们正在用一张张待哺的嘴、希望和祈求试炼着她，用衰老和药方指引着她。

“这男人给老婆做了件衣服。可是先知啊，就再没有第二件了，她可是生了三个孩子的啊……”

艾哈迈德·巴达维的妻子羞红了脸庞，低头做着饼。

这时，个头不小的拉维赫突然跳到了房子中间，活像一只兀鹰。她绿色的双眼用不寻常的速度左右打量着。她像极了一只鹦鸟，激动地呼喊着：

“我也不用说,也不用唱,真主啊！即使过了一千年,哈吉·凯里姆的家也一样会门庭若市吧！”

接着，她跑去阿齐兹身旁，夺过他的一只手，又高举起自己的另一只手，预言道：

“凭真主的意愿，你将来一定会做个大官！”

女孩儿们沉浸在嘈杂的欢笑中，一点也不惧怕她。镇里的每户人家都有被她偷盗的经历，唯独哈吉·凯里姆家安然无恙。

“来坐下吧，拉维赫姨姨，帮我们做两张饼。”

“可是我没有时间啦，我得回家去给我家老头子做饼去，他工作辛苦得很，得做些厚饼，哎，假如镇子里没有哈吉大叔和老头子，这日子该怎么过啊！”

拉茜黛和莎乌卡冲她笑着，异口同声地招呼她：

“真是的，你快坐下吧，拉维赫！”

阿齐兹身边的门开了，哈吉·凯里姆走了进来，身后跟着艾哈迈德·巴达维、公子哥穆罕默德，以及伊拉克的聋人。嘈杂的言语声和笑声戛然而止，所有人都慌忙找着木板来遮挡自己。

“孩子们，祝你们年年安康！”

“欢迎！欢迎！我眼中的光芒啊！”

拉维赫一边呼唤着，一边用手指向自己的男人穆罕默德和哈吉·凯里姆。

“你好，你好！”

说着，她踩着舞步跳跃到他们面前，公子哥穆罕默德哈哈大笑：

“可以了！你这狗丫头。”

拉维赫拿起篮子走了出去，没有和任何人打招呼。所有人都因为哈吉·凯里姆的到来而欣喜不已，拉茜黛的脸上也泛起了光泽。

“大叔啊，祝您年年有今日，祝您和您的兄弟们健康长寿！”

哈吉·莎乌卡连忙说着，又恢复了往日的庄重，脸上亮起一种特殊的光芒：

“我的哥哥啊，希望您这里永远都门庭若市，可不能断了这些行善的好事。”

哈吉·凯里姆也为她祝福道：

“哈吉啊，欢迎你，也祝你健康多福！”

艾哈迈德·巴达维看了一眼自己羞涩的妻子，她正用手中的木板遮挡着自己的脸。公子哥哈哈大笑着，伊拉克聋人欣喜若狂地把双手放在嘴上呼唤着，祈求着素丹的保佑。宅子里又一次被充满了欢声笑语和嬉笑打闹，女孩们跟随拉茜黛起着哄，求哈吉·凯里姆答应带她们一同去感受素丹诞辰的喜悦。哈吉·凯里姆笑着说：

“但愿吧，但愿吧，全凭真主。”

黑暗中的储藏室充斥着大饼和饼干的香味，燃烧着的蜡烛照出苍白的光影。阿卜杜勒·阿齐兹的妈妈坐在盘子和罐子中间，头顶上挂着一串串洋葱和大蒜。大饼在她面前堆砌成山，四周围绕着面色疲惫的女儿们。一张张大饼跳跃着，她用手中的布掸去饼上的面粉，小心翼翼地不让它们馊掉或者被烧焦。掸好的饼被放在一边，绝不会有人去动它。她会和饼一起生活，确保大饼没有任何闪失。除了她以外，不会有人因吃了这饼而欢欣愉悦。

哈吉·凯里姆走了过来，满意地看着一堆堆的大饼，然后摇晃着脑袋向女儿们走去。他微笑着对她们说：

“祝你们年年健康、开心！”

阿齐兹妈妈回应着说：

“我可是把家里所有的积蓄都用上了，这一年我们就喝西北风算了！”

女儿们僵在了那里，一双双眼睛盯着自己的爸爸和妈妈，等待着即将到来的风暴。然而哈吉·凯里姆只是难过地摇了摇头，朝阿卜杜勒·阿齐兹走去。

“阿卜杜勒·阿齐兹，去取灯盏来吧。”

说完，他从容不迫地走了出去，走向了他的追随者们，走向了夜晚的礼聚……

旅　途

全然无法入睡。只要闭上双眼，无数奇怪的寤梦就会向他袭来；凶狠的蚊子嗡嗡地在耳边厮磨；身上那件老旧的睡衣下，跳蚤在他的身躯上缓缓爬行；枕头里跑出的灰尘让他的鼻子隐隐发酸。随后，又是那些杂乱无章的寤梦……

此刻的他独自一人仰卧在房间里那张锈迹斑斑的旧床上。母亲对他说：

“我的孩子，你自己睡吧，有事就叫我。”

铜器的碰撞声从正下方哈吉·凯里姆的屋里传来——哈吉正在洗澡，今天是出发去坦塔城的日子。阿卜杜勒·阿齐兹阖上双眼，尝试着入睡。一波波奇怪的梦又向他袭来：奇幻的形状，巨大的身体，一副副越来越大的面孔，一张张奇丑无比的大嘴，渗着脓液和毒汁的犬牙，说着那些最为恶毒、罪孽深重的话语，他们越过那细长的、生了锈的床柱，抓住了他的手。阿齐兹睁开眼睛，眼前仍旧是一片黑暗，看不见任何希望。

透过楼下传来的铜器碰撞声，他看到了自己儿时的画面。全身赤裸的哈吉·凯里姆站在大盆中间的木头板凳上，温热的水流从红色陶壶的壶嘴中喷涌而出，在他的身上流淌；哈吉·凯里姆庄重又愉悦地祝祷着。铜制的床柱高高矗立，阿卜杜勒·阿齐兹小巧的手掌贴在床垫上，热水从高悬的红色陶壶中里流下，散发出一股热气。头发散乱的母亲站在一旁，身上只有一件轻柔的大袍。地上还有一堆孩子，他们赤裸着身体，身上的汗液发出一阵阵又咸又苦的味道。

阿卜杜勒·阿齐兹尝试着入睡，然而那些形象时时浮现，构成了许多恐怖的场景，充斥着脓液和毒水。阿卜杜勒·阿齐兹又一次睁开了双眼，努力清醒过来，试图弄清那些头绪，好平静、安稳地睡一觉。

他猛然坐了起来，点亮了身边的灯来驱赶黑暗中的恐惧。一摞书堆放在角落里，他望着那些被尘土覆盖了的封皮：那些书籍曾占据了他，也治愈了他——书中的话语曾经带他进入一个个陌生的迷宫，他的世界里不再有任何东西是一成不变的。过去的那些幻想被那把可怕的知识的铁镐一个又一个地摧毁。勇气和苦楚在他的内心深处同时产生，使他沉溺于这两者的刺痛所带来的快感。

他慢悠悠地走下了楼梯，麻雀还在柴棚里窝着，母鸡们正贪婪地享用着早晨的谷物，刚刚长出绒毛的雏鸽还绻在巢里，方才苏醒的清晨面目狰狞，寤梦都不见了踪影。然而，在脑海深处的某一个角落，一个疑难的问题还存在着，他的内心还保留着不曾消散的忧虑。

哈吉·凯里姆在屋子中间的石凳上坐着，洗过澡、剃过须的他面容光洁。怀表的银链从前襟的扣眼延伸至胸前的衣兜，阿卜杜勒·阿齐兹仿佛老远就能感觉到父亲衣襟的光滑和那根怀表链的冰冷，他多么想把头贴在父亲的怀里，可父亲又是那样的遥不可及。

阿齐兹去亲吻了父亲的手，惴惴不安地坐在了一旁的墙角边。父亲的口中还在默默念着经文，已尽尾声。终于，他感赞了真主，招呼着同行的兄弟，坚定地擦了一把脸，然后呼唤着：

“孩子们，拿吃的来吧。”

一块一块的食盐。他放了一把在自己嘴中，把剩下的递给了阿卜杜勒·阿齐兹，阿齐兹无比香甜地吃了下去。阳光在宅子中间亮起，屋子的角落里却还有星星点点的忧伤。睡迟了的麻雀还在巢中眨巴着眼睛。

“孩子们，把咖啡端过来吧。”

闪闪发亮的黄色铜壶，雕满花纹的大玻璃杯。哈吉·凯里姆享用着他的咖啡。他曾告诉阿齐兹不知多少次，咖啡是口念真主的大人才能喝的；他们只喝黑咖啡，不加糖，这样才好免于夜晚的困倦，得以夜夜念诵真主、赞美真主。送别的甜美让众人泪水潸然。没有梦中的魑魅魍魉，也没有那些罪孽、可怕的言语。阿卜杜勒·阿齐兹却再也不觉得送别有什么甜美，也再也找不到方寸，他痛恨黑夜，拼命向白日的光明奔跑着，他多么希望能把脸埋在哈吉·凯里姆那黝黑的手掌中大哭一场。

“喝吧，阿卜杜勒·阿齐兹。”

说着，哈吉·凯里姆把玻璃杯递了过去，阿齐兹带着愧意连忙接过。这是他第一次品尝父亲的咖啡，他的视线定格在地面上，目不转睛。味道好极了，这成年人的饮品。

母亲取来了红毡帽和围巾。哈吉·凯利姆双腿折叠跪在那里，红毡帽扣在他的膝上，伸展开来的围巾在他和阿齐兹母亲之间形成一条巨大的、肉眼无法看到的鸿沟；围脖开始一圈一圈的缠绕，多么好看的一条缎带啊！儿时的阿卜杜勒·阿齐兹经常和母亲比赛缠绕围巾，输了比赛又扭到手的他往往惹得父亲哈哈大笑，他便叫嚷着再来一次，那时候，身边的一切都充满了欢乐和喜悦。

哈吉·凯里姆仔细地把围巾缠绕在脖颈周围。阿齐兹认真地观察着父亲，他的面色苍白而凝重。

哈吉·凯里姆的另一位妻子坐在屋前，双手托着下巴，一言不发。女儿们都在安静地忙着早晨的活。哈吉·凯里姆手拿着头巾走向阿齐兹的妈妈，接着又从容不迫地走进屋子，站在衣柜的镜子前面，穿上了自己那件印有波斯纹的卡夫坦长衫，系上一条雕花的长丝带，再套上那件克什米尔大袍，随后拿起头巾，包在头上。他一边照着镜子，一边从容地整理着前襟的衣领。他的双唇闭合着，表情庄严肃穆。哈吉·凯里姆身上的一切都显得悠然自若，没有半点差错。

> “干净又利落，艾布·宰德；取利剑，背行囊，叩拜真主当成双；锃亮宝甲配披风，意决尸裹突尼斯。新月部落多子嗣，送别祝祷难告辞；平地荒原抬眼观，回首再将老者瞻，有吟有诵相叮咛，尔等当为先知吟……”

阿卜杜勒·阿齐兹早已忘记了这首诗，甚至忘记了艾哈迈德·巴达维在吟唱这首诗歌的声音；然而，那一刻的思念与渴望却令他魂不守舍——那是一种对旅途的思念，对出行的渴望。

哈吉·凯里姆沉默地站在宅子中央，他眼窝深陷，视线从不落地。四下里没有一点嘈杂，鸽子也都待在巢里，不发出半点声音。似乎每当哈吉·凯里姆站在那里做礼拜时，它们决不敢上前打扰。

“好了，我们全凭真主，出发吧。”

说着，他伸出手去，阿卜杜勒·阿齐兹的妈妈赶忙拿来斗篷，披在他的肩上；又取来他的手杖，挂在他的右臂。他开始向大门走去，阿齐兹的妈妈走上前，哈吉·凯里姆递过手去，她不加言语地亲吻了他的手，然后是另一位妻子，而后是女儿们。街上，他从容不迫地向前走着，旁边的阿卜杜勒·阿齐兹正迈着稳健的步伐紧随其后。

宅子的阳台被清扫一净，长椅用白色的布擦拭一新。大街仍然寂静无声，清晨的湿漉抑止了尘土在街上四处飞扬。哈吉·凯里姆像往常一样坐在沙发上，手中拿着手杖。他把斗篷放在旁边，拿出了烟草盒，开始给自己卷烟。阶梯从他的眼前伸向街道，紧挨着一汪水池，里面放着几个沾满面粉的筛子。再往后便是一块又一块的田地，一直延伸到天际。他的双眼饱含着思念与不舍望向远方，黝黑的圆脸洋溢着满足，那是旅途所带给他的喜悦。旅途，通向素丹之路。除旅途之外，再没有什么能在他的心里种下这样的欢乐。

穆罕默德·卡米勒笑着走上了台阶，他身穿一件刚刚洗过的大袍，红色的羊毛小帽上缠绕着一条头巾，头巾的末端搭在他的肩头。哈吉·凯里姆连连表示欢迎，两人相互问候，表达了各自队对方的思念，彷佛很多年不曾见面似的；其实，昨日他们还在那大厅里一起彻夜不眠。穆罕默德·卡米勒亲吻了哈吉·凯里姆的双肩，哈吉·凯里姆也吻了他的眉心。卡米勒又问候了阿卜杜勒·阿齐兹，然后眉开眼笑地坐在了沙发上。他取出了烟草盒，拿着一根木棍在里面挑选着。哈吉·凯里姆唤他说：

“卡米勒啊，那诗人曾经是怎么说的来着？”

穆罕默德·卡米勒摇晃着脑袋，眯着眼睛思忖着。

“好吧我的大叔，让我想想……”

“我的大叔，那诗里是这么说的：

阿拉伯人啊，唤我之名，我自召之即来！

我立身尔等门前，只待闻声而入……”

“真主啊，妙极了！”

穆罕默德·卡米勒朝哈吉·凯里姆伸出手掌致意，用烟袋里飞出的青烟向他表达着决心。

“真主啊，切莫将我们逐出您的正途，我们唯您的命令是从！”

穆罕默德·卡米勒坐下没多久，艾哈迈德·巴达维和伊拉克的聋人就走了进来，他们一边笑着，一边赞叹着真主。伊拉克人摘下红色的头巾，捋着胡子，站在阳台的中间，并没有向谁问好。而后，他提高了嗓门，呼唤着素丹的保佑。

“圣徒巴达维，艾哈迈德老爷啊，求您保佑我们吧！”

艾哈迈德·巴达维来到哈吉·凯里姆面前，拥抱了他。他身上穿着件崭新的衣服，一顶小帽牢牢地扣在头上，斗篷也因为他矮小的个头拖在了地上。伊拉克人躬身亲吻了哈吉·凯里姆的手，哈吉也亲吻了他的额头。伊拉克人唱着说：

“大叔啊，凡受素丹青睐的人，必定荣光满面！素丹保佑！”

人们从四面八方赶来，宅子的阳台上到处是一张张欢欣鼓舞的面容。人们拿出烟盒，卷上烟卷，有的拿出烟锅，在驴鞍子上敲几下，给兄弟们让让烟。阿卜杜勒·阿齐兹在一旁的角落里安静地微笑着，众人的欢喜驱散了他夜晚的哀思，横扫了它，清洗了它……

是什么让他们聚在一起的呢？是伊拉克聋人的呼唤，还是那些很多天以前就悄悄溜进镇子里的气息？在月儿高悬、话语飞转的夏日里，它们急匆匆地在每个人的心里、在绿油油的植物上，甚至在水池中吹旺了一把火。欢乐的日子是什么样的呢？一年到头，相比于艰辛的劳作和永无休止的疲倦，欢乐的日子并不多见；在欢乐的日子里，素丹的诞辰是最为独特的，它意味着身赴坦塔的奇异之旅，和之后在那里的一个个充满了光明、歌唱和喧嚣的夜晚。

“向伟大的真主起誓，即使我遭了拉维赫的偷窃，哪怕家里的仓库被盗窃一空，我也一定要去！”

在座的所有人都望向一个被渴望和思念缠绕着的少年，看着他喋喋不休，看着他庄重地起誓，然后哄堂大笑，每个人的心里都藏着渴望和思念，每个人的袋子里却都只藏着些破布，价值几个皮阿斯特或者根本一文不值。然而，真主是慷慨的，从现在开始直到启程之日，真主会升起七重天，让整个大地都充满欢愉。

那个早晨，人们穿上洗净的大袍，在小河里竖起杆子。所有人都兴高采烈。

“和先辈们相比，我们真是差得太远。真主使我们受益于他们，但愿能望其项背吧！”

哈吉·凯里姆拍了拍穿着袜子的脚肚，一个个渴望出行的人都伸长脖子盯着他。

“他们中间可不会有人骑着牲口去见素丹的，如果那样，就太不懂礼数了。”

穆罕默德·卡米勒扯着嗓子喊道：

“真主啊！您真是慷慨的、仁慈的！”

数十个拥挤在阳台墙边的人都侧耳听着，惊叹着，深信不疑；一张张因营养不良而满是斑痕的脸沉浸在一种苏菲式的欢愉之中。

“是啊，卡米勒大叔，你看，今天的我们不也能乘着火车、盘着腿出行了。”

穆罕默德·卡米勒激动不已，几乎哭了出来：

“哈吉大叔，我们实在太脆弱了。”

然后，他低下头，用沙哑的声音继续说着：

“曾经有个人住在米哈莱[①]城郊外，天刚亮就起床对妻子说：去，取我的手杖来，我要去伊拉克拜谒艾哈迈德·鲁法仪[②]老爷。妻子取来了手杖，等他回来时已然是日落时分。他递给妻子一颗伊拉克的椰枣，对她说：我在鲁法仪老爷的陵寝前念诵《亚辛章》，真主便赐了我两颗伊拉克椰枣。”

信仰如蜜蜂发出的嗡嗡声一般，在所有人的心中回响。人们纷纷舔舐着嘴唇，惊叹之余口中也不忘念诵“毫无办法，全

① 译者注：埃及西部城市名。

② 译者注：伊斯兰教苏菲派教法学家、长老，著名的苏非派大师。

凭安拉”；他们祈祷着，哈吉·凯里姆隔着袜子敲了敲脚肚，眯着眼睛说道：

“穆罕默德·卡米勒谢赫，蒙真主不弃，我们深得真主的眷顾，享受真主的慷慨。”

哈吉·凯里姆的眼睛里闪烁着阿卜杜勒·阿齐兹所熟知的那种渴望，他站在阳台上，双眼环视，白日的囚笼使他心情沉重；他坐下来，急躁不安，眼中的渴望仿佛变成了一种致命的疼痛。他渴望着能够引领他们前行，纵使只有一人：那些时间中的行者，旅途上的人，那些彷徨在农村、身无分文的灵魂。

有一个人，他的面容发白，胡须细腻，双目炯炯有神。他忽然摘下了头巾，柔顺、乌黑的头发垂搭在前额，他从衣袖里取出一块糖来，递给了还是个孩子的阿卜杜勒·阿齐兹。这孩子从来没有吃过这么甜美的东西。原来，这人的衣服底下还戴着沉重的铁镣，哈吉·凯里姆问他说：

“大叔，你为什么要这样？”

那人的年龄比哈吉·凯里姆小，哈吉却仍称呼他“大叔”。

“人总是苦恼万千，头脑中的愁绪不知比它要沉重多少。”

夜晚，那人留了下来，在两列队伍间跳动着。在如疯似癫地赞颂真主的人群中，他就像一只白鸽，一只精灵……

早晨，阿卜杜勒·阿齐兹伤心地问：

“爸爸，那个人去哪儿了？”

哈吉·凯里姆看着远方。

“他走了，我的孩子，他走了。”

此时，哈吉·凯里姆独自站在阳台上，身边的阿卜杜勒·阿齐兹看着他用一双思念的眼睛眺望着远方的天际。这时，一位垂垂老者拄着拐杖出现了——那也是一位时间中的行者。哈吉·凯里姆一边口赞着真主，一边走下楼梯去欢迎。

“我的大叔，欢迎你。”

那是一位衣衫褴褛、老眼昏花、瘦骨嶙峋的老人。他倚着胶树，坐在沙发上，自言自语着。看不到身边的一切，别人关心的那些事情，他也都不明就里。兄弟会的成员们接踵而至，老人和其他人一样并不知道发生了什么。他取出糖盒，把糖都倒在手掌上，然后喂进嘴里；咀嚼一会儿，又吐了出来，放回盒子里保存了起来。他忧伤、疲惫地坐在那里，一言不发。

马哈茂德·艾布·耶齐德端着一个大铜盘子走了过来。每个人都带着自家的食物缓缓而至。这里只剩下人和食物，哈吉·凯里姆笑逐颜开，久久不能平静。没有任何预兆，那个老者拿起了拐杖，不慌不忙地走下阳台的阶梯，连阳台前那片空地上的人们都被他深深吸引住了。顷刻间，他好像被一种叛逆的灵魂附了体，拥有了一种不知从何而来的力量：他把拐杖高举在空中，一只脚跳跃着，口中高声喊叫。他一边旋转一边跳起一种人们从未见过的舞蹈，喊叫声重复着。也许是一圈，也许是两圈，他又恢复了那位垂垂老者的样子，拄着拐杖离开了。所有人都站立着，惊叹着；而那位老者，则随着弯曲的小路逐渐消失在人们的视野里……

阿卜杜勒·阿齐兹身处即将出行的人群间，他的灵魂久久地翱翔着——他多么想即刻出发，去环游国境，不问何处，也不问缘由；可是，没有手杖、没有光亮、光着脚掌，怎么出行？他垂头丧气，心里是许许多多无法褪去的问号；忧伤和沉重久久不能散去。

艾哈迈德·巴达维笑着，提起兄弟们上一次去参加侯赛因诞辰的往事。那时候，所有人挤在一辆货车的车兜里，哈吉·凯里姆坐在司机旁边。货车车兜里的苦修者和他们的女人们纷纷躺在外衣和斗篷之上，他们摇晃着，欢笑着，直到抵达开罗。在一路的摇晃和笑声中，所有人都被颠得近乎粉碎，穆罕默德·卡米勒漫不经心地说：

"他们从沙尔基亚[1]出发，明天就到坦塔了吧。"

哈吉·凯里姆微笑着：他们现在就要出发，先去坦塔城准备好住处，沙尔基亚来的人们明日抵达，整个节日期间都会在他们那里做客。

也许，明日清晨，我们的谢赫就会戴上那条绿色的头巾，穿起那件克什米尔大袍走出屋子，坐在宅前等待兄弟们的来临，再同他们一起踏上前往坦塔的旅途。也许，到那时，谢赫的宅前也会形成像今天一样的礼聚，人们会谈论起引人入胜的话题，人人心中都充满着对旅途的渴望。阿卜杜勒·阿齐兹想象着，阿拔斯谢赫老远就替沙尔基亚的这群人问了好，拄着他的拐杖问着路；他已经老眼昏花，分不清东西南北。当坐下身来，他便开始谈天说地，这大地上、天空中就再不会有什么能让他停下来。早年的他曾在爱资哈尔[2]学习，但他常常逃学，没收获什么知识；尽管如此，他还是有模有样地穿起了大袍，戴起了头巾，到处说着人们的闲话。他会肆意地说你的不是，怂恿你蔑视宗

---

① 译者注：村庄名，位于埃及艾尤斯特省。

② 译者注：爱资哈尔大学，位于埃及，世界上最古老的高等学校之一，建于972年，是全世界即卡鲁因大学之后的最早的大学。

教的规矩。甚至如果有人意欲在斋月[①]期间违规进食，他都能说，“没什么大不了的，向真主叩拜两次，祈求他的宽恕。你要是个虔诚、守规矩的人，那就少吃一点好了，我的兄弟啊，真主是最宽仁的，干吗要那么狭隘地崇拜真主呢？！”艾哈迈德·巴达维笑着，前仰后合。

“天啊，阿拔斯谢赫，该给你也建一座陵寝了，你的气量比巴达维老爷还大了！”

生就一副愁容的穆斯塔卡维苦笑着，用他那沙尔基亚口音问道：

“告诉我，阿拔斯谢赫，偷驴子究竟是合乎教法的还是违法的？”

公子哥穆罕默德故作郑重地插话道：

“穆斯塔卡维啊，偷驴子并不违法，只是会让天使们生气罢了。”

人群沉浸在此起彼伏的笑声中，阿拔斯咒骂着他们：

“抽大麻的狗儿子们。”

穆斯塔卡维和公子哥穆罕默德都是瘾君子，他们热衷于光鲜靓丽的服饰。然而却没有人知道，也从没人问起，穆斯塔卡维究竟是如何喂饱他的孩子们的。也许，人们会在私下议论，他一定偷过许多驴子；但可以确定的是，在素丹诞辰庆典那几日，他绝对没有偷窃哪怕一头驴。

---

① 译者注：指伊斯兰历的9月，阿拉伯语为"拉马丹"。按照伊斯兰教教义，斋月是伟大、喜庆、吉祥和尊贵的月份，因为安拉是在这个月把《古兰经》降给穆斯林的。在斋月里，每天东方刚刚开始发亮至日落期间，除了患病者、旅行者、乳婴、孕妇、哺乳妇、产妇、正在行经的妇女以及作战的士兵外，成年的穆斯林必须严格把斋，不吃不喝，不吸烟、不行房事等。

也许是此刻，也许是明晨，他们便会坐在谢赫家的门前，直至众人聚齐。煮黑咖啡的师傅会背着装满家伙什的行囊而来，连同那位无所不通的画符大师也会来，他会一直口念着经文，几乎不和任何人交谈。直至所有人到齐，他们就会朝着素丹的吉日进发。相逢，在侍主堂前那些沾满露水的夜晚。

每一颗心灵都是那么激动，每一个人对即将到来的旅途都翘首以盼。渴望的翅膀翱翔在空中，落在那些美好的回忆中间。哈吉·凯里姆侧身对艾哈迈德·巴达维说：

“哈桑·阿凡提究竟收没收到我们的信。”

邮递员把信笺交给了哈吉·凯里姆。哈吉读过后，脸上露出了真挚的笑容。明天，他就会戴上红毡帽，穿起大衣，容光焕发又略为矜持地站在阶梯上，打起精神，对他那怀抱着小女儿的妻子说“你自己要保重”，然后快速走下阶梯。

公子哥穆罕默德来了，肩上扛着包袱，手里拿着怀表。

“兄弟们，时间还早呢吧。”

木匠赛利姆·舒尔库西冲他吼道：

“我们早点出发，岂不更好！”

公子哥向哈吉问了好，站在阳台上挥舞着双手说：

“哈吉大叔，时间还早呢。”

艾哈迈德·巴达维回应他道：

“到底是早还是晚？你待在家里又能做什么？成天和你老婆在一起，还不嫌烦啊。”

在座的人都笑了，哈吉·凯里姆也久久地笑着。忽然，拉维赫出现在远处，呼唤着公子哥穆罕默德。人群里爆发出更大的笑声。公子哥拖着他瘦小的身躯快步走向拉维赫，站在了她的身旁。体型高大的拉维赫，两眼像兀鹰一般发着光，急切地对公子哥说着什么，一旁的公子哥也挥舞着双手。每当公子哥想离开，拉维赫都会扯着他的衣领，让他哪儿也不要去；最终，公子哥还是悻悻地快步离去。拉维赫就站在原地望着他，好像他是个头回出门的孩子,路上总是险象丛生,公子哥回到阳台上，人们用一阵阵笑声和问题招呼他：

“她叫你干吗？”

“你还好吧，公子哥？”

“来支烟吧。”

“你昨晚肯定伤心坏了吧！”

公子哥哈哈大笑着，露出了他那已被大麻毁掉的牙齿。

“那可真是美妙的一夜，我吃了只鸽子，还抽了水烟。”

毫无疑问，所有人都并不关心那“美妙”一夜的水烟：他们都心念着那只被公子哥煮熟了的鸽子，所有人都惦念着自己家中的鸽巢，昨晚被宰的是谁家的鸽子？艾哈迈德·巴达维沉默了一阵，问公子哥说：

“你有没有去问候问候那个舞女？”

“没有。”

“这可不对啊，你该去的。”

“我的老爷，听我说……”

“哈哈……”

“但凡第二天要出行，不论是有节日或是典礼，还是要去逛集，头一天的晚上我都会在拉维赫那里。”

“那要是你去了舞女那儿呢？”

“我要是去了，第二天早上拉维赫肯定打断我的腿。”

在座的人都笑了起来。

哈吉·凯里姆站起身来，用左手把斗篷向胸前拉了拉，右手拄着手杖;他的脸上满是庄严、沉静和平和。众人都站了起来，一阵肃静的沉默持续了几秒钟，穆罕默德·卡米勒用他浑厚的嗓音说道：

“《开端章》,致真主谦卑的圣徒们,真主会改善我们的处境，铺平我们的道路，在我们的面前打开扇扇大门,《开端章》。”

他们口中开始轻声念诵《开端章》，众人的声音轻微得几乎无法听到。伊拉克聋人明白他们正在念诵《开端章》，就举起自己的双手，做出祈祷的样子，双唇也喃喃地自语着，直到发现他们已经结束了诵读。他虔诚地把双手贴在胸前，提高了自己的嗓门，呼唤着，祈求真主的赐福，没有一个人妄加评论，也没有一个人插话。哈吉·凯里姆从容地走向阳台的阶梯，径直朝下走去，众人同样一言不发地紧随其后。他们快步前行，身上穿着洗净的大袍，面容却疲惫憔悴，目光恍惚。他们清了清嗓子，舔了舔嘴唇，今天，再没有人用袖子或者大袍的衣襟擦去鼻涕，每个人都带着手帕或干干净净的布块。

哈吉·凯里姆向前走去，眼中充满了威严而祥和的思念。阿卜杜勒·阿齐兹从未在其他人的眼神中看到过类似的情感。当阿卜杜勒·阿齐兹还是个孩子的时候,那样的眼神曾使他害怕，使他忧虑。他安静地走在父亲身边，瘦弱的身体蜷缩着。他谦恭地望向父亲，几乎难以跟上父亲的步伐。他气喘吁吁，总是被路上的石头绊到。今天的阿齐兹，行走在队伍的最末端。但是，他感觉到了那正在跳跃的眼神，它正探寻着最为崇高的道路；他看到来来往往的人群，道路两旁的人们纷纷安静地走向哈吉·凯里姆，躬身亲吻他的双手。今天，在任何人面前哈吉都不会抽回自己的手。他们问候着他，他也低声回应。

“愿您一切顺利，全凭真主。”

一个人忽然扬起头，央求哈吉说：

“哈吉，我们曾经求您来家里念诵《开端章》！”

那是一个原本坐在地上的男子，也许是因为遇了荒年而囊中羞涩，也许是因为家里或者田里的烦心事，也许是因为意志消沉、精神衰弱……哎，是谁阻挡了队伍，耽误了时间！夜晚，尴尬的气氛正在蔓延。但是，哈吉·凯里姆晃动着脑袋，目光坚毅，脸上洋溢着仁慈和宽容：

“好的，好的，全凭真主。”

当行者们的队伍经过自家的门口，阿卜杜勒·阿齐兹发现门被打开了一条缝，拥挤在门缝里的女孩儿们向外张望着。阿齐兹心里暗暗嘲笑着她们那些奇怪的呼喊，她们崇拜自己的父亲哈吉·凯里姆，镇子里的人又有谁不爱他呢？明早她们就要启程。每一次，她们都会穿戴着黑色的大袍和面纱。她们不能与他们走同一条路去车站，而是在田里成排、整齐地走着，以免遭到男人们的辱骂和嘲笑。拉茜黛会陪着她们，另外还有一个男人——那个人简直是只倒了霉的落单的狼狗——他错失了加入哈吉·凯里姆队伍的机会。

这就是她们的出行，她们都希望自己是男儿身；但再艰难的出行也比坐在家里强：畏惧和惊叹的汪洋大海，火车、女售票员和城里孩子们的嬉闹。行进的队伍超过了宅子，队伍里出现了艾哈迈德·巴达维、穆罕默德·卡米勒以及木匠舒尔库西的妻子们。她们一手提着装了干粮的篮子，一手领着自己的孩子。

除了穆罕默德·卡米勒的女人。那可怜的女人低着头、垂着眼，真希望哈吉·凯里姆能为她们祈祷。像这样，女人们把篮筐顶在头上，跟着男人们走在队伍的后面。哈吉·凯里姆的干粮倒没装在篮子里，而是装在了那两个巨大的箱子里，由欧迈尔·法尔胡德的驼队驮着。阿卜杜勒·阿齐兹向后望去，发现门缝已经合上了。他又在心里暗暗地笑着，脑海中想象着姑娘们的喧嚷、吵闹和四处的走动，她们该是在为出发做准备了。他也想象着自己的妈妈，此刻，她一定无视女孩们的喧嚷，在宅子里来来回回地走动着，眉头紧锁，喂着鸡，照料着黄牛，兴许在为夜晚挤奶准备着罐子。门关上了，队伍继续行进，道路两旁的人们还在小声问着平安，祈求哈吉去家中念诵《开端章》；女人们都站在门上，望着行进中的人们。忽然，一个女人抱着自己的小孩冲到哈吉·凯里姆面前：

"以先知的名义，求你了，哈吉大叔，在素丹老爷的陵寝前为我的孩子念诵一遍《开端章》吧。"

哈吉·凯里姆停住了脚步，他把一只手放在孩子的头上祈祷着，然后他手搭着女人的双肩念诵了真主之名，又继续向前走去。泪水从女人的面颊上流下，如小河一般清澈。当哈吉走过了自己，女人便把双手放在嘴上，口中爆发出经久不衰的欢呼声，在抿嘴行进的人群中久久地回响。公子哥用手扶了扶肩上的包袱，用一种奇怪的眼神张望着：

"怎么搞的？这女人，狗婆娘！"

艾哈迈德·巴达维微笑着，彬彬有礼地对公子哥说：

"你就管好自己吧，一点怜悯之心都没有。"

阿卜杜勒·阿齐兹也害羞地微笑着，然后又恢复了严肃，继续跟着队伍一起前进。他远远地看见阿里·哈利勒站在他的店门前，一副出行前的样子：洗净的大袍，剃须后的脸庞，灿烂的微笑。

“阿里·哈利勒大叔，你好啊。”

阿里·哈利勒躬身亲吻了哈吉·凯里姆的手，哈吉一言不发地亲吻了他的额头。阿里走进店里，去取小石凳。店中从天花板到地板的货架上堆满了各式各样的瓶瓶罐罐，肥皂、糖、布、玻璃灯罩以及其他各种货物；几根绳子天花板上垂下来，上面挂满了不同样式的男式头巾和花花绿绿的女式头巾；墙边的盒子里装满了椰枣、扁豆和黄豆，地上摆放着许多装有红蜂蜜的坛子和装着大米和盐的麻袋。所有东西都杂乱无章地堆在地上，盖上了厚厚的灰尘。阿卜杜勒·阿齐兹还小的时候，每当看到板凳上方小玻璃窗上那些五彩斑斓的糖果，他都会口水直流。至于现在，他只是享受地看着阿里·哈利勒沉稳、安静地在成堆的货物中间转着圈，不会像厨房里的妈妈那样踉踉跄跄。没有顾客的时候，他会睡在装满货物的口袋上，打开一本油迹斑斑、页面发黄的书，面色苍白、不出一语地读起来。

阿里·哈利勒在石凳上铺上一块白色的席子，然后用手掌擦去上面的尘土。哈吉·凯里姆招呼他说：

“阿里，好了，好了。”

哈吉·凯里姆坐了下来，那些能找到座位的人都坐了下来，剩下的人则围站在哈吉身旁。阿里·哈利勒取来了店里的焦糖给众人分发。

阿卜杜勒·阿齐兹已经不怎么再用水冲焦糖喝了，阿里正在犹豫着要不要把焦糖分给阿齐兹。对待庄稼人的需求，这些人通常会小心翼翼，说时迟那时快，阿卜杜勒·阿齐兹一把把糖拿了过来。

“想它想了很久了。”

哈吉·凯里姆所带领的这些人，无论走到哪里，都会有他们的一席之地。通常，他们围坐在干净、舒适的地方，只要打开了话匣子，你就不知道究竟何时这匣子才能关上。烟雾袅袅，烟锅扣响，公子哥大声地笑着，伊拉克聋人盯着他，虽然不知所云，却也被眼前这一张张欢笑的脸庞逗乐了。

欧迈尔·法尔胡德一溜小跑了过来，在杂货铺的门前转了几个圈。高大的骆驼在门前伏卧。他亲吻了哈吉·凯里姆的手，哈吉也吻了他的额头。

“祝你年年有今日，法尔胡德。”

欧迈尔·法尔胡德用他低沉而沙哑的嗓音说：

“求你去我家做祷祝吧，哈吉大叔。”

“好的，好的，全凭真主。”

说完，他微笑着提醒法尔胡德：

“欧迈尔啊，那些箱子还得靠你，给素丹诞辰准备的食物全都仰仗你了。”

“遵命！哈吉大叔，这是我的义务，全凭真主，但愿这件事我能一直做下去。”

“阿米乃。”

法尔胡德看到了阿卜杜勒·阿齐兹，笑着对他问好：

“你好吗，我的阿齐兹老爷，你今年不是想骑骆驼吗？”

在座的人都笑了，哈吉·凯里姆感受到兄弟们对阿齐兹的爱，微笑着望向自己的儿子。阿卜杜勒·阿齐兹害羞地说：

“我骑在骆驼上太沉了，欧迈尔大叔。”

所有人都笑着，法尔胡德接着说：

“他以前总想骑在货箱上。”

儿时的阿卜杜勒·阿齐兹经常站在门前等待着，法尔胡德的那高大的骆驼从远处缓缓走来，骆驼的胸膛一上一下，贴近地面又远离。法尔胡德手拿着长长的藤杖在骆驼身旁跳动着；最终，骆驼在家门前跪卧了下来，原本高高在上的身躯慢慢下降，直至跪伏在地面上。骆驼眼神彷徨，充满疑虑地四处张望着，显得躁动不安；法尔胡德口中发出的一种特殊的声音，好让它沉静下来：

“嗬……嗬……嗬……”

然后，会有一群羞涩的小伙子带着憔悴的眼神走过来，面色却异常激动。还是个小孩的阿卜杜勒·阿齐兹察觉到他们心中那阵雷鸣般的激动，畏惧又略带厌恶地看着他们；宅子里四处走动的姑娘们一个个睁着水汪汪的大眼睛开心地笑着，花枝乱颤。阿卜杜勒·阿齐兹的妈妈果断而坚定，对于自己想要的事情了然于胸：

“你俩从这边来！两个人走一边，轻一点。”

小伙子们扑向箱子，每个人抬着四个箱子往出走，小臂上都粘上了小石子。两只箱子挂在骆驼那巨大身躯的两侧，紧张的法尔胡德不断地四处转着圈。

“慢着点，我的先生！别着急！等等，等我叫你们过来，你们再靠近骆驼。”

然后，他用绳子把箱子紧紧地拴在驼背上，阿齐兹奶妈的眼睛盯着箱子，而姑娘们的眼睛却盯着小伙子们，阿卜杜勒·阿齐兹从她们的眼神里看到了迸发的火花，这让他心里生出一种莫名的恐惧。然而很快他就赶走了这种感觉，他呼喊着欧迈尔，央求他：

“欧迈尔大叔，帮我骑上去吧！”

“好嘞，我的小老爷！”

阿齐兹被抱到了驼背上，妈妈扔给他一块白色的手帕。

“孩子，把这个盖在头上遮太阳。”

阿齐兹不明就里地抓住了手帕，他所有的注意力都集中在那即将到来的可怕瞬间——伏卧的骆驼站起身来的那个瞬间。阿齐兹渴望那个瞬间，却又害怕那个瞬间……骆驼感受到身上的额外的重量，发出气恼的叫声。这叫声传到阿齐兹耳中，他的身体越发地颤抖了起来；一并传来的还有欧迈尔·法尔胡德的吆喝声，小伙子们起哄声，妈妈严肃的警告声，还有女孩儿们咯咯的欢笑声。接着，法尔胡德解开了拴骆驼的缰绳，这时，骆驼驮起箱子向后踉跄着抬起了前蹄。如果不是抓住了被紧紧拴牢的箱子，阿卜杜勒·阿齐兹就掉下来了；骆驼又抬起了屁股，驼背上的箱子又朝前滑动，阿齐兹又一次险些掉在了地上。然后，骆驼便站稳了，那肌肉的力量令人匪夷所思。阿卜杜勒·阿齐兹坐在高耸的驼背上，几乎能够触到靠近房顶的窗户。他望着地面上的妈妈和兄弟们，微笑着。这时，骆驼负重的蹄子迈向大街，欧迈尔·法尔胡德又欢喜、又羡慕、又担心地喃喃自语：

“奉旨至仁至慈的真主之名！我的天啊！”

可是，他又有什么可担心的呢？妻子已经为他准备好了头巾，就围在他的脖子上。那是一条用彩色的线织成的围巾，上面还缀有各样的珠子和镜子的碎片。

骆驼一步步向前，迈着沉重的步伐，驼背上的货物用粗大的绳索牢牢地固定着。阿卜杜勒·阿齐兹随着驼背上箱子起伏的节奏颠簸着，但他仍然兴高采烈地看着人们的眼睛。孩子们都知道驼队去坦塔城的任务，都冲阿卜杜勒·阿齐兹笑着；欧迈尔·法尔胡德想到驼背上那些要献给素丹诞辰的粮食，就欣喜不已。

阿卜杜勒·阿齐兹发现这种感觉美极了——从这么高的地方看他身边的一切。村庄正在缓慢地远去，眼前是一条正在移动的铁轨，它将带你从这里直抵坦塔城，绝不会迷路。它将带你路过村庄，路过车站，然后走进田野，时而左摆，时而右斜，时而上坡。但最终它一定会带着你抵达坦塔城，备享荣光，多么欢乐啊。

人们从各个村庄出发，朝着素丹的诞辰前进。田野间的小水渠仿佛树叶上的露水，滋润着在这移动的铁轨上行进的人们。行人念诵着经文，表达对真主恩德的感激。男人们穿着洗净的大袍，女孩们头戴着红色、绿色、柠檬色的头巾，女人们手提着篮子，头顶着献给素丹的粮食。络绎不绝的人群，彻夜不眠的歌声，经久不息的掌声和喧闹声：

“这绿野和沃土的主人啊，承蒙您的召唤。”
“烹羊又宰牛，伟大的圣徒啊，我们已在您面前。”

驼夫们护卫着驮箱子的骆驼。但法尔胡德家的骆驼一定是绝无仅有的，没有谁家的箱子能大过哈吉·凯里姆家的，同样，其他村落里也没有一家的房屋能和他家的宅子相提并论。

那里，在一个村子前的场院上，停着许许多多出租汽车。村民们站在一旁，当然，还有司机们——那些比魔鬼还粗暴的人。他们相互用拳头击打着对方的胸膛，推搡着女人和孩子，大声地吆喝，抬高了价格。出发前的行人牢牢地系紧了行囊，欧迈尔·法尔胡德对阿卜杜勒·阿齐兹叫道：

“这些个黑了心的狗东西，从没少收了钱财，还未必能把人安全送到，收这黑心钱，素丹保佑吧！”

阿卜杜勒·阿齐兹却只是在骆驼背上安静地坐着。装满乘客的公交汽车绝尘而去；出租汽车的前前后后、里里外外都挤满了人，一些人在十字路口下了车，车载着所剩无几的乘客继续朝前驶去。汽车路过了一位军人，在不远处又停下了，不一会儿，车上又一次挤满了乘客。恶魔一般的司机对着乘客拳打脚踢，可人们还是把自己送上了那辆车，直至它除了铁皮再也看不到什么。

阿卜杜勒·阿齐兹却只是在骆驼背上安静地坐着。他看到眼前的人们像蚁群一样行走着，尽管那些司机个个如狼似虎，人们却还是喜欢乘坐这种来自地狱的机器出行。人们喜欢边走边说，永无休止的闲谈是路上的消遣。小伙子头上戴着小毡帽，整理着衣领；他的女伴整理着头巾，手臂上戴满了五花八门的首饰，她扶着顶在头上的包袱，和那小伙子有说有笑地走着。每当这种时候，阿卜杜勒·阿齐兹的眼前都会浮现出绵延不绝的田野，他看到成片的村落和农场，或是荒野中的一座孤村，以及田野里狭长蜿蜒、交叉纵横的水渠。他常听艾哈迈德·巴达维说起他深爱的女子，他们曾一同前往坦塔。他的话语是多么的甜蜜，尽管他没能和她终成眷属，而是来到了这远方的镇子，在这里娶妻生子。

胶树上黄茸茸的花朵映入了阿卜杜勒·阿齐兹的眼帘，他听到树枝在沙沙作响，头上还顶着那块手帕。欧迈尔·法尔胡德大声招呼着他的骆驼往饮水处的方向走去；那里，人们正拥挤在水边嬉笑打闹着，有人高声冲他们喊道：

“快喝吧，然后感赞先知！”

饮水处的上方有一块面积不大的顶棚，它将底下两口冰冷的水缸遮蔽在阴影中。一座水泵将水喷向水槽，供牲畜们饮用。一旦水缸见了底，就会有一位好心人来蓄满水缸。欧迈尔·法尔胡德用手杖挑起刚刚装满的水袋，向阿卜杜勒·阿齐兹递了过去。

“喝吧，别忘了为那个建造了这里的人祈祷。你还小，你的气息是纯洁的。”

阿齐兹一边喝着水，一边心想着是谁建造了这里，兴许那是个像他爸爸哈吉·凯里姆一样的善人，兴许他也会周济镇子里的乡亲们。

欧迈尔·法尔胡德用他的藤杖欢欣鼓舞地轻轻击打着骆驼，叫道：

“嗬嗬……嗬嗬……快来啊，我们到了！”

不一会儿,巴达维清真寺的穹顶果然映入眼帘。刚一看到它，欧迈尔·法尔胡德就用震耳欲聋的声音叫喊道：

“素丹啊！我的主子！求您保佑！”

阿卜杜勒·阿齐兹端详着巴达维清真寺的圆顶，一种畏惧在他的心里蔓延，在阿里·哈利勒杂货店门前的石凳上，哈吉·凯里姆用手敲了敲他穿着袜子的腿肚子，身边围坐着即将一起出发的人。

“即便相隔万里，信徒的眼睛也定能望见远方素丹的穹顶。”

人们抿了抿嘴唇，穆罕默德·卡米勒虔诚地说：

“是啊！我的主子啊，是啊。”

这时候的阿里·哈利勒已经打理好了店里的事务，向站在身后的妻子嘱咐了他不在的日子里应该完成的事情，然后出门加入了人群。哈吉·凯里姆站了起来，其他人也纷纷起身，队伍开始继续他们的旅程。远处，拉茜黛已经在门前站立了许久，在叹息中等待着自己父亲的到来。她抱着孩子，快步走上街去迎接父亲，欣喜的她亲吻了父亲的手，父亲也亲吻了她的额头。哈吉逗了逗她怀中的宝贝，那孩子笑了，露出几颗稚嫩的乳齿，接着又哭了起来。哈吉·凯里姆微笑着说：

“你这小崽子，不说请我喝杯咖啡，还哭什么呢？”

拉茜黛回道：

“好啊爸爸，喝咖啡吗？您能喝我家的咖啡，我们该多荣耀、多有福气啊！”

哈吉·凯里姆继续走着，拉茜黛也走在他的身边。

“我的女儿，真主保佑你，明天早点来吧，好让大家有东西可吃。”

队伍已经走过了拉茜黛的家，哈吉那样仁慈地看着女儿，拉茜黛也是那么的爱着自己的父亲。

“回去吧，我的女儿，回去吧。”

她祝过平安，站在原地，目送队伍渐渐远去。

“再见，一路平安！真主绝不会有负于您，全镇的光芒啊，没有您的世界毫无滋味。”

队伍继续走着，一路穿过村子，向车站前进。远处的农民们正在田间劳作，哈吉·凯里姆抬手向他们问好，农人们赶忙放下手中的活，用同样的手势大声回问哈吉。农人望着前进中的人们，一时间又拿起斧子，回到劳作中去了。安静祥和的村子里，男人们坐在自家门前的石凳上，哈吉·凯里姆一一向他们问好，他们也纷纷站起身来，用最大的声音回问哈吉，并祝福他的同行者们。队伍里的祈祷声不绝于耳。站台上已经洒过了水，一根立柱支起一块写有村庄名称的牌子。此刻，众多旅人拥挤在那里，一些女人在篮筐和袋子的旁边舞动着，哈吉·凯里姆把斗篷的两端向胸前拽了一拽，然后倚着手杖，望向天际，公子哥从兜中掏出了怀表：

“大伙儿，离火车来还有些时候呢。”

哈吉·凯里姆伸手扶住了艾哈迈德·巴达维，缓缓地坐在了站台上：

“真主赐福给那些坐着的人。”

苦修者们纷纷围坐在了哈吉的身边。哈吉·凯里姆把斗篷卷起来，放在了盘着的双腿上，又把胳膊搭在上面，接着，他将目光投向了正前方，那里矗立着巴达维圣地的穹顶，不久之后，他们就会同来自远方城镇的兄弟们见面了。

阿卜杜勒·阿齐兹的眼神在那些剃净了胡须的脸庞上移动着，一个接着一个：欣喜，畏惧——旅途是一种既危险又陌生，同时又充满了恐惧的体验，一伙人中有过出行经历的几个人讲起了一个又一个小故事。在水渠上，在门前的石凳上，每个瞬间都有恐惧滋生。他们洗净了大袍，背起了行囊和篮筐中的贡品，很快他们就要坐火车了！

然而火车还没有到。

“我给您卷一支吧，哈吉大叔。”

“卷吧，公子哥。”

公子哥那没有受过农务折磨的手指白皙干净，卷起烟来驾轻就熟，动作干净利落。和在座的其他人相比，他的面容最富有活力，似乎带有一种来自另一个世界的印记：那个世界的人们无一不喜爱冒险，那是一种厚颜无耻的印记。他卷着手中的烟，所有人都望向他的脸，他似乎察觉到了他们的目光，两颊越发灼热起来。

“城里孩子都是些婊子养的！”

污秽的言语使这些苦修者们厌烦无比。哈吉·凯里姆闭上眼睛，装作什么也没有听到。然而，一种暗暗为向这个观点所说服的氛围仍然占了上风。公子哥曾经踏上旅途，他的女儿们在城里的大户人家做工，他踏上旅途，是为了收取女儿们的工钱，取回她们在那些摆满了异宝奇珍的家中偷来的东西。无数房主毫不关心或全不在乎的东西：衣服，勺子，袜子，手绢，他们将要抵达的是一座满是妓女后代的城市，城里所有的痛苦也让他们难以释怀。难道那不是素丹的陵寝所在之处吗？他们登上火车，在两排相对的座椅上落座。哈吉·凯里姆总是倚窗而坐，他的旁边是艾哈迈德·巴达维，对面是穆罕默德·卡米勒和阿里·哈利勒。人们你一言我一语地交谈着，几个女人坐在车厢两端的座椅上。伴随着咯吱的响声，令人感叹的时刻终于来临——火车开动了。不久，眉头紧锁的检票员便叫喊着从远处走来，他手中的检票器敲打着座椅靠背，那声音席卷整个车厢；他边走边用拳头拍打着乘客的肩膀，遇到几个支支吾吾、稍有迟钝或紧张得面色发白的人，他就火冒三丈。哈吉·凯里姆的脸上顿时生出一种英勇，怒火令他的脸色暗沉了下来。他起身去捍卫跟随自己的人。只要手中有票，就不会有什么事，火车只不过是付了车费就能乘坐的交通工具而已。

当阿卜杜勒·阿齐兹还小的时候，他总是忐忑地等待着父亲和检票员大战的那个瞬间；每当看到那位先生的怒火终究抵不过父亲坚定的执拗，看到他张口结舌，吞吞吐吐地向父亲解释哪怕是大人物也不能例外的现实时，阿齐兹总会坏坏地笑起来。有一次，去见素丹的旅途上，父亲表示要面见列车长，那人原地跳着脚、怒气冲冲地说：

"列车长大人，我已经跟他解释了，我们只是些微不足道的穷人，在这世上我们都无欲无求。"

阿卜杜勒·阿齐兹的心几乎停止了跳动。如果没有那位不知所以的医生忽然介入，列车长差点就起身去回驳哈吉·凯里姆并跟他大吵一架。医生问候哈吉道：

"长官先生不认识哈吉·凯里姆？他可是个了不起的人物！"

发觉这两人之前正在争斗，他笑道：

"你们一定是误会了，当初我和哈吉·凯里姆也是不打不相识。之后，我们就成了好朋友。长官先生，这是位了不起了人，霍乱肆虐的时候是他用肩膀扛起病人，也是他与病人坐在一起友善地交谈，抱着阿卜杜勒·阿齐兹安抚病人的心灵。"

"列车长对我很好。他在我心中非常重要，我们还约好在侍主期间一起喝咖啡。"

众人纷纷高兴了起来，艾哈迈德·巴达维说：

"该通知塔莱阿她妈妈，把那两张长椅准备好。可别让人来了都坐在席子上啊。”

哈吉·凯里姆回道：

“我们那里就是这样，喜欢坐席子的人自然会来，那些坐不了席子的人嘛，不来也就不来了。”

所有人都为旅途中的哈吉·凯里姆高兴着，与他一道继续前行。售票员下了车，紧张的感觉遂一扫而光，所有人都放松了下来，开始在车厢两边的座椅上相互交谈，时而朝沿途田地里的人们呼喊着……

火车在每一站都会停下，许许多多的旅人登上列车。苦修者们始终围坐在哈吉身旁，拎着一个个装满食物的篮子。他们的面容带着担忧、惊异和丝丝畏惧，艾哈迈德·巴达维打量着人们头上的小帽以及大袍的衣领，每个人都有自己的穿衣习惯和言谈风格，哈吉·凯里姆回忆着自己曾在在这里或那里的朋友，讲述着他们的慷慨和对圣徒们虔诚的热爱；穆罕默德·卡米勒则说起几位谢赫曾在这座村子里有不少大宅子。火车仿佛驶向难以寻觅的天际。

这些乡村中的农人很早就到田里来干活了。那是他们的智慧。延迟和懈怠是多么可耻。一些村民由南向北地行走着，远处村子里的农民笑着。

“大叔，往边上一点，别把庄稼种在阴暗的地方，要种在阳光底下，你盯着点。”

女人们一边交流一边大惊小怪着，打听着别村的女人是如何做饭、挤奶和带孩子的，讲述着她们的亲戚中有懂得书写、懂得魔法等的各式各样的人。

像这样，前往拜谒素丹的旅途充满了思念和相遇，充满了惊讶和发现……

两根巨大的铁臂动了起来，阿卜杜勒·阿齐兹脚下的站台颤抖着，黑色机车的内脏中燃起了熊熊火焰，火车开始前进了。

他们的脸庞挤在车窗上，朝阿齐兹笑着。火车渐渐远去，一并带走了曾经占据阿齐兹心灵的某种东西。阿齐兹独自一人在空旷的站台上孤零零地站着，他意志消沉，望着远去的火车，直至它越来越小，越来越远。

阿卜杜勒·阿齐兹回头向村子走去，他避开了那条几个小时前父亲等一行人曾经走过的路，而是走在田野中一条蜿蜒曲折的小路上。那里，曾有一个伟大的身躯走过。无数双脚震颤着土地，大袍下的一条条小腿快步前行着，与他们在一起时的那种安心，现在却让他倍感寂寥。他瘦小的身体在沉默中向前移动着，火车的轰鸣声仍在耳边回响，脚下荒凉的道路延伸向天际，自己却只有一根根巨大而苍白的杆子在一旁陪伴。他在小河边坐了下来，河中的水悄无声息地在太阳下蒸发，又在阴影中凝聚，那女孩儿茂密的头发正是在这河水中冲洗的。

阿卜杜勒·阿齐兹满脑子都是那一张张面容：略长且苍白，棕色的皮肤如橄榄一般;在他们的生命中,开心和愉快是少有的，旅途也是少有的。而但凡出行,他们的脸上就一定会洋溢着欢欣。圆顶的素丹宫殿坐落在远方，那是世界的中心。而身矫体健的哈吉·凯里姆面容光洁，眼中闪烁着思念和渴望。他们一群人正一起欢笑着，露出一颗颗发黄的牙齿。阿卜杜勒·阿齐兹的心却病了，它疼痛着，不明原因。

一种怪异的悲伤和凄苦驱使阿卜杜勒·阿齐兹回到了家中。他心里想说的话多到恨不得从眼睛里奔流而出，她曾经坐在那里，用面前的容器舀起水来清洗双颊，她的眼神纯洁无瑕，又饱含深情。她望向阿齐兹，好像有许许多多的问题，然而阿齐兹却没有想到要说些什么。他走了回去，身后的门关上了。

他从地上捡起一根木棍儿，放在嘴里咀嚼着，直到那种忧愁褪去。木头的苦味在口中不断地扩散，爬过了他的全身。泪水滴落在脸上、嘴唇上……他拖着沉重的身躯站了起来，像一位活了一千岁的老人。

"我一定要去。"

然而,去哪里呢？铁路的轨道像一把小刀,笔直地向前切去,旁边是一根根架着电话线的杆子,他向天边走去,直至消失不见,也许是到了世界尽头，去往哪里，他并不知道；然而一定要走，因为只有远行才能使他幸免于心中那团奇怪的火焰。

他想起了那个戴着铁镣的老人和他优雅善良的面容，想起了年老的苏莱曼，以及另一位时间中的行者艾布·哲里达，那人刚刚坐下，眼中就闪烁起思念，于是便起身离去了。

他想起了那位来自米哈莱·马努夫村的善良的先生，也许是出于对旅途的思念，他卷起席子把它挂在腰间，好让它出现在哈吉·凯里姆的眼前。只有这样，他慌乱的心情才会能得以平静，他才能愉快、满足地回到家中。

"我喜欢他们，我喜欢他们……"

滚烫的泪水奔涌而出。

侍 主

巨大的米哈莱城里，一条运河把城市一分为二；他还记得，运河两岸的人们像一拨拨苍蝇一样，在那里刷洗着衣物和厨具，他还记得，女人们在那里吵吵嚷嚷，铜制的瓦锅相互碰撞，发出叮当的声响。他记得姐姐用她那米哈莱的口音滔滔不绝，女孩儿们围绕在她的身边，被她的言语唬得眼迷心乱，她们变得无比鲜嫩、甜美，棕色的皮肤像极了城里的女人们。他记得姐姐是如何带着衣物和厨具来到河边清洗，运河一端的大海似乎永远不会变脏，哪怕你把尸体投进河里。至于管道里的水，又有谁知道它是从哪里来的呢？！这些人，连同这运河，都像一头僵硬、污浊却又顺从、谦恭的母牛一样，任人按挤着它的乳头。

米哈莱只是一个有土地、有苍蝇也有运河的村庄，但这里可是坦塔城的巴哈尔街。街上坐落着几何形的公园，树木被修剪了枝叶，一座座巨大的楼房里居住着数不清的家庭；曾经，这里也有一条运河，后来人们将它填平，在此之上种上许许多多修剪整齐的树木，盖起一栋栋高耸的楼房。他感到脚下的地面因远处传来的声音震颤着，女人们在坦塔城的运河两岸争吵着，他暗自发笑：就在脚下这同一片土地上，她们相互嫉妒、互相远离，苍蝇、蚊子、跳蚤，这一切都是夜幕下暗淡的坟墓，而白日只存在于村庄里。那种清洁和有序是多么美丽，它们动听的声音似乎被埋藏在了脚下，异常遥远。

同样，他也记得那个小伙子的脸。那时的他正沉醉于歌唱。又一次，他暗自笑了，那时的小伙子还是个骨瘦如柴的孩子，他的生活却长久以来都沉浸在一首悲伤的歌里：

> “坦塔之海啊，我的眼睛！他们用铁轨把你替代，我又怎能不悲痛万分……”

他曾在一列火车上乞讨。那列火车在周边几个村庄间来回穿梭，把无数的旅人送到坦塔。妹妹跟在他的身后，一双小手拿着一副铃鼓。那遥远的记忆就像天空中高飞的鸟儿，除了一块棕色的斑点，什么也看不清了。

女孩儿们都站在阳台上，简短的头发，优雅的笑声，还有房前那座环绕着围墙的小公园，孩子们在那里荡着秋千，纯净的空气如同尼罗河上一叶轻快的风帆，填满了他的胸膛。马蹄落在柔软的地面上，小马车的车轮有规律地旋转着，你去尽情想象吧！树上挂满了红色的树叶，那曾一千次映入他的眼帘，他也曾一千次满心欢喜，那鲜嫩的红色。

阿卜杜勒·阿齐兹独自走着，每靠近城中心一步，那纯洁的颜色就会褪去一点，并掺进一些灰色的污点。马车加速行驶，汽车轰鸣而过，车鼻和车尾都喷出烟雾和蒸汽，房屋也开始被尘土覆盖。屋顶上出现了一块块写着“医生”“律师”的牌子；

接着，一间间商铺出现在道路两边，门上一块巨大的牌子书写着“杂货”、“香烟”乃至“洗车坊”。街道中间的花园再不是那么冷漠孤傲，环绕着它的那些美丽的围墙早已成了断壁残垣，被过往行人的双脚反复践踏着，绿色的植被更难以幸免。人们身上的衣服不再是那么光彩夺目，有的甚至污浊不堪；一张张面孔显得那么苍白、疲惫又僵硬；即便有笑声，也只是传达出一种如磐石一般不惧艰辛、不惧劳累的精神，而不再诉说那些甜美又细腻的愉悦。

接着，他开始见到许多张农人的脸，毡帽和大袍开始在大街上无序地穿梭，接踵而至的人群睁大了眼睛，一边唏嘘感叹，一边机警地左顾右盼。阿卜杜勒·阿齐兹在他们的眼神中看到了自己的内心同样拥有的那种对纯洁、明亮和崇高的思念，他意识到那些手持竹杖的人们正享受着身旁这一道道奇异的风景，为什么？大概是出于习惯，也可能是因为恐惧，那种每当乡下人来到城市就与他们形影相随的恐惧。他们手中的竹杖正如一个个紧握的拳头，内里是仅存的几分安心与宁静。

他们像打谷场上的污点一般穿梭在坦塔人中间，被城里的孩子们讥笑着，嘲讽着，视线却也时常被那些孩子吸引了去，他们的衣服被拉扯个不停，有时还被夺去了帽子……

“圣徒老爷啊，这些人携亲带友地来看你了。”

于是，他们只得像许多受惊的鸟儿一样在抓挠中保护着自己，队伍散开了；但是，在前进中他们又止不住回头望去，直勾勾地看着，享受着那一道道奇异的风景。

一辆辆汽车在大街上耕耘着，扬起怒吼的尘土，喷出破坏力十足的烟雾，鞭子抽打在飞驰的马背上，嘚嘚的马车紧随其后，连自行车也飞速驶过，车上的人随着车子左右摇摆，在这些飞速行驶的机器中间，一群群乡下人在叫嚷中被冲散了队伍，却又迅速再次聚拢形成一个个坚固的圆环，用同样慌乱的目光打量着这个陌生的世界。头脑灵光的他们把看到的一切迅速转化成了故事和传说：无数个夜晚，那些言语在石凳上、水池边盘旋萦绕……那都是一些有趣且好笑的故事。然而，在言语之下，却激荡着悲伤和忧虑。当然，言语中也少不了让人捧腹大笑的挖苦和讽刺——这些人在讽刺上都有些非同寻常的本领，他们敏锐的眼神并没有用来发现和纠正错误，那么，究竟是什么让人忍俊不禁呢？

可汗大街上，人群熙熙攘攘，货物琳琅满目，遍地的音箱发出恼人的杂音，小商贩们手口共用地忙活着，贪婪地走动着、吆喝着，在人群中左闪右避，生怕被撞到。街道两旁的卖家们则在用眼神同买主们一决高下，诱惑着买主身旁的同伴掏出口袋里的钱币。尽管如此，街道两边的货物仍然如河流一般，源源不尽。

铜器市场里有许许多多亮堂、宽敞的小店，里面出售着各种各样的嫁妆：带有一面巨大镜子的柜子，镶着金边的五颜六色的盒子，打磨一光、五彩斑斓的铜盘，一张张光彩夺目的彩色丝质毯子，嫁妆店的老板微笑着站在店中央。通常，婚礼用品的店家都眼神明澈、面容温柔，他们一边祝贺新人，一边慷慨地给予新人折扣；当然，那些善良的顾客并不知道，即便如此他们仍旧有利可图。

哈吉·凯里姆在哪里？缺了新郎，新娘怎么嫁人？店家被新郎和新娘的家人团团围住，发誓说自己已经折了本，这时，哈吉·凯里姆笑着说：

“凡敬真主之人，定不会竹篮打水。老板啊，我看咖啡就免了吧。”

这如何使得，纤巧的茶杯端了上来，个个都带着把手，镶着重叠的金边，端立在那个做工精细、闪闪发亮的铜盘上，如同一个个站立着的布偶。新郎、新娘家的姐姐妹妹们被面纱遮住了脸庞，仅仅露出双眼，环视着身边的一切。这些个丑姑娘，你们觉得城里的姑娘怎么样？她们在黑夜里恐惧地前行，一边呜咽一边眨着眼睛……

狭窄的街道上，店主们清早洒在门前的水还未干透，刨光的木质老房子冒着青烟，也许还有现代式样的阳台，许许多多光着胳膊的胖女人，身穿轻柔的白色大袍的男人，《金字塔报》、斟满的茶杯，纷纷向马尔祖卡大街倾斜而去。咖啡馆里进来了许多从农村来的人，一排排座椅整齐地延伸到了人行道上，等候着人潮的到来。人行道上，一个一个的小圆圈升起来，每个圆圈中间都坐着一个胖女人，她们的面前放着烟枪，以及许多堆着水烟的盘子。她们轻声笑着，嘬几口茶，吸几口烟……真是悠然自得！

街道的两旁有许多石阶，石阶的上方是一块空地，空地的周围便是一座座房屋。这座屋子，就是侍主将要进行的所在了。屋前的窗户后边满是坦塔城的女人们：坦塔城的女人总是守着窗户寸步不离！而在村子里，女人们穿过大门，走过大街，来到家中，在宅子底层的女人们与母牛没有什么区别；在这里，女人们相互叫嚷着，发出经久不衰、千娇百媚的笑声。原本轻柔的外衣衣领大开，半露着她们的巨乳丰胸，柔顺的头发掉垂在那些金光闪闪的后背上。

“那位姐姐天天沾着油吃豆子，不怕发胖啊。”

这是拉茜黛要说的话——阿卜杜勒·阿齐兹暗自笑着——哈吉·莎乌卡定会与她争论道：

“她们只关心吃，哪里顾得上胖不胖呢。”

拉茜黛的一个姐妹会插话道：

“从城里来了个女人，成天只知道吃饼，一点活也不干，就等着瞧她胖成啥样吧。”

拉茜黛逗她说：

“你那么瘦，才嫉妒她胖吧！”

阿齐兹打量着窗前那些胖女人，不住地笑着。

他记得，哈吉·凯里姆拄着手杖，从容地登上这石阶，把斗篷向胸前拽拽，眼睛在那些窗户间不住地环视。

“女士们，祝你们日安。”

在镇子里的女人们面前，他是不会这么讲话的。而在这里，哈吉·凯里姆仿佛有了一根新的、更薄、更光滑的舌头。窗前的女人们你一言我一语，咯咯地发笑，相互叫嚷着……“呦，姐姐啊，这些人都是来纪念素丹老爷诞辰的，真是托素丹老爷的福啊。”

哈吉·凯里姆则泰然自若地站在原地，微笑着。直到女人们停止了嘈杂的喧闹声，等待着他的回复。

“女士们，我们是素丹的苦修人，来坦塔参加庆典，这段时间还望你们多多关照。”

在这条大街上，有许多房屋可以出租给那些来纪念素丹诞辰的人。公子哥手持一根纤细的手杖站在原地，惴惴不安；他贪婪地盯着眼前的女人们，来不及放下手中的行囊，他们一行人已经走遍了许多街道，敲开了许多人家的大门，一张张圆润的脸庞出现在他们面前。

“夫人，我们是来纪念素丹诞辰的。”

“我的兄弟们，欢迎你们，先知作证，我乐意为你们效劳。快来吧，进来休息一下。”

于是，男人们开始了白天的工作。他们打开那些潮湿阴暗的房间，里面摆满了阿拉伯式的扶手椅。哈吉·凯里姆坐下来，旁边是公子哥。咖啡在火上煮着，他们你一言我一语地闲聊。哈吉·凯里姆口中尽是些良言善语，女主人倾听着他的言谈，仿佛倚靠在一个塞满了情感的枕头上小憩。她不再那么紧张不安，边听边回应哈吉的话，不时也说几句模糊不清的言语。时间和人群，乡村和城市。城市也不过是扎根在乡村的一棵大树，谁又知道呢，也许他们都沾着亲带着故，信士们原本就是兄弟姐妹，我们都是阿丹的子孙！

“先知作证，我十分乐意效劳，你们都是好人，只是我确实没有地方了，真是抱歉啊。”

没错，这次他们没有租到房子，但是友谊的纽带始终还在。在素丹诞辰庆典的日子里，公子哥总是穿着他那件轻柔的大袍，戴着毡帽，踩着拖鞋，敲响这扇门。

“夫人，某某某的母亲啊！”

女主人身上那件敞着的睡衣说明了很多事情，公子哥咯咯地笑着，脸变得通红，露出他被大麻烟毁掉的牙齿。

“夫人，我们想借用您家的瓦斯灶，真主会奖赏您的。”

“没问题，向哈吉问好，别忘了告诉他，请他分给我们一些饼和面粉。”

“留着您那份呢，放心吧，到时候我亲自给您送来！”

他们来借房子的那天，哈吉·凯里姆曾在屋外侧身对公子哥说：

“这房子很不错，门前的小院子也正好适合大夜里的诵经仪式。”

公子哥在原地焦躁不安，哈吉·凯里姆则等待着女人们停止吵闹，也好继续对话。

“塔莱阿她妈有间平房，想着借给来纪念素丹诞辰的人呢。”

塔莱阿妈妈走了出来，一双不常见的大眼乌黑发亮。

“欢迎您！素丹保佑，请进吧，哈吉，您是个大善人，房子借给您真是再合适不过了。”

她不停地打量着眼前的男人，那结实的身躯，明亮而喜乐的眼神，熨烫整洁的衣服，还有垂在他黝黑眉头的白色头巾，他拄着手杖，小心翼翼地向前迈出沉稳的步子。

“真主啊！”

身后的公子哥咯咯地笑着。

“真主真是让我们沾您的光了，我的夫人。”

男主人（此刻正在外工作）的相片悬挂在大厅的墙上。他们走进一间屋子，屋子的一半被一张干净无比、铺着洁白床罩的床占据了，上面摆放着几个精美的枕头，仿佛只用眼睛就能感觉到它的舒适与柔软。枕头和塔莱阿妈妈的胸脯，柔软的床垫和带扶手的座椅，甜美的湿润。大街上，酷热正在燃烧，这间屋子却充满了柔和和安逸。塔莱阿妈妈端来了闪闪发亮的黄色的茶盘，盘子上放着许多绿色的廉价玻璃杯，还有把茶壶。

塔莱阿妈妈把盘子放在自己和哈吉·凯里姆之间的靠垫上，她的脸上泛起了一层薄薄的红色。这是个频遭不幸的可怜人。她微笑了一下，脸上又泛起光泽。她伸出手去，擦了擦那个位于自己的乳房和哈吉·凯里姆眼睛之间的靠枕。

“您也有谢赫的吧。”

“当然。”

“嘿嘿，那您的谢赫一定是位有德行的主吧。”

公子哥满是疑惑地问：

“难道有没有德行的谢赫？”

不苟言笑的哈吉·凯里姆脸上忽然阴云密布，回应她对谢赫的玩笑。塔莱阿妈妈的脸色也沉了下来。一瞬间的窘境。她狼狈地转过脸去，一杯接一杯地把斟满热茶的杯子递出去。她一不小心打碎了一个杯子，茶水泼在了她的手上和衣摆上。慌忙中塔莱阿妈妈不知所措，一时愣在了那里。公子哥叫道：

“真主显真了！”

公子哥一边说着，一边站在屋子中间，激动地跳跃着。

哈吉·凯里姆在一旁轻声念道：

“以真主之名，他从不曾对世间的万物有所损伤；真主无所不闻，无所不知。”

塔莱阿妈妈大声哭了起来：

“这下我该怎么办啊，您的谢赫是真的生我的气了，所以才烫了我的手来惩罚我。”

她迟疑地把手伸了过去，被哈吉·凯里姆黝黑、微胖的手掌接住。

“不会有事的。我们的谢赫只是不喜欢你刚才的话，提醒提醒你罢了。”

说完，他闭上双眼，开始吟诵：

> “遗忘或失误，真主都不会因此耿耿于怀；前人的重负，真主亦不会将它置于我身。”

几根睫毛落在枕头一样柔软的脸颊上，公子哥看着她，下意识地用手中的木薯叶卷起了他储量颇丰的烟草。阿卜杜勒·阿齐兹溜进了塔莱阿妈妈的怀里，亲吻了她的脸颊。他把不曾给予妈妈的爱送给了她。塔阿莱妈妈低着头，把他揽在胸前。公子哥依然喋喋不休：

“我们所有人都已经站在了真主的门前，因为我们的道路满是真善，孩子你放心，你的姨姨是不会有事的，哈吉·凯里姆是这世上最好的人，他的口中全是真主的金玉良言！他还曾问我：公子哥啊，这间房子你怎么看？我对他说：我的谢赫啊，这一定是真主为您开启的空间！因为我们都是素丹的苦修人。”

公子哥颤抖的声音背后，是一片沉寂。哈吉·凯里姆把斗篷朝胸前拽了拽，拄着手杖缓慢地站起身来，而后从容地朝大门走去。

女人们还在窗前笑着。

“哈哈哈，你们只要是穷得叮当响就好！嘿，我们能吃几口诞辰里的饼和面粉就行啦。”

阿卜杜勒·阿齐兹一边微笑着，一边环视着四周的窗户。这里就是马尔祖卡大街。那天，哈吉·凯里姆除了这间屋子，再没有找到其他住处。塔莱阿妈妈是个好女人，就好像是位远方的亲人，她是多么擅长在人和人之间系上友谊的纽带啊。他们将在城里拥有一座房子了，里面会摆满大饼、奶酪和饼干，房子的一角会立起一口水缸，还有巨大的水桶。谁有耐心去往水桶里灌水呢？一勺一勺舀进去的水，往往被一饮而尽。房子里将会挤满来自各个村子的男女老少，他们进进出出。去哪里？去家里；从哪里来？从家里来。坦塔城的人们都是邻居，他们之间没有忧虑和烦恼，有的只是“你好”，“晚上好”和“早安”。男人们的脚踝在轻柔的大袍下干净得发亮，因为大街上没有了尘土，田地里也没有了泥泞。公子哥是侍主时奔波于所有女人之间的使者：“拿一把刀来，取一棵葱来。”这个白净又滑头的公子哥，除了他谁还能做得来这些呢。女人们会欢天喜地，叽叽喳喳地说个不停，而男人们则笑容可掬，温柔地答应着“是”“好的”，甚至偶尔也会自己过去刷刷盘子。

也许，正是仅存的那些儿时的习惯让他漫不经心地走在大街上，看着那些牌子，让道路引着他向前走去，自己却什么也不知道，他小的时候，会一边走着一边把小手递给父亲，让父亲领着茫然的他迈步前行。马尔祖卡大街通往新轨大街，直到车站的广场。他的心揪住了，瞬间明白了所有的事情。大批来自各地的乡下人从大门中涌出，那里还站着许多可怕的军人：他们有的骑在马背上，有的站立着，手中拿着棍棒，满脸凶恶。“所有这些都是为了确保每个人手里都有票？神啊，谁能相信呢？”

阿卜杜勒·阿齐兹的心揪住了，呼吸也困难了起来。他僵硬地朝车站大门走去。站前环绕广场的那堵高墙只有三扇大门敞开着，还有人守卫，其他的大门都紧紧锁住。每扇大门前都站着几个公职人员和一票军人，那些朝着整齐的队列播撒恐慌的人形机器，他们毫无怜悯地呵斥着人们，如鹰似犬地用棍棒肆意威胁着人们，每次发难都会引来一圈惊讶的眼神和高声的喧闹。人们一边谩骂一边躲闪到一边，慌乱中男人的小帽四处乱飞，在过了那道门之后的不远处，人群又重新聚集起来。你吸一口气，我呼一口气，笑着说总算结束了，然后敞开心胸向大街走去，准备去领略这座城市的全部。

“素丹保佑，求您保佑啊，我们终于来了。”

欣喜若狂的喊叫声，妇女的弹舌声，甚至孩童的哭闹声都成为一道令人眼花缭乱的景观。

阿卜杜勒·阿齐兹缓缓向前走着，注意力集中在眼睛和耳朵上。工作人员把他推向拥挤的人群，他观望着身边的其他人，愤恨却一言不发地忍受着他们的推搡。他走着，心中是满满的尊严和对这车站的不屑，在广场上，他看到了他们。哈吉·凯里姆把斗篷向胸前拽了拽，拄着他的手杖，那大门上的机器们可真是可怕啊。

他朝他们走去。公子哥走在最后，小商贩们纷纷戏弄嘲笑着他和伊拉克的聋人：现在要胡须和红色头巾有什么用呢？阿齐兹像一只被驱逐出群的麻雀一样快速扫视着身边的人们，艾哈迈德·巴达维，穆罕默德·卡米勒、阿里·哈利勒、木匠舒尔库西，以及除他们以外的许许多多的人，后排的女人也悲伤地看着他，他走到哈吉·凯里姆身边，用一种异常的温柔亲吻了他的手，那种温柔像极了曾经几乎使他送命的恐惧。哈吉·凯里姆亲吻了儿子的额头，阿齐兹在父亲的眼睛里看到了一种挫败的神情。但他当即抹去那些感觉，跳起来去迎接人们的拥抱。

他们用力把他揽在怀里，一个接一个，而他，则沉浸在一种从来不曾经历过的友善和情感之中。眼前的这些人昨天还在家中大厅里的大灯底下，同自己在一起。

“你还好吗，阿卜杜勒。”

艾哈迈德·巴达维十分欣喜，脸上泛着红光，他短小而结实的身躯饱含着情感和怜悯，阿里·哈利勒断断续续地笑着，他面容苍白，脸上还带着礼拜的印记。

“欢迎你啊，阿卜杜勒老爷！”

那平静而愁苦的面容之下，隐藏着他的欢欣和愉悦。

“我的孩子，真主保佑你了。”

穆罕默德·卡米勒音色低沉，表情深邃，眼神空灵。他的笑容是悲伤的，那悲伤成了笑容的一部分；那笑容源于悲伤，也终归于悲伤。伊拉克聋人像猴子一样跳跃着，手中拎着一只篮子。公子哥仍然满是疑惑：

“哪里来的这么多人？老天，素丹保佑吧！这火车来来回回地跑，站站都停下来接人，才能满足人们的需求。可是这么多人，到底是为了谁啊？”

说着，他的双眼向大门的方向望去。

这些人，他们穿着破旧廉价的衣服，戴着红色的毡帽，一张张因为营养不良而斑痕累累的瘦弱脸庞沉浸在阳光里。这些在恐惧中手足无措的人，全部都是他的父亲，他的心灵，他的眼睛。他们围聚在他的身边，看着他，而他，却打心眼里盼着眼前的人们更干净一些，更勇敢一些，而不是像现在这样的穷困、愚昧和胆怯。在学校里，他曾在那些城里孩子的面前以自己是一个农民为荣，那时的他内心是多么有力量，头脑多么清楚；

可是，他的心里却始终存在着一种怨恨，一种躁动，假如我不是个乡下的孩子呢。

众人仿佛察觉到了阿齐兹内心的挣扎。他们满怀疑惑地看着他。艾哈迈德·巴达维先开了口：

“我的阿卜杜勒老爷，要是被你的同学们看到你和我们这些乡下人在一起，一定会瞧不起你的。过了这道门就离我们远一点吧，只要我们能看到你，你也能看到我们就成。”

自己的心事被这些敏锐的眼神看穿了。一时间，一种如刺骨严寒一般的羞愧占据了阿卜杜勒·阿齐兹的心。

“这是什么话，我一点都不在乎的。”

然后，他开始快速地思考自己刚才所说的话。他在回复中承认了自己对他们有那种感觉的事实，他真想高声对他们呼喊“你们才是这个世界上最好的人！”但他没有这么做，也许他已经提前感受到了那言语中包含的沮丧，那声音里显现的虚伪。可是无论如何，他的回答都让他们的脸上出现了些许欣慰。哈吉·凯里姆用一种责备的眼神凝视着自己的孩子，一言不发。每当两人的眼神相遇，他们之间的距离就会更远一些。阿齐兹深爱着自己的父亲，深爱着他们所有人，但是，他能怎么办呢，假如他有那个能力，他一定让这座城市做好准备，迎接他们的到来，他一定会换掉他们这身装束。众人围在他身边，看着他。每个把自己的孩子送去学校的农民都会像这样，满含希望也满含忧虑地盯着眼前的孩子。然而，这里毕竟是大城市，阿卜杜勒·阿齐兹喜欢这座大城市，也喜欢眼前的人们，可他们却总是用这样的眼神看着他。

“阿卜杜勒小老爷，真主对我们是眷顾的。你是这城里学校的学生，你可是我们的骄傲，和你走在一起，我们这心里也踏实些。”

此刻，阿齐兹的内心却并不认为在城市里的一天会有什么危险，他喜欢这座城市的喧闹，喜欢她的清洁干净，喜欢这里的女孩儿们。他喜欢电影院，喜欢书籍，他沉醉其中无法自拔。他的心已经坦然地接受了这座城市，他自己也臣服于她。他从来没有想过要去控制这种心态，他最想要的，是能够回到他生命形成的那个原点，在那里彻底消除他正在经历的、如癌症一般潜伏在他身体里的疼痛。

关于这座城市的残酷他也一清二楚，尤其在他看到这些军人的时候。那些朝乡下人释放着怒火的人，其实个个都带着乡下人的面容。他完全知晓这座城市的残酷，却对它视而不见。他努力忘记，这些感觉却还是不时地袭上心头，究竟会不会有一天，在这座城市的影响下，他也变成那样一个军人：带着一张乡下人的脸，手拿着藤杖，用城里人的口吻和乡下人对骂，万物的真主啊，这真是一种叫人心慌意乱的感觉。

哈吉·凯里姆拄着手杖，向前走去。阿齐兹面带忧伤，也向前走去，他两眼直盯着前方站立在门口的那些叫嚷着的、疯狂的机器。他试图像一位不惧火焰的术士一样，用看到却又没有看到的眼神去感知那些机器，试图预见将要来临的伤害，用最大的坚毅和忍耐去面对，类似这样的计策和手段在路上是必要的，主啊。

哈吉·凯里姆走前面，其他人跟在身后。他们的眼中充满了畏惧，却依然向前走着。他们脚步沉稳，穆罕默德·卡米勒的声音幽远沉重。

“真主啊，切莫因那些不曾对您心存敬畏的人而迁怒于我。世界之主啊，求您的怜悯和仁慈。”

一个男人夺去了哈吉·凯里姆手中的票，在他的肩上推搡了一把。也许是因为哈吉自己也在往前走，那一推并没有起到什么作用。也许，那要归功于圣徒们的恩德，最重要的是，哈吉·凯里姆坚毅的步伐并没有被打乱，在他身后，人群开始聚拢，一双双眼睛都在四处张望着，一张张脸庞被染成了黄色，一只只拿着票的手抬了起来。一些手伸过来夺去了车票，另一些手高举着棍棒，随时挥舞而下。一个个慌乱的身体一时间挤作一团，不知能逃往哪里。阿卜杜勒·阿齐兹茫然地跟着人群向前走着，直到来到了围墙的另一边，才从拥挤的人群中脱身而出。汗珠在人们的额头上闪闪发亮，他们脸上又出现了久违了的微笑。伊拉克聋人欣喜若狂，哈吉·凯里姆早就在外面转着圈，等待着他们，那紧盯着人群的双眼闪烁着微弱的光芒，好似清早的星辰。

一股怒火席卷了阿卜杜勒·阿齐兹的全身。他颤抖着，向远处望去，身体在拥挤的人群中早已失去了平衡。他惊惧而紧张地向前挪动着。大家一边望着他，一边整理着自己的大袍和小帽，人人都有一些窘困和羞愧。

“没关系的，阿卜杜勒·阿齐兹，我们农村人就是这样，生来就这么粗糙。”

公子哥质疑着，胳膊搭在挂在肩头的篮子上：

“要是我们为那些舞女服务，兴许还能保留些礼貌吧。素丹老爷啊，求您保佑吧，我们这就来了。”

广场上的人们就像密集在田间地头的鸽子群，汽车从他们中间呼啸而过，四散的人群聚集起来，一阵刺耳的鸣笛声传来，人群又被撕出一条新的口子。

“真主啊！这些个狗生的畜生，天生的势利眼，就不能看着点吗？也没有人来管管！先知啊！”

阿卜杜勒·阿齐兹真想去掐死这个骇人的蠢货。每天都有来来往往的旅人，去看望在商贾家帮工的女儿们，每天都会有人满载旅途的故事而归，此时此刻的他，正被飞驰而过的车辆发出的噪音摄魂夺魄。

阿卜杜勒·阿齐兹的身体在一腔怒火中僵硬地前行，他的脚步和身旁的人们并不一致，他与他们保持着距离；他们却用一种机警的眼神盯着他，哈吉·凯里姆仍旧闲庭信步，好像在自家的阳台上行走一样。但是，一种感觉盘踞在阿齐兹的肩头，挫败……为什么才一天的时间，阿卜杜勒·阿齐兹的身上就汇聚了恐惧、愤怒以及其他许多陌生的感觉呢？

新轨大街一号，街道两旁那些老式的住宅早已被尘土覆盖，灰暗在一家又一家商店门上蔓延，堆满了麻袋的草棚，常年黑暗的地窖，慌乱的眼神四处张望着，直到仿佛痛饮了甘甜的淡水，他的心境才得以平复：巴达维拱北[①]终于露出了真容，出现在苦修者们的视线里。此时，阿卜杜勒·阿齐兹正紧跟父亲的脚步前行，他已渐觉疲惫。他预见了拱北的出现。所有人的心都和哈吉·凯里姆连在了一起。他们忘却了一切，只是把目光投向巴达维大寺。

---

① 译者注：即陵寝，因圆形拱顶的伊斯兰建筑风格得名，常用作形容伊斯兰苏菲派大师的陵墓；在我国，穆斯林信众也习惯将苏菲派导师、门宦始祖、道祖、先贤等人的陵墓建筑称为拱北。

而阿卜杜勒·阿齐兹则是他们中间的特例。所有铁粒都被磁铁吸引了去，只留下他这块奇怪的金属，格格不入。

“艾哈迈德·巴达维啊，我的主子！愿真主赐您安息，我的素丹啊！”

他轻声说着，好像面前是一位好友：

“最受尊崇的驼中之王啊，我们来了，来侍奉您和您的信徒们。”

最后，他们又向阿卜杜勒·阿里和穆贾希德问候，二人的拱北分别位于巴达维拱北的两侧，哈吉·凯里姆并不怎么关心这两位。阿卜杜勒·阿齐兹暗自笑着，因为村里的女人们十分迷恋阿卜杜勒·阿里，总有女人求他为自己消除灾祸，总有婆婆求他教训自己的儿媳，她们向他许愿，用红色的手帕打扫他的陵寝，兴许阿卜杜勒·阿里曾经像现在的公子哥一样，对女人情有独钟，以至于死后也始终沉湎于女人的事务，帮她们解决问题。

当阿卜杜勒·阿齐兹还是个被父亲拎在手中的孩子时，他就观察着那些面朝巴达维拱北的方向站立着的恭恭敬敬的苦修兄弟，哈吉·凯里姆按了一下儿子的手腕：

“纵使远隔万里，只要心地纯良，就一定能看到那座拱北。”

在村子里，阿卜杜勒·阿齐兹常常爬上屋顶，努力去找寻巴达维拱北的穹顶，哪怕只能看到一次呢！他的眼神在拱北和金字塔之间毫无意义地游荡着，绿色的拱北外围的帆布上出现了许多破洞和裂口，坦塔城的人们像射出的弓箭一样驾车飞驰，头上顶着大饼，手中拿着瓦斯灶和煤油灯。

“当心瓦斯啊！心灵之门，素丹老爷啊，人们可真是拖家带口去看您啊。”

嘈杂的噪音正在撕扯着这些虔诚者和恭敬者的心灵，他真想去绞死这些愚蠢的人。哈吉·凯里姆向自己的孩子看去，也许当时的他曾想对孩子说：

“孩子，我们都是圣徒和素丹的侍者。”

但他没有说。他拿着手杖，向前走去。

他们在新轨大街上行走着，商铺前方的石凳上摆放着成堆的鹰嘴豆，玻璃窗户后堆满了白色、红色的糖果，绳子上挂满了儿童玩具。玻璃后面的项链、戒指、耳环闪烁着耀眼的光芒，各式各样的金属和五颜六色的玻璃吸引着人们的眼球。丝质或棉质的女式面纱和男式头巾随风摆动，大街两侧悬挂的音箱喇叭发出鼓噪的声音，商贩们卖力地推销着货物，吸引着顾客，红彤彤的脸上纵使略带疲惫，却仍旧表情丰富，挂着机械的笑容和流淌的汗水，而农民的小河还在流动着，人人小心谨慎地四处张望。

哈吉·凯里姆一边愉快地观察着周边的事物，一边随和而仁慈地拨开拥挤的人群。那就是坦塔城——鳞次栉比，纷纷攘攘，整齐有序——强大威猛的坦塔城。

“孩子们，我想去问候一下哈吉。”

众人的脸上都露出了笑容。公子哥把篮子留给了穆罕默德·卡米勒，艾哈迈德·巴达维把行囊交给了自己的女人，两人跟随哈吉去了，其余众人继续向前走着。

阿卜杜勒·阿齐兹在心里笑出了声。哈吉·凯里姆迈着轻盈的步伐朝那位女商人的百货店走去。

“哈吉，你好啊。”

柜台后站起一位身形硕大、体态丰盈、皮肤洁白的女人。层叠在头上的透明纱巾下是她白净的额头，笑容里露出一排闪闪发亮的金牙。她的眼睛真大啊！她的男人是怎么骑在她身上的？哈吉·凯里姆的身体奇怪地抖动了一下，像一只跃起的骏马，她却还在原地温柔地摇摆着。

“你好啊，哈吉·凯里姆，你那么忙，来我这肯定是无事不登三宝殿吧。”

哈吉·凯里姆挥舞着自己的双手，好像舞台上的演员。

“我们刚刚拜谒了素丹，来的也就比较匆忙了。”

说完，他在她的对面坐了下来。她干净白皙的双手装饰得五彩艳丽，腕上的金手链格外耀眼。店里的货架上摆满了五彩缤纷的首饰、头巾和香水瓶……哈吉发出清脆的笑声，公子哥躁动难安地坐在凳子上睁大了眼睛，没有发觉他嘴唇上贴着的那片木薯叶子；艾哈迈德·巴达维像孩童似的开心地笑着，就好像两个传奇人物从书中跳了出来，在他的面前决斗。

“来吧，哈吉·凯里姆，在我旁边开家店吧。”

“做生意可不是我擅长的，种地才是我的行当。能让黑色的土地绿茵一片，更自由，也快活多了。”

女人又笑了起来，那笑声连同手链一起叮当作响。哈吉·凯里姆俨然是一位骑士，这女人就是被他宠爱的良驹，阿卜杜勒·阿齐兹的心中燃起炽烈的火焰，这火焰并不是从天而降，而是来自这位父亲：他并没有用同镇子里的女人们讲话时所用的口吻与这个女人交谈，和她在一起，他仿佛也生出一条城里人那样委婉巧妙的舌头。

“哈吉·凯里姆啊，在农村哪有安稳日子，吃了上顿没下顿的，还是城里更繁华，更多姿多彩。”

“安稳？只有在农村我们才能安稳，我们来城里也只是来看看，然后就回去了。”

一个孩子羞涩地走了过来，用茶匙敲了敲盘子，收齐了客人们饮完的空茶杯，离开了。

哈吉·凯里姆走在新轨大街上，身后跟着他的三个同伴。他们一起朝马尔祖卡大街走去。

“我们再去问候一下哈姆里吧。”

三个人默不作声，就算答应了。

老远就看到哈姆里正在给地上那些黄绿色的小鸡撒喂着麸糠。在店门前，哈吉·凯里姆微笑着看着他，然后缓步向他走去。哈姆里站起身，颀长的躯干，双臂自然地垂着，连着一双巨大的手掌。他眼睛眨了眨，眼睑发红，看着哈吉·凯里姆：

“你好啊，欢迎，欢迎！”

他的身躯跟着欢迎的节奏抖动着。

“蓬荜生辉，蓬荜生辉啊。”

“你好，哈姆里，你太客气了。”

哈姆里问候了客人，然后把用来装可口可乐玻璃瓶的木箱倒扣在地上，给客人们准备好了座位。哈姆里那位身材娇小、皮肤白皙、微微发胖的妻子站了起来，她的眼睑一样泛着红色，兴许是因为哈姆里频繁地骑在她身上，她当时正用双脚在地上为孩子划好位置，好让孩子放松地在那里大便，另一个孩子在不远处，用自己的尿液和着稀泥。

“蠢孩子，快过来打招呼！”

哈吉·凯里姆把下巴倚靠在手杖上，观察着坐在面前的哈姆里。哈姆里一边用那双大手敲打着自己的膝盖，一边说着话，哈吉则专注地倾听着，哈姆里曾经是一位在农村过着惨淡生活的农民。正午的日头烘烤着他，一双手掌也因为久握斧子而满是裂痕，那么多个年头，他全靠干燥的大饼和破旧罐子里的奶酪度日。那些难熬的年份和歉收的粮食几乎使他绝望。一年到头，沉重、贫穷的日子在他的心里留下抹不去的烙印。哈姆里在农村生活了许多年，日子实在难以维系。那一天，他带着妻子和孩子们，出发前往坦塔。面对这座残酷的城市，这个乡下人是多么的勇敢！这不，他成了一家小店的老板，孩子们在地上放松地大便。他双眼泛着红光，好像能反射出那种在这群过路的旅人面前所独有的优越感。

“丫头，快上咖啡。”

女人开心地在一旁观望着。阿卜杜勒·阿齐兹却为了即将到来的咖啡劫难忧心忡忡。他只能喝茶，然而这里的茶水定会带着煤油或乳香的味道，或是沾染着这肮脏的店铺里任意一件东西的味道。

哈吉·凯里姆自信而谨慎地调着自己的咖啡，好像在进行某种仪式。

“爸爸，这苦茶能喝么？”

“虔诚一点，我的孩子，只要用心就有甜味。”

每当人们结束侍主走出大殿，或因为长时间的站立而疲惫不堪时，这家小店都会为他们充饥。哈姆里迎来送往，把可口可乐箱倒扣在地上供人们歇脚，自己则坐在对面。他用双手敲打着膝盖，讲述着。哈吉·凯里姆享受地倾听着，那女人则坐在地上，满眼愉悦地看着他们。

又是马尔祖卡大街，人行道上的人群围绕着煮茶人，咖啡馆和人们，喇叭和音箱发出沙哑的歌声，在大街的空气中传播着，上百个乡下人拥挤在大街上，这条街道两天前还荒无人烟，素丹的诞辰开始了。

哈吉·凯里姆向前走着，他的手杖在地面上节奏轻快地敲击。

“孩子们，节日愉快！”

他登上石阶，众人紧随其后。他们在一处庭院前停住了脚步。那里三面环绕着一座座老旧的宅子，里面挤满了坦塔城的女人们。

“女士们，祝你们日安！”

时间，尘土，疲倦，彼此的靠近，这些崇高之所在创造出一个极富感染力的空间。妇女们身着五颜六色的大袍，乌黑的头发上包着绚丽多彩的方巾；一张张脸庞都洋溢着喜悦和欢乐；灰暗牌匾的旁边，四方的窗户后满是跃动的生命。哈吉·凯里姆在一扇扇窗户间沉稳又耐心地来回转移着视线；公子哥紧张而兴奋地跳跃着，内心早已燃起了火焰；此时的阿卜杜勒·阿齐兹贪恋地盯着那些洁白光滑的胸脯，以及胸脯间那一道道沟壑。眼前这一切的背后有多少阴暗的地窖啊！一架架黑暗中的梯子，一间间不能为人所见的屋子，在那里你看不到一丝光芒——光明像一只猫似的溜走了，于是女孩儿们被一一捉住。她们是那么模糊，他是那么紧张——一瞬间的颤抖，他仿佛深入了另一个自己。忽然，闪电一般的感觉，有人亲吻了他，于是他又回到了这个庭院，回到了这拥挤的盛会中——铃鼓声、汗水、喧闹声，整个人都被这磨人的嘈杂所湮没。

对哈吉·凯里姆的问候和祝福像流水一样从一扇扇窗户中

倾泄而下。

“我的兄弟，欢迎你！我跟你说，塔莱阿她妈妈今天可是起了个大早。”

“姐姐你说这个干嘛，他们来咱们这里，是为咱们带来了光明，真是些善良淳朴的人啊。”

哈吉·凯里姆高兴地笑着。

“愿你们岁岁平安。”

阿卜杜勒·阿齐兹沉浸在这温柔的关心和问候中，他环顾四周，发现塔莱阿妈妈站在门口，双臂微微下垂，她的眼睛丝毫没有变化：自从打碎玻璃杯的那天起，阿卜杜勒·阿齐兹就再也无法忘记她的双眼。她一时的疏忽使阿齐兹收集到了许多画面——她的乳房、小腹以及臀部，这些画面时常出现在他的睡梦中，已经在他脑海里生根，挥之不去……哈吉·凯里姆向她走去，像女子一般亲切和蔼；她身上每一粒原子仿佛都是那么的可亲可近，她的双眼是那么温和，她伸向哈吉与其握手的纤纤细手是那么柔软，她的头微微摇晃着，仿佛细长的脖子已经无法承受它的重量，哈吉·凯里姆依然微笑着。她来亲吻了哈吉的手，哈吉也亲吻了她的额头。阿卜杜勒·阿齐兹并不难过，但细腻又善良的他几乎流下了眼泪。

“您的到来给坦塔城增添了许多光彩，我的哈吉。”

“是你们与真主之光照亮了这里！”

空旷的屋里，塔莱阿妈妈在哈吉眼前四处走动着，她裙下的双脚在破碎的地板上来回移动。无论她去哪里，身后总是跟着手杖敲击地面的声音。

“把这儿当作您家吧。如果有任何需要，刷子、椅子、垫子……任何需要，请您只管开口，我的哈吉。”

所有人都站着，塔莱阿妈妈和哈吉的谈话让他们相视而笑。哈吉·凯里姆看了看他们，也笑了出来。

“你好。”

“你也好。”

整整一秒钟的寂静，然后又是一阵发自内心的笑声，每个人的心都充满了欢乐和喜悦。

哈吉·凯里姆的手杖敲响了地面。

“快来吧。”

穆罕默德·卡米勒叹息道：

“终于，我们终于到了。”

哈吉·凯里姆闭上了双眼，他的面容那样明澈。

“一切赞美全归真主，求您不要中断我们的传统和习俗，求您允许我们站在您的面前。艾哈迈德·巴达维老爷啊，我的素丹，我们已经来到了您的面前。”

众人一齐低声念道：

“阿米乃。”

塔莱阿妈妈说着话，没有抬眼看哈吉·凯里姆：

“你们还需要其他东西吗？不论什么。”

哈吉·凯里姆笑着回应说：

“谢谢你，真主会保佑你的。我们肯定还少不了要麻烦你。”

之后，哈吉·凯里姆只有在临行前才会再次见到她了。哈吉会与她握手，然后朝车站走去。

房间地上铺开了白色的席子，色彩多变的墙壁满是斑点，墙上用钉子固定着写有《古兰经》语句的廉价纸张和孩子的画作，以及大人们如同呆滞站立的木乃伊一般的相片。男人们脱去了外出的大袍，有的人只剩下一条长到脚脖的裤子，有的人剩下一件背心和红色的小毡帽，还有人仍穿着一件轻薄的袍子。哈吉·凯里姆摘下头巾，将它放在窗前的报纸上；他脱去那件克什米尔大袍和那件印着波斯花纹的衬衣，将它们统统挂在了墙上的钉子上；他穿起一件轻薄的亚麻大袍，就像一只褪去了羽毛色彩的凤凰。然而，这样的哈吉·凯里姆却更质朴、更俊朗,也更平易近人了。他盘腿坐在席上,众人盘腿围坐在他身边。阿卜杜勒·阿齐兹脱下了自己那身外套，也把它挂在墙上的钉子上；他穿上一身西洋样式的袍子，把他的书放在父亲头巾的一侧，然后坐在了父亲身旁。

女人们都在另一间屋子里。此刻，也许她们也正在摘下头巾，脱去黑色的外衣，只剩下五颜六色的内衬；也许孩子们正围在她们身边，诧异又欢心；赛米拉一定坐在她们中间，微笑着;整个素丹诞辰期间，她都会待在这里，犒劳自己每日的劳顿，祛除喧闹和拥挤带来的痛苦。整整七天，她都将和自己处同在一个屋檐下，可是，她却并不会与他有什么瓜葛。他从她的身上觉察到一种陌生的疲惫，她没有那些塔坦姑娘的样子，从不曾被她们影响。她就是这样安静地坐在那里，睁着一双动人的大眼。一股寒冷在他的心头蔓延，乃至恨从中来。

明天，阿拔斯谢赫和他的族人们就会到来。众人都会出门去车站相迎，与他们相拥，互道思念。

而在这里，人们会为谢赫铺好坐垫。他会摘下自己绿色的头巾，将它置于窗前，与哈吉·凯里姆的头巾相邻。他们会相谈甚欢。笑声，愉快的交谈声，到处都是在素丹所在的城市会面的欢欣……

就在这里，穆斯塔卡维会和公子哥相邻而坐，从他的背心口袋里拿出一截大麻烟，在早已在一旁咯咯笑着、舔舐着嘴唇的公子哥眼前晃晃。

“拿着，卷一支烟吧。”

公子哥接过烟草，一边用他娴熟的动作卷烟，一边嘿嘿地笑着。哈桑·阿凡提和阿里·哈利勒打断了他俩友善的轻声交谈，他俩盯着公子哥。哈桑·阿凡提说道：

“你就戒掉这口吧。哪怕就在素丹诞辰这几天，表表对素丹的敬心！”

穆斯塔卡维沉下脸来回应道：

“我花钱买了烟，抽烟就是在尊敬素丹！我每抽一口烟，可是都心念着圣徒里最伟大的素丹！”

公子哥哈哈大笑，眼珠几乎要跳了出来。他张口说：

“那问问阿拔斯谢赫吧。”

阿拔斯谢赫长颈鹿似的伸长了脖子，说道：

“我从来没听人们说过抽烟有什么不对，老人们不这么说，年轻人也不这么说。酒是违法的，没有错，不过烟么，不过是植物，和其他植物没什么区别。”

穆斯塔卡维和公子哥差点笑得背过气去。阿里·哈利勒的脸瞬时蜡黄，哈桑·阿凡提也拉长了脸。艾哈迈德·巴达维像个孩子似的笑着，谢赫自己和哈吉·凯里姆也无声地微笑着。穆斯塔卡维发起了重誓：

“阿拔斯谢赫，伟大的真主作证，如果我要是国王，一定让您做全埃及信士们的穆夫提[①]！”

公子哥收起了笑容，伸手把大麻烟递向阿拔斯谢赫。

“拿着吧，谢赫，再给我们讲讲这烟的好处。”

然而，哈吉·凯里姆没有允许这话题继续下去。他郑重地拍响了手掌，众人安静了下来。宵礼[②]之后，会有吉庆的礼聚，在素丹诞辰期间，每晚都会有礼聚和赞主诵经，所有心灵都在喜悦中得到平静；然而，回到辛勤的劳作中也是注定了的。

做咖啡的师傅在房前坐下，在一片喧嚣中为自己找到了一块安静的栖身之地。当大夜来临，整个屋子都会挤满人群、食物和喧闹，人们往往会纷纷走向做咖啡的师傅，在他那里寻得片刻安宁。只要你坐下，慈眉善目的他就会微笑着递上一杯咖啡，那位画符咒的术士总是坐在谢赫身旁。一个女人抱着孩子出现在谢赫面前，指了指术士，术士便为她写上一道护身符。谢赫接过符咒，祝祷之后再把它挂在孩子的脖子上，角落里的阿卜杜勒·阿齐兹坏坏地笑着。

到那天，屋里的男人们都会各担任务，各司其职。阿里·哈利勒负责管钱和账目，拉茜黛会经常来找他。

“阿里大叔，我们需要洋葱。”

“去买吧，给你一个皮阿斯特。”

“不，不够的，需要五个吉尔什[③]。”

“别慌，拉茜黛，给你两个皮阿斯特，肯定足够了。”

---

① 译者注：该词为阿拉伯语音译，意为“教法解说人”。伊斯兰教教职称谓，即教法说明官，其职责为咨询与告诫，为判决提供建议和指导。

② 译者注：伊斯兰教规定穆斯林每日五次礼拜，宵礼为最后一次，礼拜时间自西方天边的霞光完全消失开始，直到翌晨拂晓之前为止。

③ 译者注：埃及、叙利亚通行的本位货币，面值一角。

她不再辩驳，应当有什么就做什么，她也清楚。哈吉·凯里姆一定会说：

“去找你阿里大叔吧，无论他怎么说，你听就是了。”

于是，她不再多说什么，向厨房走去，在那里她领导指挥着所有的女人们。她坚毅、果断地坐在黑暗的厨房里，轰鸣作响的瓦斯灶上摆放着几口大瓦锅，烟尘弥漫的空气中夹杂着做饭的气味，让人窒息。

公子哥穆罕默德即便是死了，恐怕也丢不下他那调戏女人的嗜好。每每他路过厨房：

“大伙儿，这瓦斯灶可真好啊。”

“可不是，穆罕默德大叔，劳您记挂呢。”

有些时候，他会借各种理由满屋子乱窜，去和每个女人搭讪。

“公子哥啊，从哈比卜那里取两个垫子和枕头来吧。”

“遵命，大叔！”

他取来了垫子和枕头，脸色通红，果真花了把子力气。

“她们都问您好呢，都说想来看看您。”

哈吉·凯里姆温柔地笑着。

“真主保佑你。”

木匠舒尔库西用一个铁盒子一盒一盒地舀水。这项工作令他远离其他人，不与他们接触，因为他生性易怒。至于穆罕默德·卡米勒和艾哈迈德·巴达维，这二人则会在人群中紧跟哈吉·凯里姆，在他的身旁听命；他们笑容常驻，迎来送往，招呼吃喝，准备坐席和床榻。直至宵礼结束，所有人都开始夜晚的礼聚。

公子哥给自己卷着烟卷，他白嫩、纤细的手指拨弄着木薯叶上的烟草，然后将它的一端粘在嘴唇上，他娴熟地搓捻着，心却早已飞到了九霄云外。

“我要出去一下。”

艾哈迈德·巴达维满脸疑惑，明知故问：

“去哪儿啊。”

公子哥的声音里透着些紧张：

“去修瓦斯灶。”

身边的人们怀疑地望着他，他继续说：

“刚好今晚我们没有别的事；明天什么样子可不好说了。”

男人们一脸茫然，却依然安安稳稳地坐在原地，伸展着他们累了一天的身子。艾哈迈德·巴达维在一旁诡异地笑着，阿卜杜勒·阿齐兹也用笑容回应了他。他俩知道，其他人也都明白，公子哥是要去见那个舞女了。早在公子哥一行人抵达坦塔之前，她就到了，住进了亲戚家里。公子哥一直在伺机与她会面。阿卜杜勒·阿齐兹默默地笑着，这两个女人真是奇怪啊，拉维赫和那个舞女，为了公子哥这个被宠坏了的孩子你争我抢，都想把他占为己有，就差把他撕成两半。今天早晨，拉维赫还在车站与他道别，而到了夜里舞女就来接手。公子哥神色激动而又焦躁，在原地坐卧不安。阿卜杜勒·阿齐兹看着他，心里暗暗地笑着。众人的脸上都带着心知肚明的笑容，木匠舒尔库西却愁容满面：

“坐下吧，公子哥，别耍混了。”

公子哥的脸变得通红：

“这是我的事，我自己心里有数！”

哈吉·凯里姆的笑容则更显疲惫：

“公子哥，一日之计在于晨啊，还是白天再去吧。”

但是，公子哥出门的决心势不可挡。他就像一个迷了路着急回家的孩子。艾哈迈德·巴达维插话道：

“如果不能去修瓦斯，恐怕他是不会善罢甘休的。”

众人都笑了，伊拉克聋人也不明就里地笑着，公子哥爆发了：

“瓦斯灶随时都有可能坏掉！那时候你们又会怪我！”

门敲响了，门外传来一阵吵闹和孩子们的笑闹声，以及另外一个女孩子的嬉笑声。

“大叔啊，给我些饼干和面粉吧！”

公子哥朝门走去，不久便传来他和撒疯的女孩对话的声音：

“你们怎么这么早就来要饼和面粉了！我们前脚刚进门，还没来得及休息呢！真是个贪婪的世界啊。”

小孩们在远处哄笑着，眼前的孩子假装受了惊吓似的叫喊着跑开了，留下一声谩骂：

“乡下佬！老黄牛！”

“哪里来的就回哪里去吧！这么没礼貌！”

听到女孩的辱骂，众人的脸仿佛都被黑压压的乌云遮住了一般，艾哈迈德·巴达维打破了沉默：

“穆罕默德·卡米勒大叔，我们都成了牛了。”

卡米勒垂着头，不无羞愧地回应道：

“真主说：阿丹的子孙都荣耀四方。”

阿里·哈利勒那张消瘦的脸庞越发苍白：

“无能为力，全凭真主。”

木匠舒尔库西动了怒。

“我的兄弟，我们怎么会是牛，是牲口？！”

一脸茫然的艾哈迈德·巴达维脑子里还在回想着他的故事。

“谁让我们成天和牲畜睡在一起，一大早又要去地里跟泥土打交道呢。自然，我们的待遇和牲口也没什么差别了。”

众人都笑了，舔舔着自己的嘴唇。

“有一次，我在火车上遇到一位先生带着他的妻子。男人对女人说：农民们最幸福了，天天喝着酸奶、吃着黄油。我对他说：这话怎么说的？我们一年到头都只吃得起大饼、奶酪和斯里斯[①]，那女人倚靠着丈夫，问：斯里斯？哈姆丹，他说的是不是牛吃的那种野菜？我对她说：对咯，我的小姐，我们通常把它摘回来，自己吃，我们的待遇不过和牛一样啊！”

所有人都沉默了，一种如水银一般的悲痛在阿卜杜勒·阿齐兹的血脉中沉甸甸地流淌。他还是爱着这座城市，可这座城市为什么不爱他的亲人们呢。这悲痛几乎让阿齐兹喘不上气来，无论如何，这些都是他的亲人；那些在他们眼里所燃烧着的、不灭的东西，一样存在于他的灵魂中：

“我们都是这世上最好的人。”

笑意闪烁在众人的眼里，跳跃在他们的唇上。也许那是因为阿齐兹把自己归入了他们当中。

“可不！我们才是这世上最好的人。”

这吹嘘让阿卜杜勒·阿齐兹稍有心安。

此时，他们已经在坦塔城的一所房子里安顿停当。他们即将开始幻想，幻想他们当当的鞋底声将在这城中回响整整一周。每当想起这些，他们总能得到慰藉。他们嘲笑着公子哥，模仿着火车上那位女士的腔调，停不下来：

“‘哈姆丹，他说斯里斯？’对了，我的小姐，就是斯里斯，

---

① 译者注：阿拉伯语的音译，野菜名，一般生长于春季，雨后尤其繁茂。

又苦又涩。你会发现它比大蒜还辣，连斯里斯都不知道，你的祖先不也是农民，你要知道，真主曾把它赐给一个久在太阳下快要渴死、饿死的先生，他吃了下去，从此还把它供了起来！”

木匠舒尔库西用他独有的、神经质的方式插话道：

“凡是阿丹的子孙，都蒙真主眷顾，这就是伟大！”

门再一次敲响了，又传来一阵孩子的笑声和难听的谩骂声。众人呵斥着，公子哥叫道：

“快走吧，姑娘！再不走我可找木板去了！这城里怎么也没些警察来管管。”

阿卜杜勒·阿齐兹想起了车站门口的军警们，苦笑着。公子哥在房子里来回踱步，像一个囚徒；突然，他跑去抱起一个瓦斯灶，向外走去了。众人彼此交换了眼神，他们都心知肚明。穆罕默德·卡米勒叹息道：

“从生下来，这人就没少赌博和冒险啊。”

艾哈迈德·巴达维转换了话题：

“阿卜杜勒·阿齐兹，电影院里就没有个好看的电影吗？”

艾哈迈德·巴达维的双眼环顾着四周的兄弟们，好像看到自己的问题有了共鸣，好像他在期盼着所有人都能够表现出热情，好让哈吉·凯里姆考虑考虑他的建议。

“哈吉·凯里姆啊，您要是不同意，就算了。”

哈吉有节奏地摇晃着自己的脑袋，好像回到了家里大厅的沙发上，给众人讲着故事。阿卜杜勒·阿齐兹暗自笑着，那是电影之夜，自打他对巴达维诞辰以及去坦塔的旅途有记忆以来，那就是一个神圣的夜晚；那一晚，他们会去坦塔城唯一的放映室（埃及影院）一同观看一个故事。阿齐兹还记得（虽然他头脑中的画面十分模糊）一个长着漂亮脸蛋的女人唱着歌，双唇的动作时而快于声音，时而慢于声音；一个长胡子、面目狰狞的男人朝她吼叫着，同时也威胁着那个男青年——他面目消瘦，鬓发颇长，不堪孤独残酷的人群的折磨。每当哈吉·凯里姆坐在原地讲着故事，吊灯下的兄弟们一脸愁容地倾听时，阿齐兹都会在故事中再一次看到那个女人，又一次体会到她的生活，感受到她的性格。像这样，每一回都有故事，每次去坦塔城只要完成了其他事情，拜谒了素丹的陵墓，艾哈迈德·巴达维都会眼巴巴地望着哈吉·凯里姆。

夜晚，在兄弟们的礼聚上，哈吉·凯里姆讲述着；艾哈迈德·巴达维一边听着故事，一边笑着。至于阿卜杜勒·阿齐兹，却有一种奇怪的感受令他颇为尴尬：这些人眼中的事物跟实际情况仿佛很有出入，或者说，相去甚远。

“可是，艾哈迈德大叔，她到底爱他吗？”

“不爱的，阿卜杜勒老爷。”

他一脸愁容，仿佛戴着艰辛劳作的面具。

“她那时候不爱，可现在呢？她一定爱上现在的他了吧。”

阿卜杜勒·阿齐兹急切万分，穆罕默德·卡米勒叹息道：

“他虽然进了议会工作，可还是个小人物，和农民没什么区别，感赞真主。”

哈吉·凯里姆语气雄厚，他说：

“尤素福·瓦哈比真是个了不起的人物，他写的故事又精彩又现实。”

艾哈迈德·巴达维谩骂道：

“那帕夏老爷的儿子倒是个大人物，可农民的儿子能得到的东西，他不也是望尘莫及！”

人们都笑了，阿卜杜勒·阿齐兹却仍紧追不舍：

“可是帕夏的女儿确实是爱他的吧！”

艾哈迈德·巴达维反驳道：

“这蹄子变了，她才不会真的爱他，只是利用他而已。要是他还是个农民，她还会和他在一起？”

艾哈迈德·巴达维的逻辑得到了众人的认可，这让阿卜杜勒·阿齐兹十分惊讶，他们竟然是这样看待事物的。他自己就是坦塔城的常客,然而每晚,当众人结束了一天的游览回来之后，他却总是同他们坐在一起，好奇地倾听着他们的故事，他们是如何看待这一切的？这城市是如何在他们的脑海里埋下了这样的情感……

阿卜杜勒·阿齐兹笑着：

“当然有好电影了。”

艾哈迈德·巴达维豁然开朗，阿里·哈利勒也温和地笑了，阿卜杜勒·阿齐兹继续说：

“是一部悲情电影。”

所有人的脸一齐望向了哈吉·凯里姆,哈吉一边冲他们笑着，一边准备起身。

“既然你们都想去，那么好吧。”

这回，即便是孩子们的敲门声也无法影响众人心里的喜悦了，穆罕默德·卡米勒说：

“我们就去看看自己是什么样子吧，也早都习惯了这样……真主莫使我们断了传统和习俗，巴达维老爷啊，我们的主子，求您保佑。”

艾哈迈德·巴达维上前扶着哈吉·凯里姆站起身来。

“阿卜杜勒，你不跟我们来吗？”

“不了，艾哈迈德大叔，昨天我和几个朋友已经一起看过了。”

阿里·哈利勒压低了声音说道：

“可别搅乱了我们的传统啊，阿卜杜勒老爷……”

阿卜杜勒·阿齐兹有些无地自容，但他实在不想再去看一遍已经看过的电影。

伊拉克聋人不明所以地看着身边的人们，艾哈迈德·巴达维朝自己的女人示意，她便羞涩地走了出去，面纱遮住了半边脸。艾哈迈德宠爱自己的妻子，那个有爱的人啊……

哈吉·凯里姆走了出去，身后跟随着一众苦修兄弟。阿卜杜勒·阿齐兹听到他们的脚步声落在了石阶上，伊拉克聋人满是疑惑地望向阿齐兹，于是阿齐兹便比划着解释起来。伊拉克人坐卧不宁，在房中来来回回地踱着步，口中嘀咕着令人费解的话语。最终，他走进屋子，卷起自己的大袍当作枕头，睡下了。木匠舒尔库西看着阿卜杜勒·阿齐兹：

“坐下吧，阿卜杜勒·阿齐兹，担心什么呢？”

阿齐兹觉察到木匠舒尔库西有话对他说。没有多少人能从和他的对话中尝到什么甜头。而此时此刻，这个人却想打开话匣子，他想和阿卜杜勒·阿齐兹聊聊，阿齐兹也感受到自己坐下来听他说话的欲望。然而坦塔城就在外面，霓虹灯，女孩儿们，咖啡馆，糖果铺子，各种饮料……也许在夜深人静的时候，赛米拉会来求他为她解释一些事情，他的内心充满了对赛米拉的渴望。然而，她的矜持平静和沉默不语让他恼羞成怒，他真正渴望的是另一种东西，是畅快淋漓地沐浴在这城市的灯光中……

大　夜

普通鞋子、尖头皮鞋、拖鞋和木屐三两成堆。满脸皱纹的丑陋女人们拥在一起，脸上全无疲惫，杂乱无序地挤作一团。而他——阿卜杜勒·阿齐兹——则蹲在一旁，抱着双腿，脸搭在膝盖上。数十双频繁活动着的脚踩踏着延伸的地板，上面满是尘土和油渍——那是一种本地特有的肮脏：地板砖脱离了地面，在众人的踩踏下半浮着、颤动着。也许，在地板底下，蟑螂们和甲虫们正在黑暗中眨巴着眼睛，活动着胡须，在潜伏中机警又畏惧地探索着……什么时候它们才能开始夜晚的巡游？它们的王国正在遭受入侵，一双双沉重的大脚无情地践踏着他们的土地，在大厅的尽头，阿齐兹溜进了卫生间，那个湿潮与污秽的心脏地带。风一阵一阵向他吹去，不紧不慢，阵阵腐臭填满肺叶，险些让他窒息；腐臭的风，呼吸声，拥挤的人群，呼喊声和吵闹声……

大厅里人群比肩接踵，哈吉·凯里姆脸上的汗水映着煤油灯的亮光，那顶红色的羊毛毡帽紧扣在他头上，好像在那里生了根；衣领的衣角卷起，肩头还残留着汗水和尘土的印记。哈吉·凯里姆两指夹着一根香烟，吸了一口，快速地左右看看，发出了命令：

“公子哥，煤油灯暗了，要烧尽了。”

公子哥应了哈吉一声，脱下了袍子，只剩下一条短裤，他那多毛、发白又污浊的小腿露了出来。他跳上一把椅子，用一根针拨了拨困倦的灯芯。一盏接着一盏，他在大厅里穿梭着，略带恼怒又近乎疯狂地躲闪着拥挤的人群。

“我得去添亮了，你们快点让开。”

阿齐兹仔细地盯着那一盏盏煤油灯，它们发出耀眼的光芒和噼啪的声响，光亮从一个房顶照向另一个房顶。

穆罕默德·卡米勒黝黑的脸上长出了胡子，汗水似乎源源不断地从他的脸上流下来。每一个角落都有笑声传来，他所到之处，众人都脱去了大袍，衬衫的肩部已有了污渍，弯曲的后背也早已被汗水浸湿。他拿了一口瓦锅，去水龙头那里接水，盛满后又朝厨房走去。阿里·哈利勒清点着窗台上盘碟和勺子的数量，好像与所有那些纷乱和吵闹两相隔绝。他的大袍上污迹斑斑，好像是一直在马厩里干活似的。公子哥朝他喊道：

“那些盘子我是怎么给的你，你就得原样得还给我，那都是我从各位女士家里要来的！”

公子哥的喊叫声没有打断他清点盘碟的节奏，哈吉·凯里姆叫道：

“去忙你的事，公子哥，别那么多嘴。”

艾哈迈德·巴达维不住地笑着：

“他是害怕被那些女人数落。”

木匠舒尔库西提着一桶水进了门，怒气冲冲地叫嚷道：

"水龙头那儿人也太多了！就为了喝口水，还在那里吵个没完！"

众人都笑得眼开眉展。即便刚刚还在怒气冲冲，很快，他们就又都欢欣鼓舞起来。在这不寻常的拥挤中，他们来来往往，身心都充满了愉悦。伊拉克聋人着急地左顾右盼，意欲发出祈求素丹保佑的呼喊；拥挤而吵闹的人群却对他熟视无睹，这让他生不如死。他继续环顾四周，伺机引起众人的关注，时刻准备着发出祈祷的声音……

厨房里，瓦斯灶一个接一个地摆在地上，上面架着一口口黑色的瓦锅。到处都是油烟的味，阿卜杜勒·阿齐兹几乎快要呕吐了。瓦斯灶不厌其烦地呼呼作响，好像它们也在念诵着《良言赞词》，只是没有曲调，顶着瓦锅的瓦斯灶，好像是按照村子里那些黑人妇女的性格设计、制造的，女人们侧身望向瓦锅，探身查看，她们的脸庞即刻被蒸汽掩藏；她们手拿大勺，伸进锅里，舀起满满一勺肉汤，连带着深色的肉块，勺子的边缘还泛着一圈油脂。阴暗朦胧的屋子，瓦斯灶，热气，以及那些像木偶一样僵硬地活动着的女人，那个去年被穆罕默德·卡米勒休掉的女人此刻正念诵着经文，周围满是混杂着油脂的水蒸汽，以及瓦斯灶和煤油灯散发出的烟雾。她的头脑已经有些迷乱，不分场合地说着胡话，向先知祈祷，又呼唤着素丹；艾哈迈德·巴达维的女人搅动着锅里的肉汤，眼睛却盯着她身后那位心慌意乱的朋友；舒尔库西的女人清扫完地面，又全神贯注地用刀切起了洋葱，弄得她泪水直流；在这厚重的蒸汽与灰暗的烟雾中，哈吉·凯里姆的女儿们也纷纷收起了往日的笑容。

阿卜杜勒·阿齐兹注视着拉茜黛的脸，她正探身俯视着瓦锅，那张美丽的脸庞顿时被水蒸汽环绕。难道她从村子里赶来，被囚困在这厨房里，就是为了做完这些事，最后直接坐上火车回去？难道这就是她所有的快乐？拉茜黛回过头来看了阿齐兹一眼，她眼神疲惫，却充满了慈爱。她将勺子伸进瓦锅，舀出一块带着油脂的肉块放在阿齐兹面前，他满是厌恶地拒绝了，她只好伤心地把肉块放回了锅里。女人们盯着拉茜黛，只见她一言不发，只有身体活动着，不时回头看看。其他人就都了然于心了，果敢、坚定的拉茜黛比阿卜杜勒·阿齐兹的妈妈有过之而无不及。厨房的地面上热气氤氲——潮湿的、肮脏的热气，女人们赤裸着的双脚无处安置，地面就像被炙烤过一般，而拉茜黛在这里却动静自如。黑色的烟雾在所有瓦锅的上方形成了一个穹顶，令女人们心怀畏惧；墙上的钉子上挂着许多篮筐，和一条条绑着洋葱和大蒜的绳子。烟尘仿佛生出了一双双肉眼看不到的脚，缓缓上升，最终笼罩在所有悬在高处的东西之上。

厨房门口出现了哈吉·凯里姆的脸，拉茜黛给他看了看勺里的肉汤。

“爸爸，尝尝这个吧！”

“味道非常好，我的女儿。”

他的声音听上去好像是在自言自语，但阿卜杜勒·阿齐兹知道，这声音已经溜进了众人的耳朵里。那些人们坐在屋里的草席上，坐在一盏盏嗡嗡作响的煤油灯所发出的光亮中。所有人都垂涎欲滴，每个人肠胃壁上的酵母都躁动不安，经过了一年到头的苦日子，炽热阳光下艰辛的劳作，日复一日的粗茶淡饭，所有人都在等待着锅里那油腻、光滑又鲜嫩的东西。

“爸爸，肉炖烂了吗？”

"我的女儿，肉已经炖烂了，快拿盘子来吧。"

哈吉的话迅速传开。厨房里，一双双手正忙着切拉茜黛买来的洋葱，盘子摆上了桌，拉茜黛并不知道他们有没有给自己留位置。

沿着盘子的形状，拉茜黛均分着食物，每份只有一扎。绿色、红色、白色的那肉汤在人们的眼里却只剩下油脂。他们面对盘子，赞颂着真主。

哈吉·凯里姆的眼神避开了阿卜杜勒·阿齐兹以及其他苦修兄弟们，那些烈日下田地间的脸庞，原本洋溢着的微笑此时戛然而止，他们原本分散在那片土地上，各自劳作，相隔着十万八千里，却都毅然走上了马路，三五成群来到了城里……是啊，他们来到了这里。然而，这能为他们带去什么呢？这一切究竟有什么意义？

"大叔，祝您岁岁平安！"

众人欢呼起来。阿卜杜勒·阿齐兹恨不得这些笑声能立时打住，哪怕能消停一秒钟。他盼着人们的口中能说些他听得懂的话，人们在他面前你来我往，戛然而止的笑容。欢声笑语像手背上的汗珠一样滚烫又黏人，笑声爆发在这里，在那里，余音绕耳，那种喜悦是燃烧着的，是炽热的。

"素丹啊，求您保佑！"

所有人仿佛被同一根电线串联了起来，他却是个绝缘体。他真想上前抓住自己的爸爸，让他停止这一切，问他：

"这些都有什么意义？"

但是，舞台上并没有这个场景的一席之地。众人你争我抢，风卷残云一般扫荡了一切。

“谁没有吃到肉，去喝碗肉汤吧。”

“肉和汤都是素丹对我们的爱。”

阿卜杜勒·阿齐兹只想在这牢笼中寻得一块安宁的所在。做咖啡的师傅那里？阿卜杜勒·阿齐兹凝视着面前瓦斯灶上的一个咖啡杯，他发觉自己也正如这杯子一样，心里装满了又黑又苦的东西。他来到咖啡师傅的身边准备稍坐一会儿，脸上莫名罩着一层阴影。

“来杯咖啡？”

“不了……”

铺着草席的房间坐满了人。人们在草席上坐着，心里却早已站了起来，一边喝着汤，一边不知所以地说着话，全无神圣和尊贵可言。胃是人类历史前进的引擎。人们生于田野和泥沼，如同无以数计的粘稠的软体动物，在不停的蠕动中越变越长，他们吞咽着，膨胀着，发酵着……终于化身为数十亿张微型的嘴，只有通过显微镜才能看到。一口吃食能引发的战争何其贪婪！何其丑陋！这就是人类的历史。人类，这种与软体动物无异的生物，一代又一代无休无止地繁衍下去，直至变成今天这些欢笑着的人。他们体内却仍保留了最初的胃，一张张烈日下的面孔也是一面面镜子，反映着那疼痛无比的肠胃是怎样的杂乱无序。一排排饥饿的人拥坐在一起，用支离破碎的语言结束了这场仪式。数不清的腿和脚络绎不绝，堆放在门口的鞋子好像是人们身体的一部分，被割了下来丢弃在那里。

“所有福分，肉汤泡饼当属第一。”

“米饭是食物的‘卫士’。”

“素丹啊，请保佑我们吧！”

阿齐兹的内心深处藏着一种顽疾。他向谢赫阿拔斯的房间望去，那边坐着的人们更年迈些，那间屋子也更拥挤。画符咒的术士向一些蠢货售卖着倒写在小纸片上的文字，那些人怀里个个抱着患了病的孩子。术士睡眼惺忪，不时跳起来，看看装食物的盘子有没有送来。真想去勒死他，用大骗子阿拔斯谢赫的头巾勒死他。

"把饼泡在肉汤里吧，这是圣徒赐予我们的福气，圣徒们也正是这样教导我们的，真主保佑，这吉庆的肉汤泡饼。"

食物填满了穆斯塔卡维的肚子。他双目凸出，不住地咳嗽，不停地吐痰。他一边啐了一口痰一边问谢赫：

"阿拔斯谢赫，还有比这个更新鲜的肉吗？"

谢赫位于人群的中心，像一尊小小的神，他仪表堂堂，安然自若，循着一种特定的规律和节奏把玩着手中的念珠；他倚靠在坐垫上，显得那么高高在上。那位先知的后裔，他朝孩子们的口中吐着唾沫，又摸摸他们的额头，这一切是多么滑稽啊。

煤油灯成了一轮轮发热的月亮，灯光下的胡须像许许多多发着亮的蟑螂，与胡须底下的脸你争我抢，墙上的画卷仿佛瞪着苍白的眼球，向他投来疑惑的目光，默默无语，却使他有了些许安慰……他幻想着，眼前这些人会把他钉在墙上，在他的面前跳起一种舞蹈——那是啮噬和野蛮的舞蹈。

远处的房间里满是孩子们和女人们，他们嬉闹着、欢笑着、舞蹈着，而她——赛米拉——就在那里。她的眼神还是那样深邃，却总带着一种冰冷的、令人厌恶的沉默，他的心情因此有些低落，赛米拉却依然用一对不知所以的眼睛盯着他，他更加痛恨她了，真希望她能离自己远一点，越远越好。他无法呼吸。

旅人们，这一群头发稀疏、满脸疮癣、在农村游荡的人；他们中有人胡须浓密，披头散发，两眼发亮；有人身穿制服，有人手捻大颗念珠，还有人头戴装饰繁多的头巾，上面甚至挂着孩童的小鞋子。有人手持棍棒，有人挥舞木剑……他们欢笑着，笑声却像一把把匕首，还有许多奇怪的斗篷。这，就是那些所谓"旅人"们的伟大盛会。一张张面孔仿佛生来就是为了散播恐惧，他们像一艘艘劈波斩浪、久经历练的航船，在复杂的情感中为自己开辟着道路。

他来了——阿卜杜勒·阿齐兹眼中那个穿着制服、在赞颂真主的队伍里手舞足蹈的那个人。他简直像一个小丑，口中飞溅着令人作呕的唾沫星子。

"侍主的人们啊，你们已在真主的门前，在素丹的庇佑之下。"

哈吉·凯里姆走上前去，张开双臂表示欢迎：

"欢迎，欢迎，欢迎你啊，大叔。"

哈吉欲领他进屋，这人却拒绝了。他在角落里给自己找了一个位置。

"我就吃一口，再喝口咖啡就走了，我可不能久留，执勤站岗的时候绝对不能擅离职守。"

一个大盘子端到了他的面前，很快，这人的嘴角、胡须和衣服上就沾满了油渍。随后，他喝了一杯黑咖啡，打着饱嗝，离开了。

一个个盘子端了上来，一张张大嘴把盘里的食物消灭得干干净净，人们口中不断感赞圣徒们的恩德。

"兄弟，给我让让地方，借过一下，当心。"

这些个有胃的软体生物，在历史的大殿中尔虞我诈地存活着；他们是人造的阿米巴原虫[1]，极其致命。自存在以来，他们就不曾有过进化，只是在原先的体态上生出了两只脚以助他行走，又生出了两只手来帮他进食。阿卜杜勒·阿齐兹闭上了眼睛，又一次感受到那个清早自己曾感受过的颤抖——那时他独自站在一片棉花地里，手中拿着一台老旧的洒水器，他隐隐听到茂密的棉花田里传出蠕虫的咬噬声。此刻，他正注视着那些同样在咬噬着的人……

世界就是数不清的画卷，讲述着千百万年来所发生的故事。那些庞大的身躯、渺小的头脑和咀嚼力惊人的大嘴毫无秩序地拥挤在他的眼前。阿卜杜勒·阿齐兹在悲伤中潸然泪下，这些人带着一种原生的野蛮扑倒在食物面前，他正是这样的人所生下的孩子。他多想站在那里，大声呵斥，令他们立即停止，令他们好好思考这个世界。他将他们划分成四个小方形，注视着他们。那骇人的拥挤否定了一切思考，并正在将它唾弃，将它践踏……

哈吉·凯里姆手中剩下的烟头已经浸上了油渍。他站在大厅中央，欣慰地看着眼前这令人赞叹的盛宴，眼神朦胧，却溢出了满足。他看向阿卜杜勒·阿齐兹：

"坐下，吃吧。"

"我没有心情。"

"和大家一起吃吧。"

"不。"

他绝不要同他们一起；他想做的，是站在他们面前，张开双臂，阻止他们。

---

① 译者注：一类有机生物，现已探明其可以引发多种病变。

盘子里的食物被消灭一空，剩下大饼的碎屑、泛着油光的骨头以及饭食的残渣，剩下的还有不舍和期待。人们舔舔嘴唇，像得胜归来一般欢笑着、交谈着……接着，他们用手抓住盘子的边缘，高举过头顶，开始齐声和唱：

“真主赐我食物，补偿我之付出。
正如先知赐予椰枣，《开端章》回赠真主。”

此后，他们在饱嗝声中念诵了《开端章》，人人声如洪钟。厨房里，火舌还在舔舐着黑色的锅底，女人们躲在一旁的角落里，仿佛被这原始而野蛮的声音缴了械，昏睡了过去。

阿卜杜勒·阿齐兹走出侍主堂的大门，厅内的灯光透过窗户，照亮了庭院四边的房屋。黑暗中传来女人们的欢笑声和叫喊声，那妩媚撩人的笑声连同首饰的叮铃声响彻夜空，他瞥见一件本地女孩儿的长袍，在对面屋前的石阶下，黑暗中，一个正值青春的少女站在井边，周身仿佛萦绕着微光。

女孩儿在角落里的一呼一吸强烈地吸引着阿卜杜勒·阿齐兹。他的双臂向前伸去，身体仿佛成了一颗有意识的豆荚；他的双手猛然撞击在粗糙的墙壁上，她被约束在墙边，他的身体压住了她柔软的身体，他的嘴唇贴上了她微张的双唇，他们的牙齿碰撞在一起，女孩儿的双唇如燃起一小团火焰一般，温热，柔软，蛇一样地在他的唇上游走；他的脸和女孩儿的脸碰触、交叠，唾液沾湿了四片嘴唇。他紧紧地搂着她，几乎要扯掉她的头发；他急着占有她那罪孽却温暖的身体，而她，却突然从怀里脱身，逃走了。

额头上流鲜血的印记还闪着光，女孩儿逃走时阿齐兹的头撞在了墙壁上。他用手抹去血迹，发现手也被粗糙的墙壁磨破了，墙上还留着血迹。他恋恋不舍，向黑暗中望去。那边的石阶下有一对男女，男人一只手藏在女人的头发里，脸埋在女人的脖子上。阿卜杜勒·阿齐兹错愕不已，那是公子哥和那个舞女。黑暗中，他发出一声呼喊，几乎是从胸腔里迸发而出的声音。公子哥连忙站起来，慌乱地整理着自己的衣服。趁公子哥还没反应过来出声的是谁，阿卜杜勒·阿齐兹赶快溜走了。他们在大庭广众下做爱，就像在大庭广众下切兔肉一般稀松平常，他向门前的庭院走去，那里，嘈杂的欢声笑语中，妇女们的首饰相互碰撞，发出清脆悦耳的叮铃声，女人们隔着窗户彼此呼唤着，黑暗中墙上的方形窗户里灯光耀眼，侍主堂里依旧传来整齐的歌声：

“真主赐我食物，补偿我之付出。

先知的椰枣和《开端章》，奉至仁至慈的真主之名。”

又不是有人结婚，哪里来的这些首饰的晃动声、娇媚的呼唤声和叫喊声？他连忙跳上台阶，急着想逃离这里。他独自一人走在马尔祖卡大街上，街上的侍主堂成百上千，低矮的房屋无一不敞开着窗户，透过窗可以看到拥挤不堪的大厅。一张张脸庞，一顶顶小帽，人们的手掌和肩膀，咂嘴的声音和勺子碰撞盘子发出的清脆响声，还有那吃饱喝足了的肠子所发出的奇怪声音。

阿卜杜勒·阿齐兹加快了脚步。大街两旁的人行道上，人群围圈而坐，圈子的中间大多是一位体态丰腴、腕戴手镯的妇女。她们边说边笑，露出一颗颗金牙。她们是贩卖大麻烟的女人，在她们面前，往往都放着瓦斯灶、煮茶的器具，以及装满烟草的瓶子。

人群就像一条河流，流淌在街道中间。成千上万的脚掌永不停歇地摩擦着地面，人们迈着坚定、沉重、没有半点迟疑的步伐向前走去，脚步声沙沙作响。

“人们啊……你们究竟往哪里去？我的民族啊……你的出路又在何方？”

阿卜杜勒·阿齐兹拖着如同小羊一般的身躯，带着陌生的外表在这城市的大街上前行。他走着，一双大眼迷茫而困惑，他对路过的一切都不闻不问。不知不觉地，沮丧在他的内心滋生，用统一而单调的节奏震颤着全身，他仍旧漫无目的地行走着。

街道两边高耸的房屋湮没在夜的黑暗中，只有方形窗户被灯光照亮，轮廓清晰可见。女人们还聚在那里。

那些笑声发射着欲望的信号。他真想过去掐住那些柔软的脖子，直至她们窒息。这座城市是那样狡诈，却又在魅惑和精致中显得格外柔软。

灯光渲染着尘土，在街道的上方形成一个穹顶，他恍惚着，迷茫地行走在人群的森林里。男人，女人，孩童，街道两旁的商贩将臂膀搭在面前的石凳上，绝望着，没有人来买东西。人们只是在大街上行走，四处观望。昨天晚上他们都已经买好了一切所需，也许明天他们还会再买一些，但只有今晚大夜，唯一的大夜，商贩们将货物摆在店铺外面，琳琅满目的商品在成千上万双闪着光的眼里同飞扬的尘土拼了个你死我活——一层又一层的尘土永无休止地落在货物上，好像自天空飘下的蒙蒙细雨，悄无声息地滋润了整条大街。接连不断的脚步声沙沙作响，他们的脚步没有半点迟疑，他继续走着。

他随着人群来到了凤凰桥下，那里有一条狭长而黑暗的隧道，火车从头顶上驶过，像地震一般。道路越发狭窄，人群也更加拥挤，本地的小孩们吹着口哨，几个退伍老兵在隧道的两侧大声地乞讨；马背上的军官挥舞着骇人的藤杖，与拥挤的人群交锋、战斗着；地面在火车的轰鸣声中颤颤发抖……即使如此，沙沙的脚步声依旧没有中断，行进中的人群仿佛拥有大河的伟大和崇高，任何敲打，任何震慑都无法将它阻挠，终于走到头了，隧道的另一端是一个由光、尘土和喇叭的巨大声响共同构成的盛会。那是一片广阔的田地，这里曾经种满了小麦。为了素丹诞辰的庆典，这里的作物被连根拔去，搭起了绵延数十里的帐篷。每条道路上来的谢赫都会在这里搭起帐篷，迎接和招待他的追随者和仰慕者；帐篷的前方竖有一块牌子，上面写着谢赫的姓名以及道路和村子的名称。每个帐篷里都有诵读人、歌者或说书人，还有民间诗人，帐篷顶上悬挂着扩音器——它好像成了一位迷信的演说家——人们用巨大的嗓音叫喊着。阿卜杜勒·阿齐兹走进一顶帐篷，一个女孩站在高高的台上，她的脸被白色的头巾遮蔽，犹如一轮朦胧的圆月。乐手们坐在那里，手中的乐器像剧毒的黄蜂一样发出声响，许多个谢赫拨着自己的眉毛，脸上始终保持着坏笑，他们的眼睛仿佛永远不会落在那些正在演奏的乐手们身上，因为此刻那女孩正用她沙哑的声音悲伤地唱着：

“我逃不掉的劫数啊……”

她面前的人群欢呼起来：

“可不嘛！我逃不掉的劫数啊……”

扩音器发出阵阵声响，企图撕破那片在空中萦绕的、光亮无比的尘埃之云。

“我逃不掉的劫数啊，假如你出现在我的梦里……”

站立着的人群爆发出一阵阵赞叹和高声的呼喊，这个女孩却始终紧闭着双眼，似乎她已经放弃了抵抗。阿卜杜勒·阿齐兹真想去剥下她的外衣，让她的乳房露出，紧贴着她的头发，认真地与她四目相对。

坐在椅子上的说书人疯疯癫癫，他舞动着、跳跃着，与幻想出的对手决斗着：

“宝剑在同先知讲话……”

“我的信仰美如佳丽……”

“定要斩下逆徒之肉！”

“快来解我之饥……”

在他面前席地而坐的人群疯了似的手舞足蹈着。

“啊，先知啊，先知啊……”

那位民间诗人正在自我陶醉。他头上的红毡帽微微倾斜，手放在衣领上，一边摇晃着肩膀一边唱道：

“我爱人的眼睛好似蜂蜜，她眼上的彩妆全无痕迹……”

他唱着，侧了一下头，洋洋自得地向人们示意。

在这片帐篷营地的中间有一条大道，它的两侧摆起了马戏团、舞台和游乐场。那里有玩游戏的人，有玩纸牌的人，还有那个骑着摩托车在一个巨大的铁球里转圈的男人，长着两个头的公牛，完全没有头的男人，浑身亮着灯的少女，那位来自亚历山大城[①]、穿着夏装的小姐和她的随从，神奇的魔术师艾哈迈德·凯赛尔，有一座巨大的帐篷，由麻布和木头搭建而成，帐篷前立着一张高高的长椅，站在椅上的人能够看到帐篷内正在发生的事情。鼓声、笛声、穿着彩色裙子的舞者。一张张脸庞都泛着油光，一位肥胖的黑人妇女坐在高高的石凳上卖着票，面前是一张堆满了零钱的小桌，她的眼睛盯着一个站在面前的小女孩。

“孩子，上来吧，拿二十五个皮阿斯特。这是素丹的聚礼日，我就给你便宜两个皮阿斯特，上来吧，这椅子让你用两个小时。”

喇叭里传出的叫喊声重重地在人群中回响：“小伙子们快来看，大老爷们注意了，这里有凶猛的野兽！”

这噪音和喧闹的场面成功吸引了行进中的人群，他们站在高高的长椅前张望着。人越聚越多，越聚越多，巨大的帐篷里满是好奇的人们；舞台上，一些人身着奇装异服在观众面前跳起了舞蹈，他们舞姿翩翩，却面目丑陋，活像一头头怯懦的小

① 译者注：埃及北部重要城市，以旅游业和地中海沿岸美丽的景色而闻名。

黑牛。人们失望地从帐篷里走了出来，继续他们前进的脚步——那脚步从不停歇。骑着官家大马的军人们身着制服，停在路的两侧，一张张农村面孔，他们好像也想脱去那身衣服，加入前进的人群里。但他们却被许许多多看不到的绳子绑缚着，做了统治者帐篷里的傀儡。几个上了年纪的军官眉头紧锁，注视着这永远不可能被控制的人群。他们当然可以冲人群发号施令、威胁恐吓，可以挥舞着手中的棍棒，在人群中制造些恐慌。然而，这些人身上的伤口总会愈合，军人们却只能在那里无所适从。他们是迷信的巨人，一个个都像蠕虫一样在地上爬行，如何能控制得住。

又一次，阿卜杜勒·阿齐兹穿过了那个黑暗的隧道，朝新轨大街走去。街上到处都是这个街区的孩子们，到处都点着煤油灯，巨大的煤油灯，一盏灯能分出两三束火焰。男人们手持煤油灯向前走去，不问琐事，也不再念经，只是提着煤油灯，向前走去。

他径直走入了人群。煤油灯发出苍白的光芒。一条条流光溢彩的丝质大袍包裹着消瘦的身躯，女人们头巾的穗儿垂吊在背上。“瘾君子”们绝对不会在白天成群结队地出来，他们的勾当都集中在一些四下黑暗、落满尘土的建筑里。那里常年点着灯，昼夜难分，没有人熟悉阳光，每一张苍白的脸上都印着粗鄙。他们吞吐着大麻烟雾，在一盏盏煤油灯的丛林中缩进自己的大袍。阿卜杜勒·阿齐兹的鼻腔被烟草的气味占据，他的双腿沉重不堪，恍恍惚惚地向前走去。慢慢地，人群超越了他，像一簇温热的月亮似的，人们走在了他的前面，而他却依然在那里仔细认真地观察着身旁拥挤的人群。

不过，他此时的注意力集中在另一群人身上。那是两队跳着舞的人，每个人手里都拿着一个小小的铃鼓，皮带抽打着鼓面，发出悦耳的鼓声。这些近乎疯癫的舞者发出尖锐、嘶哑的声音，他们如疯似癫地跳着舞，汗水浸透了全身。那位谢赫骑在一匹瘦弱的马上，满脸的狡黠。他的周围，一些男人站在那里，手中高举着彩旗，阿卜杜勒·阿齐兹的脑子里尽是那些疯狂的鼓声，几乎要吐了出来；他抬头看了看马背上那位高高在上的谢赫，可怜的马儿，真主啊！好像每个盛气凌人的生物都有属于他的低贱卑微的坐骑。这匹马，还有家里那头哀嚎不止的老母驴，它们都有同样卑贱的眼神。阿卜杜勒·阿齐兹的头几乎要炸开了。伴随着遍布全城、来势汹汹的嘈杂声和喧闹声，他的意识开始麻木，逐渐模糊。

明早，即主麻日[①]的清晨，是哈里发[②]的送亲日。所有的人、所有的旗子、所有的鼓乐都会聚集在一起。正午时分，人群顶着太阳拥挤地行进，队伍的最前端是披着长巾的“哈里发”，他手中的头巾摇摇欲坠。如此规模的人群让宽阔的新轨大街显得十分狭窄。街道两旁的房门几乎要被人群挤开了。所有的窗户前、阳台上都拥满了观看的妇女，她们朝人群抛撒着草莓和盐粒。这一天，人们仿佛迎来了清算日，整座城市中到处行走着迷信的肉体，他们肆意活动着健硕的肌肉，伸着鼻子，都想挤进素丹的陵寝[③]。

陵寝的中央是如流的人潮共同的目的地。星星点点的电灯

---

① 译者注：即星期五，是伊斯兰教的聚礼日。

② 译者注：哈里发 (Khalifah) 指穆罕默德去世以后，对伊斯兰阿拉伯政权元首的称谓，是伊斯兰政治、宗教领袖。这里指一尊哈里发的雕像。

③ 译者注：这里指位于坦塔城的艾哈迈德·巴达维清真寺。

悬挂在顶上，新娘面色苍白，浓妆艳抹。这是街道上那股汹涌的欲望的新娘，一个个来自农村的黝黑的身体向前涌着，他们口诵着经文,朝着被点亮的“心脏”鱼贯而行。在这样的光亮下，即使隔着上千法尔萨赫[①]，信众们的目光也能抵达陵寝。远方的村庄还沉浸在黑暗里，渴望着如此这般灯火通明的夜晚；所有那些拥有着机械般神奇力量的心脏，都将生命中的一切荣耀归于这座高耸巍峨的清真寺的中心。

一种神奇的魔力驱使人们来到了素丹的陵寝。苍白的灯光环绕着杂乱无章的人群，人们围坐在一起，挨肩叠足。阿卜杜勒·阿齐兹被一股意愿裹挟着、推搡着向素丹的陵寝缓步前进——那股意愿来自千万个与他一同行走着的身体。但同时，一种强烈而紧迫的质疑声也回响在阿齐兹的脑海里：究竟要走向哪里？为什么要去？哈吉·凯里姆那思念和渴望的眼神究竟有什么样的魔力？是什么令他生出想见素丹陵寝的强烈欲望？是什么使他无法抗拒，使他无法站住脚步，大声说出一个真正的“不”字，并远离人群而去？

人们汇聚在清真寺的门前，寺里的侍从们手秉树枝做成的鞭子在人们身上抽打着。人群躲闪着,项背相望、脸面相贴。脸，都是脸，众人的面颊和呼吸几乎要粘连在一起，他们叹息着，叫嚷着，完全无法移动视线，人群裹挟着他向陵寝走去。缓慢行进的人群仿佛充满了能量，这股能量几乎要在那间小屋子的门前爆炸。那里就是素丹的陵寝。

一尊巨大无比、闪闪发亮的铜像，反射着吊灯从天花板上射下来的万道光芒。陵寝被人群环绕着，无数颗心脏，无数双

① 译者注：长度计量单位，1 法尔萨赫 =6.24 米。

眼睛，无数的叹息声，以及痛苦又热恋般渴望的叫喊声。铜窗前吊起的一簇簇花朵几乎要在所有肺叶的一呼一吸中窒息。人们的脸完全贴在了一起，好像是一整块肉长出了无数个脑袋，在一扇扇亮着光的铜窗外环绕着素丹的陵寝。阿卜杜勒·阿齐兹的身体感受到了一种所有人都能感受到的怪异的颤抖，苍白的灯光无法穿透人群，在堆积的肉体上钻出许许多多的毛孔，他们躁动不安地运动着，像窃窃私语的蠕虫，身不由己地抖动。他们向前行走着，感受着，战斗着，沉浸在一片混乱的无序之中。

“素丹啊，求您保佑！”

这里是一个炽热的中心，它散发出的渴望足以形成一个直径数百英里的大圈。人们从这里走出去，带着一张张空虚的面庞，手捻着念珠，口中不住地念诵着赞美真主的经文，朝村庄里的一条条小路四散而去。铁轨上，巷子里，被吊灯照亮的房间中，阿卜杜勒·阿齐兹仿佛置身一个热气四溢的火炉，他头晕目眩，恶心作呕，他的眼皮异常沉重，而哈吉·凯里姆却还站在侍主堂的客厅里，快活地发布着命令。盘子、碟子来来往往，癫狂和欢愉的洪流伴随着咂嘴声又一次在人群中爆发了。

许多强壮的肩膀将阿卜杜勒·阿齐兹从簇拥的人群中扛了出去。他的一生都背负在这些肩膀上，他们带着他，在无数个日子里，同无数双脚和无数双破烂的鞋子一起上路，根本无法抗拒。

陵寝的门前，他们在念诵经文。两行队伍，除了他们之外没有别人。无数双脚震颤着整个清真寺，清真寺从上到下都在嘶哑的叫喊声中抖动着，那种无法抵御的、近乎毁灭性的咆哮和叫喊统统向他袭来，没有半点迟疑。他每欲回身都被人群迅速抵回，他试图驱散那些私语窃窃和脚步沙沙。无数颗跳动着的心脏从四面八方赶来，聚集在这咆哮着的人类的音瀑前，这声音足以席卷一切岩石，它那巨大的钢爪足以将岩石凿穿。

两行队伍跳动着，他们的双脚踩踏着地面。坦塔的心脏在这些赤裸的脚下成了被宰杀的祭品。由无数间老房子、无数条曲折的巷子以及装饰一新又为人群踩踏的大街所构成的坦塔的身躯，被压在了这些怒气冲冲的、肉呼呼的生物底下；这张牙舞爪的恫吓游走在清真寺的每个角落，他无处可逃。

大理石的地板砖上挤满了人。他们挨肩叠足地坐着，你从两个身体间抽出只脚来，只能再往另两个身体的中间伸进去；嘶嘶鸣叫的煤气灶、大只的咖啡壶和饼干盘的周围人头攒动，飞扬起阵阵尘土；那些戴着红色、绿色、白色头巾的人慷慨大方地为人群提供着食物，上百万张嘴永无休止地吃着，喝着，抽着烟，头巾下露出一张张神色各异的脸庞，制服、木剑、念珠，叫喊、诵经以及祈祷的声音此起彼伏，只有诵经者的声音最高、最远，它在人们头顶上方久久地萦绕……阿卜杜勒·阿齐兹使出了人所具备的一切能量、一切办法试图脱身，试图高声说“不”，却都徒劳无益。

树枝的鞭子轻轻抽打在他的肩头，又软又柔。他四下看看，一张脸凑到他眼前，伸着鼻子、两眼发亮。那张脸上露出了一种兼有讥讽、自傲和温柔的笑容，那人的双手演戏一般在空中挥舞着。

“帮我把它点着吧。”

阿卜杜勒·阿齐兹像接过安眠药一样接过他手中的烟，男人得意地笑了，那笑容几乎让阿齐兹的心飞旋了起来。

"安拉会用素丹的爱点燃你的心。"

他哈哈大笑，一边在人群中开辟出一条通道，阿卜杜勒·阿齐兹盯着他的双肩，看他踏着娴熟而轻盈的脚步逐渐远去，直至消失不见。

阿齐兹猛然想起了赛米拉。她清澈纯洁的笑容，连同白皙诱人的酥胸和她那一双明眸善目，一起浮现在他的脑海里。然而，他的心却依旧沉重，他走出清真寺，在门外的大街上蹒跚而行。

即使是在那些狭窄、阴暗的巷子里，他也能看到农村人的身影。他们茫然地走着，走在城市循环的血液中，走在城市细微的毛发和神经末梢上。成千上万支臂膀从农村出发，拥向如身似躯的城市，城市紧紧地将它们抱住，在连续、深沉的亲吻中为自己的肺叶偷取着呼吸。他走着，走着……

一些原本黑暗无光的角落里，许许多多帆布帐篷支了起来，就像无数个盒子。苍白的光芒从盒子的孔隙中射出，盒子里面挤满了从农村赶来的人群，煤油灯的灯光照在他们身上，锣鼓喧天，茶杯交错，所有人都在吸食着烟草，贩卖大麻的商人在角落里眨着眼睛，猛烈的鼓乐声正在屠杀所有人的心灵，还有无数颗心在前赴后继地等待着宰杀，画着浓妆的女孩儿，站在帐篷门口像麻雀一样摆弄着手中的响板[①]，她眉毛上闪烁的金光绚丽夺目，黄色的丝绸尽显她曼妙的身材。

"素丹啊，求您保佑。"

阿卜杜勒·阿齐兹走在沉寂黑暗的巷子里，在他心里燃烧着、闪耀着的电光打破了这些角落的黑暗。狗和妓女，去找警察的

① 译者注：一种戴在中指上的乐器。

告密者，他的脑中全是哈吉·凯里姆那双渴望着道路和车站的眼睛，而这里，正是令哈吉·凯里姆心驰神往、目难转睛的那座城市。

“你在那儿干吗？！”

一声叫喊像啪啪作响的皮鞭划破了黑暗。那个问题难以阻挡，它严厉而坚决，甚至像尖锐的攻击，阿卜杜勒·阿齐兹感到自己像一只被捕获的猎物，急于逃走。他连忙让自己加入那些前进着的、用双脚震颤着这座城市的身躯，地板下长着触角的蟑螂从发霉腐坏的泥土中抬起头来，迎来了自己的死期。他几乎要窒息，泪盈于眶，好像自己是侍主堂门前待宰的羔羊……他尽全力快速地走着，以免自己被高举的藤杖捕获；他的肝脏快要炸裂，在疲惫中，他两眼模糊。

他走上石阶，精疲力竭，身心俱碎，朝侍主堂前的庭院走去。哈吉·凯里姆站在中央，身上的斗篷显得格外的宽大。他倚着手杖，清澈如炬的眼中闪烁着愉悦和满足；他的双唇默默念诵着模糊的赞词。大夜里，几个回合的诵经结束后，席上的男人们都略显疲惫，摩肩擦背、精疲力竭的诵经者们用手绢或者大袍的衣角擦拭着脸上的汗水。穆罕默德·卡米勒的声音还回响在大厅里，他向苦修的兄弟和其他随修的众人提议念诵《开端章》；一扇扇窗户前还聚集着观望的妇女。侍者在人群中穿梭，端着摆满小杯肉桂水的托盘；人群中爆发出阵阵欢笑和喧闹。

哈吉·凯里姆洋洋自得地站在原地，欣慰地观察着周围的人和事。阿卜杜勒·阿齐兹注视着自己的父亲，他不知道为什么眼前的父亲让他想起了故事书里的传奇英雄安塔拉[①]——面对敌人，他死去的身躯依然立于马上，那矗立的身躯接连许久都让对手胆战心惊，直至他的坐骑受惊，他才坠落下来。那伟岸的身躯才最终倒下……

所有侍主的人们都在用同样的口吻说话、欢笑，每个人都满心欢喜，他们说着，听着，异口同声地笑着；阿拔斯谢赫站在垫子上露出满意的笑容；公子哥咯咯地笑着，露出一口被大麻烟毁掉的牙齿；伊拉克的聋人左顾右盼，不明就里地笑着；艾哈迈德·巴达维询问伊拉克人为什么发笑，穆罕默德·卡米勒咒骂着艾哈迈德，又自得地笑了起来。

女人们聚集在安静的煤气灶和空盘子旁边，拉茜黛一边笑一边讲述着人们是如何喝干了一条河的锦葵；穆罕默德·卡米勒的妻子，或者说，他的前妻睁大了眼睛，显得有几分呆滞，她口中喋喋不休地讲述，说着对真主的赞歌和对先知的祈祷是怎样的五花八门。

男孩们和女孩们在另一间屋里。赛米拉在他们中间欢笑着、戏谑地逗着乡下来的女孩儿，笑她们孤陋寡闻、少见多怪。

哈吉·凯里姆坐在大厅中央的垫子上，人们围坐在他的身边：

“孩子们，祝你们岁岁平安。”

众人感到一种舒适柔和的欢欣，一张张愉快的脸庞微笑着回应哈吉。可是，今夜他们又该如何入眠呢。

“孩子们，夏天的席子足够宽敞，每个人都枕着头巾睡吧。”

而他自己也会睡去，头枕着自己弯折的胳臂。阿卜杜勒·阿

---

① 译者注：历史上的安塔拉是阿拉伯人心中的英雄人物，生活在公元5～6世纪，是一位志向高远的骑士英雄，也是一个文采飞扬的诗人。

齐兹注视着父亲，父亲吸了最后一口烟。

没有任何征兆，一个从远处走来的人问候阿卜杜勒·阿齐兹道：

“阿卜杜勒·阿齐兹老爷，祝您岁岁平安。”

阿卜杜勒·阿齐兹并不知道是什么在他的心里引燃了这突如其来的凶猛怒火，也许是从厕所传来的阵阵腐臭；也许是当人们的活动逐渐平缓下来以后，那些从裂缝里伸出触角的昆虫。他并不清楚自己突如其来的革命究竟有什么原因，然而他用坚韧和忍耐控制住了自己。那人的声音像极了乌鸦的叫声，他的话还在继续：

“阿卜杜勒·阿齐兹老爷，节日快乐！今年的素丹诞辰庆典真是太精彩了，多亏安拉垂怜，我活了这么久，还从没见过这样的场面！素丹保佑，怎么会有这么多人……我的老天……”

阿卜杜勒·阿齐兹不知道自己是如何爆发的，但当时，他周身的的确确燃起了熊熊怒火……

“多亏了人们没脑子，不去思考才对！他们走在大街上，和一群一群的牲畜有什么分别！根本不知道要去哪里，根本不知道自己从哪里来！”

他浑身上下的每个细胞都在高声叫嚷着，呐喊声响彻侍主堂，众人目瞪口呆，哑口无言地望着他；那些张开的嘴几乎触到了眼睛，那叫喊声中训斥式的话语让所有人为之惊颤；阿齐兹顿时心生畏惧，身体也僵在了那里。但他继续叫喊着：

“你们到底在干什么？你们要去哪里？ 你们都从哪儿来？你们这些崇拜偶像的人！”

他的声音颤抖着。凭借一种不可名状的力量，他强忍住了眼中的泪水。哈吉·凯里姆双眼暗淡，他沉稳而坚定地看着阿齐兹，气势汹汹地说：

“这些人,你的亲人——阿卜杜勒·阿齐兹——都是牲畜？！只有通过了清算日考验的真信徒，才能得到安拉的允许，才能享受天堂的欢愉。他们的脚步能撼动任何王冠！无知的人，你走吧！道不同不相为谋，别再像牲畜一样在大街上走了，离我们远一点！你这叛徒！”

阿卜杜勒·阿齐兹万念俱灰，好像他已经睡去，无数双脚踩踏着他的胸膛和脸庞，蹂躏着他的大脑和五脏……他成了一具行尸走肉……

哈吉·凯里姆的声音颤抖着，近乎哭泣……

“崇拜偶像的人？！真主诅咒你！我们爱的只有安拉和他的圣徒！”

四下里众人开始窃窃私语，抿着嘴唇。

“没有办法，全凭真主。”

“别说了，哈吉·凯里姆，别说了！”

“快祈求真主饶恕吧，不要诅咒你的儿子。”

“万物非主，唯有真主，父亲的诅咒是残酷的，父母的怒火也是真主的怒火。”

“这些气话，真主是不会听的。”

“他是个好孩子，可是恶魔无孔不入。”

远处角落里的阿里·哈利勒脸色蜡黄，死了似的；公子哥一副卑贱的表情，像狗一样;艾哈迈德·巴达维盯着阿卜杜勒·阿齐兹，难以相信眼前发生的事情；穆罕默德·卡米勒泪如雨注，他一边流泪，一边举起了双手：

“大家，念诵《开端章》吧，把真主的《开端章》送给我们的孩子阿卜杜勒·阿齐兹，好让恶魔离他而去！”

众人闭上了双眼，开始低声诵读。哈吉·凯里姆一边诵读，一边高举双手，祈求真主的宽恕。阿卜杜勒·阿齐兹泪如泉涌，自己走了出去。

人们躺下了。每个人都卷起头巾，枕着折起的胳臂，睡下了。男人、女人和孩子们都一样，喧嚣和吵闹逐渐褪去，些许夜不能寐的眼睛，角落里逐渐远去的只言片语。哈吉·凯里姆巡视着，为睡去的人们掖一掖被褥，查看众人还有什么需要。而后，他坐倒在自己的地方，吸了一口烟。

阿卜杜勒·阿齐兹走进孩子们的屋子，拨开两个身体，睡在了中间。他折起自己的胳臂，头枕了上去，悲伤的侍主堂中传来微弱的言语声，没有睡意……他再次泪如泉涌，煤油灯一盏接一盏地熄灭，黑暗笼罩了房间。人们发出均匀的呼吸声，夜晚的昆虫蠢蠢欲动，他无法入眠，好像这些虫子都在他的脑子里爬行，这样的折磨永无止境，身体里的刺痛和悔恨都让他毫无睡意。他的身体早已筋疲力尽，然而意识却完全清醒。

窗户缝中透出的白光照进房间。他看到了紧挨着自己的赛米拉，她正在睡梦中微笑着。那么甜美，那么纯真的脸庞。他发自心底地爱恋着她，滚烫的热泪夺眶而出。他颤抖的嘴唇亲吻了她，他亲吻了她的嘴唇；她的呼吸均匀而柔和。他凝视着那纯洁的面容，闷热的房间里，赛米拉已脱去了衣服，他第一次这样看着赛米拉赤裸的身体。在暗淡的灯光下，她还是那么甜美。她皮肤的光泽是那么柔和，那神圣的身体丰腴，匀称，细滑。他搂住了她，她熟睡的身体没有抗拒。他将赛米拉的头放在了自己的胳膊上，将她搂得更紧；此时两人的身体已经完全贴在了一起；深深的迷恋驱使他将自己的手放在了她裸露着的、光滑柔软的小腹上；他心跳加速，凑上脸去，想要亲吻她；她突然睁开了双眼……她镇定地看着他，眼泪从她的眼眶中不住地流出，一切都结束了……他抽回手来，那画面如雪似冰。阿卜杜勒·阿齐兹沉重地站起身来，在熟睡的身躯中间移动着他的双脚。他走出了侍主堂的大门。许多受了惊的脑袋盯着他，他们的眼神仿佛心知肚明。阿齐兹全然不理，那些脑袋于是又都睡了回去，困倦的大街，相隔很远的路灯，在各个角落里游荡着的妓女，警察的告密者像一阵突临的微风一样充满活力地行走着，执夜勤的警官正在痛苦中前行。

突然，一个高个头的醉汉出现在街上，他弓背垂腰，踉踉跄跄地向前走着。一边走，一边用尽浑身的力气大声叫嚷道：

“要命了！快来人帮帮我！”

他的身后，是几个披头散发、衣衫褴褛的小孩。连小偷和拾人烟头的人都在用石子驱赶着他。石头像雨点一样落在他的身上，他竭尽全力叫嚷着，求救着，几秒之间，告密者和警察就一起用棍子和枪托把他撂倒在了地上。

辞　别

逃离似乎变成了阿卜杜勒·阿齐兹天性中的一部分。他对周围的一切人和事都置若惘闻，一味地沉浸在自己的幻想中。然而，每当听到父亲和他的表妹哈比卜之间的交谈，他总会清醒过来。

“集市摆起来了，该赚的总会赚，该亏的也逃不掉，安拉会眷顾我们的。”

“还早呢，哈吉·凯里姆。”

“哈比卜，能与主为邻是幸福的。”

“可是，别离总是很难。”

死亡是在真境与幻世间挣扎的最终结果，它那么真实，那么渺小，那么稳定，那么难以逃避……所以，为什么要有痛苦呢？阿卜杜勒·阿齐兹还保留着那颗怯弱胆小的童心。那时的孩子们攀爬在灶台上，围在他们的姐姐身边，挂在墙上的灯像极了画像里的巨眼，村子里所有的狗都在深夜里大声地号哭。姐姐轻声对他们说：

“狗都害怕了，今晚一定会有一个人死去。”

一旦死神造访村子，肉眼凡胎是看不到他的，只有动物们的眼睛才能看得到……阿卜杜勒·阿齐兹因那些记忆里的陈年旧事泛起了微笑。

哈吉·凯里姆仔仔细细地观察着身边的一切，破旧的沙发，褪色的地毯，《古兰经》的经文……他注视着这间老房子里的一切，好像此生都不能再相见……物质不灭，也不会产生自虚无。然而，一旦哈吉·凯里姆死去，那就是他的寂灭。所以，他的情况不属于物质的范畴，他是人中龙凤，他是哈吉·凯里姆。阿卜杜勒·阿齐兹深爱着自己的父亲，那种感情独一无二。

可是，多么伤感啊，全无诗意的现实，简单而残酷。阿卜杜勒·阿齐兹明白很多事情，为了相信他所知道的事实，他深受折磨；身边满是侧耳倾听的人，但他着实无法安然坐在大厅的长椅上。他们的面目被房顶的吊灯照得光亮，而哈吉则还在用手掌敲打着脚肚讲述着，周围的倾听者个个目瞪口呆。

哈吉·凯里姆喝完了一杯咖啡，剩下的就只有相互祝福与辞别了。

"哈吉·凯里姆，只要你来看素丹，就到我这里来吧。"

"只要我尚有时日，哈比卜，就一定来。"

"如果可以，我真想每天都去看你。"

"你会长寿幸福的，哈比卜。"

哈吉·凯里姆曾经对阿卜杜勒·阿齐兹提起，当他还是个孩子时他是如何胆战心惊地坐在私塾的石凳上，在其他孩子的怂恿和起哄中翻过那座矮墙；所有孩子都生怕谢赫手中那根手杖会随时会挥舞在空中、落在他们身上，每到那时他们都会变本加厉地叫嚷，他也说起曾经自己的双眼始终离不开私塾的大门，他在等待着表妹哈比卜的到来。她每天都会穿着一条粉色的大袍，戴着蓝色的头巾，手里拎着一个小盒子来找他；她先去问候老师并征求他的同意，然后在他的面前摆开小盒子里的食物，喂他吃饭，他的惊恐和担忧也都会一扫而光。她和他说一会儿话，然后起身回去了。

曾经，她每天都来看他，日复一日，直至家人把她嫁了出去。结婚的那天，她又来到了老地方，穿着婚纱的她把哈吉拥在怀里，至今他仿佛仍然能感觉到她丝绸一般的皮肤贴在他的脸上；她泪如雨下，把他揽在怀里，哈吉从她的两臂间挣脱了出来，眼泪几乎使他断了气；他回到村子里，回到了父亲的家中，那是一座塞满了孩子、女人和牲畜的大房子，没有人去打理，更没有人注意到他的到来，凯里姆出生的那天，他的母亲就离世了。

对哈比卜的造访总是非常短暂，却绝对不会留下遗憾或者愤恨。父子二人在黑暗中倚着围栏，走下一段残破的阶梯。哈比卜在坦塔城拥有这座老旧的房子，也有许多时常来探望她的孩子，阿卜杜勒·阿齐兹倚在哈吉·凯里姆的腋下。自从记事以来，多少次他曾跑步登上这些阶梯，多少次他十分有教养地跟在父亲身后，看着父亲在这些阶梯上迈出沉稳的脚步。

路灯下，阿卜杜勒·阿齐兹看到父亲的脸上流下了两行热泪。哈吉·凯里姆察觉到阿齐兹的眼神，便难为情地用手擦去了眼泪，不住地抖动着，嘴角好像在微笑。

“儿子，我哭得像个孩子吧。”

还在襁褓中的哈吉·凯里姆被许多奶妈喂养过，但是陌生人的奶水并不会治愈啼哭的婴儿，或许他此刻的眼泪是因为婴儿时的啼哭根本没有被治愈……或许那些夺眶而出的，是哈比卜结婚那天被他藏起的眼泪……但是，阿卜杜勒·阿齐兹深爱着自己的父亲，那种感情独一无二。

在一条湿漉漉的巷子里，两个人行走着。他们躲闪着房屋前的坑坑洼洼，以防踩到污水。矗立在两侧的墙壁早已年久失修，墙根也破烂不堪，高处的房屋仿佛随时可能倒塌。然而，这里总是这样，人们对房屋坍塌的可能性早已视而不见，熟视无睹。

空旷的马尔祖卡大街上只剩下一些挎着篮筐、带着孩子和女人赶往车站的农民。商店门口的商人们疲乏又畏惧地盯着他们，一些孩子的嘴里不住地谩骂着：

“老黄牛！你们把这儿弄得多脏！”

欧迈尔·法尔胡德的骆驼伏卧在石阶下，它的鼻子又长又大、高傲无比，一对眼睛大得出奇，两片嘴唇毫无意识地垂在了下颌骨上，另一头骆驼站在街头，悲伤地驮着另外几个箱子，胸膛一上一下地晃动着，启程了。

欧迈尔·法尔胡德在伏卧着的骆驼中间穿梭着，调整骆驼背上的货物，解开绳子，再把它系紧。这时，他看到哈吉·凯里姆走上前来向他致意：

“祝你岁岁平安，法尔胡德，回程的路一切顺利。”

“也祝您平安，哈吉大叔。”

哈吉·凯里姆拄着手杖，缓步登上了石阶。眼前的三个方向站满了不知道在这里居住了多少年的女人们。她们低垂的乳房在花布衣服下面晃动着，再没有那些酣畅淋漓、风骚妩媚的笑声了。

“女士们，祝你们日安。”

“祝你平安吉祥，兄弟，先知与你同在，哈吉，愿素丹保佑你。”

小姑娘们已经长大了，她们中的很多人都已经嫁了人，离开了。剩下的女孩们忧心忡忡，这里已经不再有她们的位置，已经不再是她们的家，她们得腾出地方，好让兄弟们迎进门的妻子居住。离别之风吹遍了所有角落,即将离开这个可爱的地方，哈吉·凯里姆的脸上满是离别的伤感，又夹杂着几分对来年能够回来的期望。

“真主的信士们，回程平安。”

“哈吉啊，平安回来。”

一个棕色皮肤的年轻女孩儿登上了石阶，敲打着一面铃鼓。她年迈的父亲叹息着说道：

“安拉的使者啊，莫忘了惯例，那可是每年都不能少的惯例……”

哈吉·凯里姆站立了片刻，他注视着眼前唱歌的女孩儿和她年迈的父亲。从很多年前开始，这位老人都会不早不晚地在这一天出现，来讨要他的“惯例”。哈吉微笑着看着他们，很是配合地对公子哥叫道：

“公子哥啊，快给他们拿来，给他们吧。”

公子哥在大袍的下摆上放满了剩下的大饼和饼干，并将他们递给了老人和巷子里的孩子们。孩子们纷纷跳起来讨要着，哈吉·凯里姆露出了微笑。

“都给他们吧，公子哥。”

公子哥在一个个小手掌上放了一些食物，口中碎碎地说道：

“拿着吧，你们拿了多少回了？我们存下这些吃的，就是为了分给你们这些每天都来讨要吃食的人了！快去！取碗来，取盆来，取锅来……”

公子哥戴了一副黑框的廉价眼镜，他的视线越来越模糊，渐渐看不清了。时常在他身边的人没有人去为他讨药，也没有药方，他们知道其中的原因：他的眼中只剩下黑暗了。有人说，那是因为舞女的死亡，她在某一天死去了，没有再为他站起来。也有人说，那是因为他吃了许多偷来的食物，为教法所不容，但是，看着公子哥眼中的光亮逐渐暗淡，阿卜杜勒·阿齐兹黯然神伤。

“快装东西吧，欧迈尔，我的孩子，快装吧。”

欧迈尔·法尔胡德走进了侍主堂，哈吉·凯里姆拄着手杖站立在庭院中央，他把身上的斗篷向胸前拽了拽，塔莱阿妈妈从门里走了出来，递了把椅子给阿卜杜勒·阿齐兹，阿齐兹把椅子递给了父亲。哈吉一言不发地望向塔莱阿妈妈，眼里满是谢意，然后坐在了椅子上，把斗篷放在双膝上，双手倚着手杖，向前望去，阿卜杜勒·阿齐兹站在他的身后，塔莱阿妈妈坐在紧挨着屋子的第一层石阶上，女人们纷纷趴在窗前，呼唤声、孩子们的叫喊声断断续续。然而，断断续续的声音背后却是死亡一般的沉寂——那种沉寂势不可挡，好像漆黑一片的土地上零零星星地站立着相隔甚远的彩塑。

男人们扛着大箱子从侍主堂走了出来，脚步沉重而缓慢，他们走下了石阶，直至把箱子挨着伏卧的骆驼放在了街边的地上；然后一言不发地折返，去取另一只箱子。伊拉克的聋人跟他们一道上上下下地走着来回，身上却空无一物。他的脸上满是认真和仔细，他活动着嘴唇，说着一些别人听不到的话，他忧心忡忡，双目几乎要跳出来。

侍主堂里的物品堆放在骆驼身边，然后被绳子绑在了驼背上。几个男人围绕在巨大的骆驼身边，欧迈尔·法尔胡德解开了拴着骆驼的缰绳，口中发出命令，旁边的人开始高声念诵奉安拉和素丹之名，随后呼唤着骆驼那兼具荣耀和褒奖的诨名，骆驼也从没有辜负他们眼中的期望：它缓缓地站起，矫首昂视，向前走去。男人们欢欣鼓舞地搓搓手，欧迈尔·法尔胡德最后向哈吉·凯里姆问了安，哈吉也亲吻了他的额头。驼队缓缓动身，欧迈尔·法尔胡德放声大哭，高举双臂，向真主祈祷着：

“主啊，您是我们的主，我们是您的仆人，保佑我们吧。”

阿卜杜勒·阿齐兹不愿就此与他道别，于是他走下石阶，与欧迈尔同行了一会儿……

欧迈尔·法尔胡德是一个善良的男人。他的妻子久病不起，卧在屋子中间的一张石凳上，骨瘦嶙峋，用一根棕榈条轰赶着脸上的苍蝇；她那个在爱资哈尔上学的独子萎靡不振，永无休止的争吵和索取也让她筋疲力尽。而法尔胡德则整日与他的骆驼为伴，倘若骆驼能说话，说不定他就会与所有人断了联系。

阿卜杜勒·阿齐兹回身爬上了石阶，几个人从侍主堂走了出来，背着行囊、牵着孩子，女人们跟在他们的身后。他们一起来向哈吉·凯里姆问安，

“哈吉，祝您岁岁吉祥，真主保佑您平安！”

哈吉·凯里姆注视着身边围绕的人群，叹息道：

“孩子们，我的时候快到了。”

众人的脸庞都蒙上了一层悲伤的阴云。

“哈吉大叔，不要这么说，这世界没有您，我们又该怎么活。”

“傻孩子，只要这世界还有人在，就有活下去的理由，就还有福气。”

他们就要回去了。篮筐里装着一些带给孩子们的糖果和玩具，他们心情沉重地看着街道的两侧，一脸敌意。所有人的脑子里都有一个疑问：买了这些东西，究竟是不是被蒙骗了？而这个问题将始终无解，这样的担忧也不可言传，令他们头晕目眩的是这座陌生的城市。明天的黎明时分，他们将回到田间地头，双脚站立在泥土中，拿惯了斧子的双手又会灼热疼痛，汗水又会浸湿了额头，永无休止的煎熬和劳作。但是，接下来的几天，仍会有故事和欢笑：在田间的土堆上，在家门前的石凳上，人们围坐在一起，讲述着在素丹诞辰庆典的日子里那些曾经发生的事情。而在围坐的人群中，对新的旅途渴望的种子也会破土而出。在劳作和苦难的日子里，在正午烈日的考验下，这颗种子将会慢慢成长，直至翻过年去，送信人又一次大声呼号着素丹诞辰庆典的日子。

拉茜黛跑了过来，气喘吁吁地站在父亲面前。

“我的女儿，你要回家了吧。”

“爸爸，祝您岁岁吉祥，真主保佑您一路平安，我会永远为您的客人下厨做饭。”

“真是爸爸的好女儿，真主会赐福给你！”

说着，他从口袋里取出一些钱来。

“在路上给你的孩子们买点东西吧，你的公子哥大叔会送你们去车站。公子哥，把她们送上车。”

“遵命，我的老爷。”

公子哥原本是需要有人带领的，但那是习俗，是没有人愿意打破它规则的传统，哪怕是细枝末节也不例外。拉茜黛最后向父亲问了安，不止一次地亲吻着他的手。阿卜杜勒·阿齐兹知道，她在路上一定会泪如雨下。

哈吉·凯里姆满面苦楚地望着上路的人们，他的双眼仿佛也跟着他们上路了。这时，他回头看到一个身影，最后才发现那不是别人，正是穆罕默德·卡米勒。他站在那里，背着自己的行囊，手里抱着年幼的孩子。他已不再是那个站在两列诵经者队伍中间，像先知一样挥舞着双臂和衣袖的穆罕默德·卡米勒了，也不再是那个倾听着哈吉·凯里姆口中的故事，脸庞沉浸在吊灯的灯光里的穆罕默德·卡米勒了。这是另一个人，他烦躁不安，乃至在辞别时他都只想匆匆握下手，然后离去，哈吉·凯里姆不无惊异地看着他，这是他第一次不与苦修的兄弟们一起动身，而是独自提前离去，行前没有去向素丹辞别。

“穆罕默德·卡米勒，我们今晚要去素丹那里辞行。”

“我就不去了，我还是会为你们祈祷。”

“为什么这么着急？”

“今晚会来水，我想回去浇水。”

“明早再去吧，延迟也有福气。”

“凭安拉的意愿吧。”

无可奈何，哈吉·凯里姆伸出手去同他握手，穆罕默德·卡米勒接过了伸来的手。这时，他的脸色瞬间变得蜡黄，那是死人的脸色；他移开了视线，然后朝着石阶的方向跑去，全然不理会身边的事物。此刻，他一定已是满脸泪水，阿卜杜勒·阿齐兹心里想，难道哈吉·凯里姆没有权利看到这些泪水吗？相比他一生的时日，相比那些无眠的夜晚，难以计数的旅途，以及那些良言善词，这些眼泪都微不足道？

像是被谁绑住一样，年老消瘦的木匠舒尔库西拄着手杖，满脸油腻和悲伤和他那身材修长、面色凶悍的妻子一起走上前来，像是被人从身后推了一把似的。他们的身后，是他二人那个做了乞丐的儿子。乞丐的脸上尽是疯狂，他左侧的眉毛向眼睛伸长而去，几乎挡住了他的视线；下颚巨大凸出，薄薄的双唇紧闭着，皮肤上长着奇怪的斑点。阿卜杜勒·阿齐兹想起了所有那些对切尔克斯人[①]的描述，眼前这个青年的身上几乎汇聚了一个疯狂者所有的特点。阿卜杜勒·阿齐兹对他说：

“小乞丐，这么着急做什么？”

“你说呢。”

“那好，你自己去吧，别管他们了。”

“不。”

他在阿齐兹面前握住拳头，在背后摆摆，在肩头晃晃，大块的肌肉隆起，像驼峰一样。

哈吉·凯里姆一言不发，朝旅人伸出了手。他脸色暗淡，起身走进了侍主堂。阿卜杜勒·阿齐兹倚在他的腋下，发觉父亲有些喘不上起来，呼吸十分艰难。阿齐兹的心被一只毒爪抓挠着，不知道从何时起，哈吉·凯里姆生病了。然而他拒绝去看医生，只是去找苦修的兄弟，或者村里的老者。

“爸爸，去看医生吧。”

“儿子，你不用担心的，没什么大问题。”

房子空了。原先摆放着两个大箱子的地上留下了两个覆盖着尘土的长方形。那里曾经是整个大厅的中心，大饼和饼干从

---

① 译者注：切尔克斯人（Cherkesses）属西亚民族。又称契尔卡斯人。主要分布在土耳其、叙利亚、约旦和伊拉克；原住高加索黑海沿岸至库尔德斯坦地区。属欧罗巴人种地中海类型，原信基督教，16 ~ 18 世纪改信伊斯兰教，属逊尼派。

箱子里源源不断地被取出来，分给众人。

客厅的墙壁上密密麻麻地布满了污渍。一片沉寂中，传来了父子二人的脚步声，好像他们正行走在辽远缥缈的虚无中，艾哈迈德·巴达维站在他们的面前，身后站着他的妻子。自从两人的儿子离开他们去了开罗，这段时间艾哈迈德在妻子面前都显得格外殷勤。他要亲自把妻子送去车站。他一言不发地走过哈吉·凯里姆，哈吉向他点头示意，然后便走开了。

坐在墙边的阿里·哈利勒眼露悲色，脸色像亡人一样苍白。他的一生都在与病痛作斗争，一种在身体里不断生长的东西正蚕食着这条生命。也许，对他而言，那也正是每次礼聚开始后得以和苦修兄弟们一起和唱的天然动力。

“安拉啊，不论原因，无论途径，但凭您的意愿，我们才久经历练、饱受苦楚，真主无所不能。”

天生的领悟力也是这些微小生命的一部分。它正吞噬着他们的生活，使他们决意如此度日，在命运面前俯首称臣。

“阿里，你自己坐在这里干什么？”

阿里站了起来，与他们一起走进了谢赫·阿拔斯的房间，和哈吉·凯里姆坐在粗糙的布垫上。他们就是这样忧伤，这样困窘。穆斯塔卡维一直在咳嗽，几乎要把他的灵魂咳出来。

“哎，仁慈的真主啊，能伴您左右是我的福分。”

阿拔斯并没有解释或判定什么，他从口袋里取出一些小玻璃瓶，仔细地端详了一会儿，然后从里面取出了几颗弹丸，囫囵吞了下去。一旁的画符师傅像一尊雕像似的坐在那里，脸色苍白。做咖啡的师傅从口袋里取出手帕，擦拭着他那早已充满泪水的眼睛。

“我们有生之年能在圣徒的门前侍奉左右，一切赞美全归真主！”

阿拔斯谢赫的头上有了一绺白发,他神情恍惚,倚在垫子上,手中念珠转动的声音让当下的寂静多了几分深邃。

这时，传来了萨蒂卡疲惫不堪的声音：

“我们心里无欲无求，我们能做什么呢，能做什么呢……”

又一阵沉默。人们面面相觑，一言不发。画符师傅取出他的笔和一张小纸片来，写了张符咒，把它递给了谢赫，谢赫祈祷过后又把它递给了哈吉·凯里姆。也许，这是这个人一生中画的第一份免费符咒，阿里·哈利勒几乎站不起来了，他接过哈吉手中的符，带着它出去了。他也许会拿着它在素丹的陵寝周围转上几圈，然后坐上火车，把它带回镇子里去。众人纷纷沉默不语，哈桑·阿凡提泪如泉涌。

艾哈迈德·巴达维和阿里·哈利勒都回来以后，兄弟们又聚在了一起，沉默地坐在那里，一伙相亲相爱的人，哈吉·凯里姆望着他们，他深邃的眼睛里饱含着思念……

“时候到了，我们去向素丹辞别吧。”

“好的，哈吉·凯里姆，一切因欲真主。”

阿拔斯谢赫起身整了整大袍，从床边拿起那条绿色的头巾，把它围在了额头上。他迈着缓慢的步伐走出房间，来到大厅，来到正门，哈吉·凯里姆紧随其后。其他苦修的兄弟们已经站在房前的庭院里等候了。所有人都在那里站立了片刻，他们面面相觑，一言不发。接着，谢赫走下石阶，众人跟在他的身后。

阿卜杜勒·阿齐兹不明白，为什么此时此刻的气氛比白天还要沉重。每当日头变得苍白，金黄色的光芒一片一片地撒向一切，他的心情都会异常苦闷。人群的影子投在街道的地面，让他想起了家里阳台前那棵枣椰树的影子。那一天，他看到人们从坦塔城把她带了回来，当时，除了她自己，所有人都已知道，赛米拉将要和一个农村小伙子结婚了。晚上，在房间里，一群女人围着赛米拉，她像一只被困在牢笼中的母狮一样吼叫着，她拒绝在证婚人那里答应嫁给那个他们中意的人。那天，他盯着赛米拉看了许久，然后对她说：

“赛米拉，答应他们吧，别再拒绝了，别再和自己过不去，让自己难堪。”

他并不知道自己在说些什么，他的呼吸平缓而坚定，赛米拉哭着，看着他：

“好，我答应舅舅。”

从此之后，她再也没有哭过。阿卜杜勒·阿齐兹后来才明白，那时她完全可以说“不”，只要是为了他。

男人们的影子投在地面上，好像他们是在为某人送殡。艾哈迈德·巴达维小心翼翼地走在队伍的最前端。

“这么恍惚，怎么像只母羚羊啊，阿卜杜勒老爷。”

“……”

“告诉我，阿卜杜勒老爷，假如我们死了，你会为我们念《开端章》吗？”

“每天都会。”

“安拉会眷顾你的。”

地面积蓄了一天的热量，这会儿正在发泄。它呼出夹杂着污垢的臭气，店铺门前的地面上洒了水，慵懒的商人们坐在那里叫卖；咖啡店侍者一边吆喝一边招待的声音渐行渐远；站在窗前的妇女们有的在朝卖东西的小贩叫嚷，有的在晾晒湿漉漉的衣服，也有的伸手去篮子里取出一个洋葱来做晚饭；一个女孩儿眼神迷离地望着远方，对身边的事物毫不在意，她的一生都将面对那些老旧、破败的房屋……

此时的穆罕默德·卡米勒究竟是幸福还是可怜呢？他双腿站在泥土里，紧握斧子的双手炽热通红。他独自一人，身旁没有苦修兄弟的身影。在累月经年的沉默之后，灶台上爬满了孩子，妻子的眼里也已经不见了温柔和慈爱，有的只是对日子和生计的全神贯注，他还记得萨蒂卡吗？他还怀念那些旅途上的愉悦吗？如今的人们正离这样的愉悦渐渐远去，血液，肉，骨头，各种压榨的混合，怎样才能摆脱所有这些窘迫和痛苦呢？我们应当忽略这一切，还是应当知晓这一切，抑或我们应当把一生的时间都用在这辛勤的劳作上，好让自己一无所知？！

众人朝通往浴室的小巷子走去。一条长长的小路带着顶棚，光线暗淡。这里，到处都是做铃鼓的匠人，到处都是成堆的皮质品和木制品。这里，铃鼓让夜晚有了生命，匠人们慵懒地坐在那里说说笑笑。

巷子里，有一条小路直通浴室。它的正面还留有法蒂玛王朝的五彩装饰，大门由一整块硬木制成，上面楔满了粗大的钉子。这样的绚丽怎能不让阿卜杜勒·阿齐兹眼花缭乱？传说，久不能孕的女人常来这浴室求子，祈求这里炽热的水源把福气和吉祥分给她们。

在艾哈迈德·巴达维清真寺西门的对面，有另一座建筑，那是一座由大理石建成的杰作。据说曾经有一条水渠把水带进了那里，用来祭祀的牛会不分昼夜地在里面转圈。清真寺，水渠，浴室，古时候的这里是什么样的地形呢？那时候的人又是怎样说话、怎样贩卖东西呢？也许，相比起回到现世，这伙人死去以后，他们的灵魂更有可能回到古时候的法蒂玛王朝。然而，这些脆弱的、千篇一律的建筑挤满了广场，却又紧随着当下的节奏，一步步、一点点地遗失、损坏……

他们走出巷子，到了广场的空地，视野一下子变得豁然开朗。眼前就是素丹的陵寝。它中央的灯盏发出光亮，与黄昏的云霞交相辉映。

哈吉·凯里姆神情喜悦，好像一只棕色鸽子停落在大地上，思念着天空。众人开始窃窃私语，然后默默地问候、祈祷……与他们在一起的阿卜杜勒·阿齐兹茫然无措又孤独无助，再没有什么东西能颤动他的心房了。他是那么冷峻、那么平静，他神情忧郁地左右打量着。

公子哥发现他们已经到了陵寝的脚下，便恸哭着叫道：

“素丹啊，我这一辈子都要来您的脚下，为您的诞辰点亮灯火。圣徒老爷啊，我眼中的光芒……”

此时安静的广场几乎空无一人；清真寺的四面都被电灯照亮，它是那么宏伟，那么富有控制力和穿透力。它有着坚固的围墙，铜制的大窗。众人不慌不忙地朝陵寝走去，伊拉克聋人的脸正对着清真寺。他们是那么疲惫，以至于周围的妙龄少女也不能引起他们的注意；一切文字也都变得没有了意义。伊拉克人的身体好像被邪灵占据，他猛烈地颤抖着，带着一种极其迷信的愿望，希望能够与这巨大的、通电的建筑融为一体，似乎沉默的人类也是凭借这样的愿望，才让一座座城市遍布大地。

当阿卜杜勒·阿齐兹还是个孩童时，他第一次看到有人穿着鞋子踩上了清真寺的地面。那时的他万分惊恐，询问自己的父亲。父亲告诉他，只要鞋子是干净的，穿着它走进清真寺就没有关系。那时父亲的回答果断而坚定。然而同样的问题仍然悬而未决,还是有人穿着鞋子走上了清真寺的地板。阿卜杜勒·阿齐兹那颗水晶一般的心灵出现了一些细微的裂缝，那裂缝逐渐变大，使他睁大了双眼：他看到越来越多的理由和借口，每一条都足以搅浑他原本清澈的灵魂，将他置于疑惑和痛苦之中。他开始鄙夷那些赤脚踩踏素丹清真寺地板的人们，成千上万的农民把泥土带进这里……但他依然保留了对身边这些人的爱，他依然留在这里，用充满善意和爱意的眼神看待一切。

他脱了鞋拎在手里，安静地跟在众人身后，在污渍斑斑的地板上一前一后地抬脚向前走着。

也许，这宽敞的大殿、矗立的石柱以及巍峨的天花板可以将一切喧嚣的声音——闲谈、语言、呼唤、争吵和诵经——转化成另一种东西,把它们聚拢在一起,再使它们成为重重的回声，越来越远，最终将它们变成另一种宏大、惊人、动人心魄的声音，穿过一条窄小的坑道，他们来到巴达维清真寺大殿的正门，门的两侧站着看守鞋子的门卫，门卫的手中拿着带方格的盒子。在走过坑道之后，大殿首先占据了人们的心灵。众人一齐向前走着，阿卜杜勒·阿齐兹十分清楚，究竟是什么使众人的心灵为之震颤，因为他自己的心也早已被回响在这座雄伟无比的清真寺里的壮丽回声所融化，他脑后的某种东西正在悲伤中微笑，正在与儿时的欢乐辞别，那些深刻却已渐行渐远的欢乐。

站在两侧手拿竹板的长者们，也是清真寺里负责守卫大殿的侍者。他们用手中的竹板轻柔地抽打着人群，直击他们的心灵。

他们要的是彻底、完全的皈依，绝不允许逃避和虚假，也绝不允许半点叛逆的眼神。

“为安拉诵经，不可疏忽大意。”

阿卜杜勒·阿齐兹厌恶眼前的这些人。他看着他们乐此不疲地追逐着大量的食物，那幸福而肥胖的身影着实令人作呕；他见他们忧心忡忡，眼中充满了贪婪；或许，那是一种深刻的痛恨：他痛恨那些同样正在涌进陵寝的人们。他们把早已攥在手里的几个皮阿斯特交给了教士长者，教士们连忙把钱塞进了口袋。

然而这些人并没有在意周边的一切，阿卜杜勒·阿齐兹所关注的东西并不能引起他们的注意。他们朝着清真寺的大殿缓步前行，这些在泥土和草棚中生活了上千年的庄稼汉眼中只有这座清真寺的宏伟和绚丽。

正是出于这样的爱慕、赞叹和真诚，一双双粗糙的手建成了穹顶、石柱和殿堂，在岩石中央雕凿出了寺院，在沙漠的炼狱中造就了怡人的阴凉，他们止住脚步，沉默了片刻，赞颂真主和祈祷的回声在每个人的心中激荡。众人一齐交换了眼神，相视而笑，个个愉悦满足……

“赞美全能的安拉！”

艾哈迈德·巴达维重新找回了孩童时代的欢乐：

“传说胡尔纳卡宫[①]有一百三十层那么高，它的柱子都是大理石做的！”

众人一言不发地向他投去目光，巴达维的脸上洋溢着孩子

① 译者注：传说为公元4世纪的伊拉克建筑，曾在伊本·白图泰的游记中被提及。

般的喜悦。阿拔斯谢赫自然不想错过这个机会：

“清真寺是安拉设在人间的天堂。”

穆斯塔卡维紧接着他说：

“阿拔斯谢赫，这话出自《圣训》，不是《古兰经》吧……”

谢赫和哈吉·凯里姆都没有应答，只是一前一后继续向前走去，众人紧随他们身后。

正门的两扇分立在两侧，敞开的大门后是一座铜制的圣台，天花板上数盏巨大的吊灯发出的光亮让铜台熠熠生辉，吸引着所有人的目光。他们在正门处满怀谦卑地站立了片刻，然后向前走去，抚摸着铜窗的边缘，绕着陵寝行走着。他们回过脸，口中默念着祷辞。几天前的大夜里，阿卜杜勒·阿齐兹也在这里,那天,这间小屋子几乎被拥挤的人群翻了个底朝天。而此时，只有为数不多的人影三三两两地路过这里，这里却依然雄伟壮观，依然璀璨耀眼，依然摄人心魄。

艾哈迈德·巴达维走到了一个角落，那里有一块石头，石头表面画着一双脚。据说先知本人曾在这里赤足而立，所以，凡是触碰这石头的人都会福运连连。阿卜杜勒·阿齐兹的脑海中却突然出现一幅画面，画面中全是那些游荡在农村的既粗糙又迷信的大脚。这些大脚无一不代表着对距离的挑战和对煎熬与苦难的讽刺。面对这样的双脚，道路是否会臣服于前，是否会在它狂风暴雨般的踩踏下被碾为齑粉？艾哈迈德·巴达维环顾四周，寻找着属于他的世界：那是一个由他自己用一张张发黄的书页所打造的世界，每当他找到一些，就不禁欣喜若狂；他亲吻着石头，看到了阿卜杜勒·阿齐兹。他并不清楚阿齐兹的脑子里正在琢磨着什么，但那里有似乎一种东西正吸引着他，也让他有些许汗颜。

他们沿墙边坐下来，因为黄昏就要来临，他们决意要在陵寝完成今天的昏礼。每个坐在墙边的人都真挚地看着眼前的大殿，默默念诵着经文，暗自祈祷，赞颂着真主。假如穆罕默德·卡米勒在，他是否能够把所有人的意志转变为一个声音，让他们面对陵寝高声发出这呼喊呢？他是否会为了阿里·哈利勒那凶恶的病症，或者为了公子哥逐渐被剥夺的视力，抑或为了哈吉·凯里姆的病痛，提议大家念诵《开端章》，鼓励他们为了生命与病痛殊死一搏，还是他会坐在墙边，独自一人默念着祷辞？

他们站在了阿訇的身后，在清真寺的穹顶之下，他们虔诚、恭顺地行着昏礼。礼拜结束后，身边的一个人想同他握手致意，阿卜杜勒·阿齐兹一脸茫然。他为自己的走神羞愧难当，但他依然一言不发地与那个人握了手，问了安。当众人走出陵寝，哈吉·凯里姆的心依然停留在那里不愿离去，他明澈的双眼中饱含着热泪……

规模不大的队伍在清真寺的地面上步履轻盈地行走着，每个人都手提着鞋子四下张望。哈吉·凯里姆的视线也回到了他身边的事物上。他认真仔细地端详着周围的一切，村里的智者和老人们知道，那样的眼神是濒临死亡的人所独有的。阿卜杜勒·阿齐兹心如刀绞。

众人走出那个阴暗的小隧道，再次敲响了清真寺的门。开门的是个不见胡须的年轻小伙子，他的眼神里写着教养和优雅。一间宽敞的屋子里，地上铺着席子。屋子的中间有一个大沙发，一个不戴头巾、披头散发的男人坐在上面，简直像位久居山洞的奇人。他的身上只穿了一件破旧不堪、污渍斑斑的大袍，当看到客人们来访，他便马上起身相迎：

“欢迎你们，上善之人！”

接着，他坚持亲吻了阿拔斯谢赫的手。

“都是安拉的使者，都是素丹啊。”

每当提及素丹的名讳，他都会整理衣衫，躬身行礼，就好像从陵寝的方向伸出了一根棍子，穿过了他身后的围墙，触碰到了他的腰似的。他曾经是坦塔城高等宗教学院的一位谢赫，后来他全身心地投入了对素丹的热爱，于是便辞去了工作，离开了自己的家庭，独身一人来到这里，几乎与世隔绝，他负责打理素丹的房产，薪酬少得可怜，与他相伴并且为他服务的正是那个优雅、白净的小伙子。

他的身上有一种不拘礼节的粗犷和豪爽，一种颇具魅力的耿直和率真，阿卜杜勒·阿齐兹非常喜欢他的言谈。他真是一个从发黄的书本里走出的极为虔诚又迷信的人。他谈吐自如，口齿清晰，好像一位披头散发的先知，谈天说地，无所不知。他的深刻、他的品位、他的情感和他的高尚无不令人惊叹，艾哈迈德·巴达维与他相谈甚欢，阿卜杜勒·阿齐兹却与他的言谈渐行渐远。他注视着眼前这位“祭司”，心里暗暗地笑着。若不是众人都在旁边，他也许会笑出声来。可怎么会呢，这些人都围在他四围，一个个都惊叹着，眼花缭乱着。

他们又一次来到了广场上。一路上只遇到为数不多的几个人，旁边的咖啡馆里灯火通明。几个人在队伍的前端一言不发地行走着，人们对新轨道大街做了什么？他们荡平了这里，在原址上修建了一条更加宽敞的大街。他们剖开了旧时的美丽，街道两边那些古老的店铺，那些从凉棚、亭台下蔓延至商铺正面的阴影，所有这些都历历在目。这条大街本该阴暗、封闭，如今却都荡然无存，这里暴露在烈日之下，被拆毁的两边又盖起了许多新的小型建筑。

曾经，他们一路从车站步行到素丹的陵寝，那带有顶棚的大街充斥着一股香气，沁人心脾。如今，他们只能环顾开阔的四周，感到自己与这街道格格不入。新来了商人，或者一些旧日的商人开了新店，他们纷纷收拾着各自的货物，匆忙又狼狈，所有的店铺却依然杂乱无章。

什么时候人们才能适应这条全新的大街，才能让他井然有序，才能由衷地喜欢上这里？人们又会成为怎样的人？无论如何，也不会是他们这样的人。这群与这大街格格不入的人，还在眼巴巴地寻找着自己曾经拥有的旧时的喜悦。

众人动身前往旗杆的所在之处。他们小心翼翼地穿过凤凰大桥下面的坑道，在素丹诞辰庆典的盛大节日里，这条坑道在成千上万双脚、青年人的口哨以及军人和商人的叫喊声中瑟瑟抖动；此刻，这里却满是阴影，行人稀少。乞丐们口中机械地反复念诵着《古兰经》的篇章，他们走着，迈出的脚步仿佛也在两侧的墙壁上奏响了悲恸的回声。

坑道的尽头是一片宽阔的空地，这里也是举行庆典的地方。大规模的拆除工程引起了人们的恐慌，原先高耸的看台上人们像猴子一样手舞足蹈着。电线、手帕、旗帜，连同写着标语或者画着怪画的牌子统统被收集在了一起，帐篷的组件、凉棚的木头成堆地摆放在地上，马戏团的行李包裹了起来，妇女们载歌载舞，以往身穿各色锦缎布帛的男人们此刻正在庆典中做着游戏，此时此刻，任何东西能都当作衣服，任何行为都可以粗鄙悲恸，人群在紧张和愤怒中厌恶地谩骂着眼前这些向他们投来异样眼光、多管闲事的人。

“集市摆了又撤，撤了又摆，大叔啊，这不正如尘世。”

这条大街被称为“观景街”。这里，成千上万的人群来来往往，“观看”着街上的一切；两侧是巍峨高耸、热闹喧哗的台子。此刻，他们正在村子里家门前的石凳上、水渠前、月光下，讲述着素丹的诞辰。突然间，也是第一次，他们丢下了素丹诞辰庆典的盛会，不等眼见那些拆除和毁灭，便回到了村子里。也许，他们希望那幅最为动人的素丹诞辰的画面能够永久地保留在自己的脑海中。整整一年，在大街上相遇时他们都会聊起那幅画面；他们宁愿不知道，不明了；他们要的只是能够看到在那满是尘土的地面上、蜿蜒曲折的巷子里，到处是五彩斑斓的糖果纸屑，到处是鹰嘴豆皮，一些孩子们的手中拿着小喇叭和玩具，另一些孩子只能可怜巴巴地望着……

道路开始变得阴暗，废弃的灯盏渐行渐远，头顶的星宿闪烁着苍白的光芒，微风吹过宽敞的空地，你却仍然感到这风是如此宏伟，如此浩然……他们朝旗杆行进着。

也许这里的旗杆是旧时代的产物：那时候，军队将领会在他的帐篷前或在军营中间立上一根棍子，他站在棍前痛骂自己的敌人，那根棍子往往又细又长，上面悬挂着军队的旗帜；今天，这旗杆成了谢赫们的专属之物，每位谢赫都有自己的旗杆，在举行素丹诞辰庆典的土地上，一根高耸的木棍轻盈地树立在一片空地上，旗杆的大小和高低取决于谢赫在圣徒前的位置。

那么，素丹的旗杆又是什么样的呢？那是一根巨大的、粗壮的木杆，树立在一块水泥浇筑的、稳固的基座上，直入云霄。

许许多多的人围坐在它的周围，或者围着它无休无止地跳动着，不知疲倦。

煤油灯发出低沉的嘶鸣，小贩们一脸的困倦，这里，一群人正经久不息地围绕着素丹的旗杆跳着奇怪的舞蹈。他们挥舞着手中的木棍，朝天空呐喊，欢乐、愤怒、滂沱的泪水、刺骨的疼痛……旗杆是素丹诞辰的支柱，也是素丹奥秘的灵魂。

他们安静地站立在那里，口中念诵着祷辞和真主之名，双手高举，眼向苍穹，望向高耸的旗杆所指的远方，这里正是夜晚的中心，与世隔绝；这里有高台，有少量的煤油灯，有舞蹈，有奇怪的歌声，那个戴着铁镣的人忽然出现，人们惊讶地望着他。他的面容早已衰老，但在无数个夜晚里，在各式各样的灯光中，他的双眼依然炯炯有神、夺人心魂。他的脸上满是汗水，衣下的镣铐铿锵作响，身上的汗水发出刺鼻的气味，他神情严肃地望着他们的脸庞，然后开始单脚跳舞，挥舞着手中比铁还沉重的木棍，大声呼喊：

“大山思念着指路人，向他倾身而去，

沙漠中人向安拉高呼许愿，他声穿四海，音破八荒，

深爱的人儿泪如泉涌，怎不叫情人心碎……”

随即，他失声痛哭：

“啊，素丹啊……我之挚爱……”

道　路

从车站到家的路人群拥挤。原本洗得干干净净净的衣服上爬满了小虫，到处都是欢声笑语，到处都是一张张喜气洋洋的脸庞，这条路，他已在心里走了不知多少个来回，他又独自一人沉默无语地在这条路上走过多少个来回。

阿卜杜勒·阿齐兹走下火车、踏上站台，一种窒息感和烦闷油然而生。他回头望去，火车已经在缓缓地后退了。地面上被灯光映照的小石子噼啪作响，火车徐徐驶去，也带走了那些乘客们的交谈声。火车渐行渐远，它的轰鸣声慢慢烟消云散，阿卜杜勒·阿齐兹的心沉到了谷底，他迈步朝黑暗走去。

黑暗中，广袤的荒原每隔一段就闪烁着星星点点的黄斑，发光的灯盏远远地移动着，黑暗正在深重地呼吸，疲惫的脚步在黑暗中向前迈去，自田间归来的牲畜们鼻子里发出饱餐后的哼叫，野生的青蛙、断了翅膀的蚱蜢都在不停地吵闹。

他将自己置于黑暗的中心，因为他并不惧怕黑暗。尽管他的双眼什么也看不见，他依然睁大眼睛，迎面向前，走在这条他所熟知的道路上。他对脚下的路了如指掌，他走上水渠，踩踏着石子,何处会有一个小小的山坡,何处将是一湾浅浅的洼地,他的心里都一清二楚。他轻车熟路,胸有成竹地迈出自己的脚步。然而，他的心却异常的沉重。

在脚下的这条道路上行走，对他来说小菜一碟。它比以前更加宽敞、更加笔直了！他一前一后加速着自己的步伐，几乎要跑了起来。两侧，黄色光点渐渐多了起来，在黑暗中从容不迫地为他指引着的道路。一座座木屋，一棵棵枣椰树，以及其他黑暗中树木的轮廓在这漆黑的夜晚渐入眼帘，这里是邻村，黑暗中自己的村子已近在眼前。风阵阵吹过，夹杂着温热的臭气和夜晚的凉意。

我们这里人口不多，彼此都认得，彼此也都感觉得到。当对面来人的身影刚刚从黑暗深处显露了一二，你就能认出他，他也会识得你。

“你好，安拉赐你平安。”

“你好，仁慈的真主赐你平安。”

简单的两句问候，就如同讲了一个故事，两颗心也就拉近了彼此的距离，阿卜杜勒·阿齐兹无法呼吸，他没有办法把空气吸进自己的肺叶里。他的眼眶里早已满噙着泪水，他像逃跑一般加速前进着。身后的黑暗中传来抿嘴的声音，像一根毒针刺穿了他的心……第一次，在侵染着透明光亮的薄云中，他看到白色的星宿闪闪发光……真美啊，滚烫的热泪清洗着他的脸颊，他没有把它抹去，而是任由它冲刷和抚慰着自己的心灵，再没有什么比泪水更温柔了。

大熊星座把它的尾巴留在了宅子里，北极星仍然熠熠生辉。哈吉·凯里姆就要去世了，他正在倾听，宁静的夜晚均匀地呼吸着，人们在大声地哭嚎，倾诉着痛苦和悲伤，是他的七位叔伯，还是村子里的人们？只有苦修兄弟和追随者们是他一生的同伴，可那又怎么样呢？

那人刚到的时候，天刚刚拂晓。他敲响了房门，沉默不语，走了进来。来人穿了一西服和衬衫，没有打领带，还穿了一件农村的马甲，头上戴着一顶羊毛毡帽，脸上满是沉痛的丧容，下唇后的门牙缝里塞满了大麻烟的残渣。

“准备动身吧。”

“为什么？”

他的眉毛像猴子一样浓郁、显眼，两眼浑圆。阿齐兹认识这个人，两人的默契甚至到了不言自明的程度。然而他坚持一定要来人告诉自己，究竟是怎么了。

“为什么？”

“没什么。”

“我爸爸死了？”

“不，他只是有点累了。”

然而他并不相信，他加速向前走去，几乎跑了起来。我的主啊，究竟怎么了？

两行房屋中间的街道空旷无比，它像一位老眼昏花的老妈妈一样张着双臂。他独自行走在黑暗里，一扇扇房门都敞开着，其实，木头屋子那满是洞眼的破旧大门并没有什么开关可言。灯盏发出苍白的光；炉灶像坏掉的肺叶一样不声不响地待在那里；孩子们趴在石凳上；柴火堆的顶棚上一些鸽子还卧在那里，睁大眼睛，警觉地盯着大门和女人们，眼里亮着光。

“晚上好。”

“晚上好，我的兄弟。”

他们在黑暗中认出了他来。

“我的兄弟，你要挺住，总会好起来的。”

抿嘴的声音，他落荒而逃，又一次专心上路，为什么？到底为什么要跑呢？

突然，眼前的黑暗中，一个男人粗糙而有力的手握住了他的手，那人脸色沉重地说：

“你来了，赞美真主，你平安到了。是谁告诉你的？”

“赛利姆。”

“我们的主是仁慈的，阿卜杜勒老爷。”

“一切赞美全归真主。”

他继续跑着，老远处，他仿佛察觉到此刻她正站立在自家门前，不等他走过去，她便发出一声召唤，划破了黑暗：

“阿卜杜勒·阿齐兹，我的弟弟。”

说着，他把她揽在了怀里。她的头抵在他的下巴上，被他拥入怀中。这个身材娇小的女人正在像心脏一般颤抖着，他真想与她融为一体，或者像一个受惊的孩子似的依偎在她怀里。

“爸爸死了？拉茜黛，他到底怎么样了？”

“我亲爱的，没什么的，没什么的……爸爸怎么会有事？他是永远不会有事的，弟弟，他很好，很好，人为什么要生病！？”

她泣不成声，呜咽中身体又开始抖动。两人抱在了一起，一齐剧烈地哽咽着。他们身边的黑暗中，充满了抿嘴的声音、叹息声和安慰的话语。

阿卜杜勒·阿齐兹离开了她的怀抱，继续上路。

“慢一点，阿卜杜勒·阿齐兹，当心。你先去，我随后就来。”

房子的拱门被苍白的光芒照亮。男男女女，抿嘴声和慰藉的言语。他走在许许多多亲人的心里，自己的心却不住地流着泪。欧迈尔·法尔胡德向他伸出了手：

“阿卜杜勒老爷，你都好吧，一切赞美归真主！一切赞美归真主！”

欧迈尔·法尔胡德的声音听上去悲痛欲绝。他那深色大袍下的身体早已垮塌了。他走进家门，阿齐兹继续上路了。阿里·哈利勒的店门紧锁，此刻，十五号电灯一定像一具被绞死的尸体一样，冷冰冰地悬挂在店里的天花板上——阿里·哈利勒已经离开了尘世，他死在一个黑暗的角落里，两只看不见的眼睛盯着阿卜杜勒·阿齐兹。

宅子的尽头处，巨大的门里一个个影子进进出出，窗户上透出方形的灯光，那是哈吉·凯里姆的房间。他轻轻地推开门，苦修兄弟们一张张疲倦的脸庞湮没在灯影中，苍白的灯光从四面八方照在他的身上。他走了进去，拥挤着的人群为他腾出了一片空地。哈吉·凯里姆平躺在一张铜制的大床上，周身紧紧地裹着毯子，只有他平静的面庞还露在外面。他双眼紧闭，呼吸声在房间里回荡。阿卜杜勒·阿齐兹扑在他的身上，泪水仿佛涌自他的全身，涌自他的一生。他剧烈地抽泣着，像个女人一样泣难成声。

“爸爸……”

一双强有力的手抓住了他的胳膊，把他扶了起来。在难以停止的哭泣中他环顾四周，看到一圈同样沉重的脸庞，带着同样疲倦的眼睛湮没在灯影里，被那苍白的灯光所照亮的，只有许多鼻头、颧骨和额头。

苦修道路上的兄弟们是他一生的墓志铭。在他们的见证下，他曾迎来辉煌灿烂的时日，也曾面对难以避及的低谷；他曾经与他们一同欢笑，一起流泪，今天，在迎来人生最大苦难的时刻，他们依然相伴左右，令他心如刀割：

“我不能哭，我要是哭了，家里人会哭得更厉害。”

女人们的哭泣声中传来一个令他陌生的声音，它那么深远，好像是所有人的悲伤共同打造出的灵魂，正在代表他们诉说着。

“我们来不是为了哭，是想让你认清现实，想想究竟该怎么办。”

可不，此刻的他就正在“认清现实”，什么现实？每当他放空自己，就总会想起那个被火车丢弃在站台上的夜晚，他独自走进黑暗，回到了那个家里，一切也都在那里崩塌了。那个夜里，他的心中只剩下黑暗，一路上星星点点的黄色光点在黑暗中从容不迫地为他开辟着道路。家门口，自黑暗中走出的男男女女都紧握他的手，意图给他慰藉。

他又想起了拉茜黛，女儿的丈夫如今已是风前残烛，弱不禁风，他害了肺病，弯曲着身子，整日都坐在那张石凳上，一言不发，只是抽着烟、舔着糖果。拉茜黛时时刻刻都在数落他的浪费，催促他动作快点，他就只能僵硬地坐在那里一动不动，露出个愚蠢的笑容。一天到头，拉茜黛都衣衫褴褛地在家中干着粗活，头顶那块破布底下的白发用一根脏兮兮的绳子绑了起来。她整日都在劳作，为牛圈垫土、拾粪，给那只瘦弱的母驴喂草料，去喂饱那些嗷嗷待哺的嘴，为他们烙饼，做些粗糙的饭菜，带着老牛去外面饮水，照顾他那个瘦瘦高高、肚子里满是蛆虫的大儿子凯里姆。她总是柔情又忧虑地看着他，整个白天都拖着疼痛难忍的双腿来回走动。到了晚上，她来到大宅子，来到父亲的住处，坐在阿卜杜勒·阿齐兹的身边。

“您还好吗，我最珍贵的，您一定会吉祥多福，一定会好起来的。”

然后，她又回到自己的家里，赤身睡在了灶台上，盖着粗糙的毛毯。也许，她的梦中会出现往日的时光，那是些支离破碎的梦，在坦塔城的日子，素丹的诞辰，备饼的日子，那些充满欢乐的夜晚……

阿卜杜勒·阿齐兹苦苦地笑着，因为那个夜里她曾经抱着他，对他说：

“爸爸没事儿的，我的弟弟。”

在这言语的背后，却是阿卜杜勒·阿齐兹时至今日都还在经历的悲剧，曾经的拉茜黛是那么爱笑，阿卜杜勒·阿齐兹也是那么喜欢与她一起笑。此刻，两人却相拥而泣。

那个晚上他步履匆匆，最终却在宅子里看到了这样的光景。他没有逃遁——他会牵住牛轭，像一只黝黑的老黄牛似的向前走去，如法尔胡德一样，虽然步履艰辛，却仍然把一颗心揣在胸膛里。

那个晚上，法尔胡德来问候了阿齐兹，然后便回自己家了。哪个家？他的妻子哈吉已经死去了，死亡是不可逆转的命运，却足以让人的心七零八落。那个皮肤细腻、双手白净，有着细长眼睛的女人，经常一微笑就露出一排精致洁白的牙齿。阿卜杜勒·阿齐兹儿时经常去他家里，恰逢她面带微笑、温柔地对法尔胡德说：

“欧迈尔，明早你又得去运箱子了，晨礼就出发？”

欧迈尔·法尔胡德愉快地晃着脑袋：

“全凭安拉的意愿。”

而此时的阿卜杜勒·阿齐兹站在一边看着他们，年龄尚小的他也感受到了两颗相互爱慕的心灵。

他们的孩子长大了，学习成绩不好，最终辍了学。现在的他又白又胖，镶了一颗金牙。他愚蠢、鲁莽、残酷，和一个胖姑娘结了婚。那女孩儿有着一样犀利的眼神，整日带着一个腰垫走来走去，他自己则在家中冲着父亲恶声恶气。可怜的欧迈尔·法尔胡德只得独自在角落里与伏卧的骆驼为伴，除了这只骆驼，他一无所有……他双手拿起缰绳，走在那只高大、善良、挺胸抬头的骆驼后面，自己却只能拖着老弱的身躯，用卑贱的眼神看着骆驼脚下的路……

一个摇摇欲坠的世界，犹如一间破旧不堪的房屋，阿里·哈利勒店铺门前那片原本干净整洁的地上如今也满是尘土。一阵风把果皮纸屑吹聚在原先摆放石凳和人们围坐的地方。现在，一些人去另一些地方围坐了，铺子的大门紧锁着，像一具死尸紧闭着双眼。阿里·哈利勒已经死去了。

人们说，他在家中吐血不止。那座干净整洁的房子以及房前的庭院，还有那段泥土砌成的狭窄的阶梯，那座为苦修兄弟们准备食物、上面摆满了餐盘的炉灶，那时候的屋里满是人气和永不停歇的欢声笑语，他躬身坐在那里，向前倾斜，咳出了血，兄弟们站在他的身边。他们告诉哈吉·凯里姆，说阿里在家中吐血不止，车把他送去了坦塔城，又把他拉了回来；来自坦塔城的医生跟车来到了村子里，又带他去了坦塔城。众人只得齐聚在哈吉的宅子里，个个脸色苍白，难掩悲伤。吊灯垂在天花板上，哈吉·凯里姆始终眼望着吊灯，一言不发。

当时，阿卜杜勒·阿齐兹本应该知道的，然而他却并不知道。他去了亚历山大城，在学院里学习，讨论，欢笑，偶尔也在墙报上创作一些悲情的诗歌，不时给父亲写信讨要生活费。为什么他没有明白呢？为什么他没有留在这里陪着他们？那才是他当时应该做的。哀嚎，言语，泪水，然而还是有一个个头不高、两臂修长的男人来找到了他，在他面前闷闷地坐了一会儿，然后说：

“准备动身吧。”

接着，一切就这样开始了。他不愿相信，然而事情就是这样，他正在黑暗中前行。除了模糊的人影和黄色的光点，他什么也看不见。在那些幽暗的灯光下，他越发地感到模糊，越发茫然。

夜晚仍旧漆黑，他所知道的只有那苍白却难以抓住的事实。妈妈敲打了他的头，几乎让他眼前一黑。……

屋子里，人们围坐在他的周围，所有人都沉默不语。墙上的灯造出的阴影远远多于它发出的光芒；远处，母亲正和哈吉·凯里姆的女儿们忙碌着，她们模糊的脚步和低声的言语正在同他意识的空隙做着斗争，眼前的事实一次次在他的意识里回响，给他戴上了一个哀痛又模糊的紧箍。

众人从车站开始抬着他前进，口袋里的口香糖盒子不知不觉被偷了去。从车站到家的道路上他都被这样抬着，暴露在所有人的眼中，充满疑虑的双手从他克什米尔的大袍摸索到带有波斯纹路的马甲，检查着他身上的东西。

艾哈迈德·巴达维盘腿坐在地上，用手中的木棍敲击着地面，说：

“我当时跟他在一起啊。”

早前，他们去了市中心，想去一家借贷的银行借一些钱出来。哈吉·凯里姆已经没有土地剩余了，他拿出了自己兄弟的财产证明作担保，那个年轻的职员冲他大声叫嚷着，他狼狈地站在那里，聆听着面前小伙子的辱骂。艾哈迈德·巴达维说：

“先生，我告诉你，这样可不对。这是位伟大的人，他是无价之宝。”

眼前的先生吼叫道：

“快滚出去吧！”

哈吉·凯里姆倒下了。

也许这根本就不会发生，也许事情会是另一种样子，他的大脑已经不再去寻找那些细节了，都怪他的疏忽大意。当事情初现端倪的时候，他又在寻找什么呢？他一开始就应该知道，哈吉·凯里姆的世界开始崩塌了，当他独自一人长时间地坐在阳台上，夜色中路过的人们小声朝他致意问安，然后继续前行，当这样一个被言语和情感打造的人独自长时间地坐在那里一言不发，那个时候的阿卜杜勒·阿齐兹就该马上明白，然而，他疏忽大意了。那么，此刻的他又在寻找什么呢，所有事情都变得没有那么重要了。

日头西落，月上梢头，黎明清晨，男人们围坐在墙角下，水渠边，石凳上：

“一切发生以前，你爸爸就已经不行了。”

他们请来了医生，医生为哈吉·凯里姆开了名目繁多的药，告诉他们他需要吃雏鸡，还有水煮过的蔬菜。然而，此时的家里已经什么都没有了，什么都没有，所有人都在干啃面饼和奶酪，而哈吉就只能沾着糖去啃饼，他们所剩的只有这些了。

那晚，母亲带着阿卜杜勒·阿齐兹来到了储藏室。

“我们这里什么都有。”

母亲短小、发胖却硬实的身体依然灵活，那对时刻在搜寻的大眼睛永远不会向上看去，她不停地在家里来回地走动，搬搬这个、挪挪那个，打扫、清洗，烙饼，和面……她从不会说不，而总是说：

“好的，是。”

阿卜杜勒·阿齐兹望向储藏室，大部分瓶瓶罐罐都空空如也，只剩下少得可怜的一些储粮。母亲想蒙骗过去，但他却心知肚明。

“我们这里什么都有，什么都不缺。”

“好吧。”

在石凳上，在水渠边，在墙角下，围在他身边的人们都说：“卖掉两基拉特的闲置地吧，土地已经没那么重要了，我们也没什么可种的，两个费丹[①]的土地也足够我们过活了。”

债主们，四处转悠的商人，店铺老板，还有得不到回应的农民，阿卜杜勒·阿齐兹知道，眼前的他们是不会说谎的，事关哈吉·凯里姆，他们绝对不会说谎，每一回都是还了旧债，又欠了新债，水渠比预想中枯竭得更快，而他正琢磨着如何维持这一大家子的生计。

但是，人如果屈服于口食之欲，又有什么意义呢。白昼总会出现，总会有新的一天，总会面对新的忧愁和烦恼。阿卜杜勒·阿齐兹从容地走下楼梯，来到房子中央。他并不急于踏足磨难和痛苦，他没有遗传母亲的性格……

① 译者注：埃及面积单位，等于 42 公亩或 24 基拉特。

母亲从来不会思考，她的一生都像这样果断而忧愁。刚从床上起来，发现手边有任何活她都会马上开始动手，整个白天她都在不停地工作，直到身边的所有生命都没了声音，她才肯去睡觉。她真的不思考吗？难道她真的没有什么烦恼和心事，让她在夜晚的阴云里睁开双眼？

阿卜杜勒·阿齐兹缓步走下阶梯，家里有一种熟识的新鲜感。所有人每天都在呼唤着他，母亲和姐姐妹妹们像黄蜂一样在屋里打转，她们疲惫不堪，脸上满是丧气和愤怒，畏惧和痛苦。父亲坐在石凳上，一边的肩膀比另一边更瘦弱。他的脸上沾满了尘土，也许那是他们每天都带他去车站的缘故；那是一种无论洗多少次都终究洗不净的尘土，他的双手紧握着身旁的石头和拐棍，他再也离不开拐棍了。他在人生第一次经历这样的病痛后，变成了半身不遂，他眼中从此充满了茫然。他那双闪烁着无法抹去的渴望与思念的眼睛此时正四处张望，像一只被驱逐出群的小鸟看着他身边的人们，当看到阿卜杜勒·阿齐兹，他叫喊道：

“把门打开，把门打开，你们不要管我，我要去旅行……”

无数次，阿卜杜勒·阿齐兹心如刀绞。他向父亲跑去，父亲的女儿们早已不再是那些离不开他的小姑娘了，她们成天埋怨着他，抱怨着他对她们的折磨，只有母亲和阿卜杜勒·阿齐兹两个人，永无休止地满足着父亲的愿望……母亲跑过去，站在父亲面前，问他想要什么，然后马上照做。阿卜杜勒·阿齐兹坐在他的身旁，同他讲述着那条路，讲述着苦修的兄弟们，讲述着圣徒们的陵寝，带他出去在路上走上一段，再折返回来，像这样，永无休止……

但是这一天，阿卜杜勒·阿齐兹的耐心用尽了。他冲着父亲嚷道：

“爸爸，你不能这个样子！”

出于心里积蓄已久的苦楚，他叫嚷着说出了这句话，高抬的双手也在表达痛苦的申诉。然而，茫然无措的父亲以为阿卜杜勒·阿齐兹是要动手打他，于是他万分惊恐地抬起尚能活动的双手保护着自己的脸，惊恐中他向后缩去，阿卜杜勒·阿齐兹的心像被刺穿了一样，烦躁又变成了崩溃。假如在那之后，阿卜杜勒·阿齐兹能活一千年，他也永远不会原谅自己让哈吉·凯里姆的脑海中出现他以为的那幅画面……

阿卜杜勒·阿齐兹走出屋子，坐在了宅子外的石凳上，吩咐一个妹妹为他准备好那头黑驴。是的，她还在苟延残喘，已是耄耋残年，依然在苟延残喘着。他把灌溉用的器具放在了驴背上，骑了上去，他们为他拿来了母牛的缰绳。哈吉·凯里姆曾经坚持家中要有一头出色的牛，而那头母牛绝对是镇子里独一无二的。他们仍然保留着两个费丹的土地，今天是浇水的日子。

阿卜杜勒·阿齐兹骑上驴背，手里拽着母牛的缰绳，他前面的驴背上是灌溉所用的器具。他朝田间走去，穿着农民的大袍，带着红色的毡帽，眼前的道路在片片田地间徐徐上升，清晨的太阳是那么温柔，那么迷人。

据医生说，父亲的动脉已经变窄，血液很难在这样狭窄的通道里流淌，所以静脉端头的毛细血管渗出了一些液体，在大脑的上方形成了积液，使大脑的功能发生了紊乱……所以，必须长期静脉注射葡萄糖，必须坚持细致的营养膳食，必须服用大量的草药来扩张变窄的动脉，可是，这些东西从哪里来，他们已经一无所有了。

现实就是这样，赤裸裸得残酷，由于动脉、静脉出了问题，大脑上方积了一小滩水，哈吉·凯里姆变得呆滞。他经常叫喊，近乎疯癫……日子一天天持续下去，直到他受惊于阿卜杜勒·阿齐兹挥舞在空中的手。阿卜杜勒·阿齐兹永远不会原谅自己，意识，疼痛，无能为力；大脑，动脉，静脉，悲剧。往日的世界去了哪里？所有的荣耀、圣徒、男人们和女人们的祝祷又去了哪里？那时家里夜不闭户，家中时刻都有食物和客人，哈吉·凯里姆已经不再进食了，他的世界不可逆转得崩塌了，惨不忍睹得被撕碎了，有什么办法呢，不可名状的黑暗和痛苦。

那头乖巧的棕色毛驴，温顺、识路，它独自站在水车对面。阿卜杜勒·阿齐兹下了驴鞍，解开了黄牛的缰绳，把灌溉用的一应器具放在了地上。毛驴意味深长地哼叫着……阿卜杜勒·阿齐兹捋了捋它的脖子，忧愁地看着它的脸，感叹“又是一个孤独的生命”。他把头贴在了驴的脖子上，闭上自己的双眼，然后搂住它的脖子。毛驴依然缓慢、安静地呼吸着。他把驴拴在了树上，把器具安装在水车上，为站立着的牛戴上了眼罩，冲它大喝了一声。于是，黄牛开始带着水车打转。吱吱呀呀的齿轮声仿佛在抱怨着润滑液的匮乏，也诉说着水开始沿着狭长的水道向前流去，在阿卜杜勒·阿齐兹的心里创造着生命。

原是一头漂亮、黝黑的母牛，它的皮肤饱含光泽，体型匀称，腹中还怀着胎儿……不久之后，她就要生产了。他在心里暗暗地笑着，也许就此就能好运连连，哈吉·凯里姆会马上康复，人们也都说他的康复是有可能的，目前只是血压的问题，除此以外，他很健康。阿卜杜勒·阿齐兹哼唱着，与吱吱呀呀的水车声音相映成趣。

“甜美困倦时，律法将它唤醒；

玫瑰枯萎时，柠檬让它清新……”

他为自己的愚蠢笑出了声。他卷起裤腿和衣袖，沿着狭长的水道向前走去，一路清理着水流前方的通道。

那里便是他们的土地——法蒂玛·海纳姆公主所拥有的土地。到处都是饱满的麦穗儿，像黄金一样闪烁着金色的光芒；田间阡陌交通，广阔无垠，地里长着价值难以估量的胶树。他在这片土地上趴下来，伸展四肢，仿佛想把它揽在怀里，肚子底下是棕色的泥土、千万条水道和精致的水渠，它就像一片巨大的肺叶，呼吸着，丰收着，不断更新着。我的主啊……他是这片土地的儿子，也是这些人的孩子……

他蜷腿坐着，老远就看到了穆罕默德·卡米勒穿着他的长裤和马甲，系着羊毛头巾，朝这里走来，头顶的烈日烘烤着他的脸，脸上布满着瘢痕。

“你好啊！阿卜杜勒勒老爷，真主赐你平安。”

“卡米勒大叔，欢迎你，你都好吗？”

他的声音依旧古朴而干净，深沉又温柔，那是一种让阿卜杜勒·阿齐兹一生都感到欣然无比的声音；他的脸上也还带着仿佛无边无际的善良和仁慈。然而，有一些东西却发生了变化，一种令阿卜杜勒·阿齐兹难以捉摸的东西，站在眼前的这个人，一生都会是苦修兄弟的同伴。

他很久前就和妻子法蒂玛离婚了，娶了另一个女人——那是个身材肥硕、双乳丰满的女人，她为家里增添了许多孩子；那也是一个喋喋不休的女人，打从太阳升起，她就从不曾凭双手在田地里干活，活像只树上的乌鸦。她紧紧地拽在身后的穆罕默德·卡米勒，你看不到他坐下身来：从早到晚他都穿着他的裤子和马甲，系着羊毛头巾站在地里，弯下腰来，手中的铁锹敲击着土地，他极少言语，一旦开口就还是那古朴的声音，然而眼中却不再有梦想了。他挫败地盯着脚下的土地，扛起铁锹，一点一点向田野走去，偶尔也会走神，于是他羞愧又犹豫地笑着。这张脸庞早已不是宅子里、吊灯下的那张脸，而是正午时分炽热的田野上方那一轮烈日所炼就的一张脸。他没有问及哈吉·凯里姆，而是直接同阿卜杜勒·阿齐兹说：

“阿卜杜勒老爷，今天是你来浇水的？”

“嗯，全凭安拉的意愿。”

“安拉会帮助你的，我的孩子。”

“我会在边界那儿停下来的，水不会流到你的地里去，穆罕默德大叔。这么早就上地来了，水不会流去你那里的。”

穆罕默德·卡米勒回头向后走去，边走边说：

“一切都是阿拉的安排，不要过于费神了。相信我，真主会来帮你的。”

阿卜杜勒·阿齐兹眼前的水如一双双藏匿的眼睛一般在交错的水道中闪耀着光芒。他沿着水渠一路走到了水车旁，毛驴还在一旁的树上拴着，母牛还在那里随着水车的吱呀声打转，好像她在忍辱负重，任何人和事都瞒不过她的眼睛。他朝着母牛大喝一声，于是她更加奋力地打起了转。

突然，她跳了起来，四肢瘫软地趴在了地上，不再出声。

齿轮的声响戛然而止，水车里的流水也渐渐停缓，最终只能像泪滴一样发出细微的滴落声，阿卜杜勒·阿齐兹张着嘴，茫然无措地站在原地。他向牛走去。他解开牛的眼罩，松开牛脖上的绳索，取下牛肩上的牛轭，他站在那里一动不动，拽了几下缰绳，牛动弹不得。他摸了摸连接母牛前肢的肩膀那里，疼痛使得那头可怜的牛躁动地颤抖着。这时，一位阿卜杜勒·阿齐兹从未见过的年轻的农人忽然出现在他的眼前，那时的他已经两眼摸黑，什么都看不到了。

“你感觉到了吗？”

他娴熟的双手指出了牛身上患病之处。

“这牛不行了。”

阿卜杜勒·阿齐兹心如刀割，那青年拽了拽缰绳，牛的三只脚踉踉跄跄地动了两下，然后又一次无法动弹了。

“得找辆车来，好把它送去镇子里。”

阿卜杜勒·阿齐兹没有看他，他取下了毛驴的鞍子，直接骑在驴背上，朝村子的方向走去，驴背是还那么长，他骑在正中间，双腿像印第安人一样垂在那里。无所不知的母驴懒懒散散、不慌不忙地走着，也许她是知道即使着急也是徒劳的了。

这样的想法并没有出现在阿卜杜勒·阿齐兹的脑海里，也不曾出现在他的心里。天真无邪的他好像没有其他意识。

“曾经的我们蒙恩受眷，幸福快乐常常相伴，

今日清晨我们说，是谁把一切捣毁，让往昔不见？

我的孩子啊，真是千奇百怪……

…………

哎……”

随后，他便高声哈哈大笑起来。他独自一人向前走去，此时，人们正在田间沿着水渠的两岸向倒下的母牛走来。你不会知道他们是从哪里得来的消息，然而足足有上百人正从四面八方赶来。他们正用衣角擦拭着牙齿，疾走如飞；毛驴却依然踏着缓慢的脚步、低垂着脑袋，驴背上的阿齐兹随着从容的毛驴上下起伏、摇摇晃晃，好似一坨晃动的乳胶。

仿佛度过了漫无止境的时间，他终于抵达了村子的高地，来到了他那位叔叔的家门口。叔叔坐着，身旁围坐着许多人，驮着阿卜杜勒·阿齐兹的毛驴信步超过了他们。阿齐兹则毫无预兆地跳了下来，任由毛驴独自向屋子走去。眼前出现了一个纤瘦的、披散着头发的女人，她挥舞着双手，十指分开，一副要来掐死他的架势，冲他叫嚷道：

“呦，兄弟，慌什么！怎么脸色这么难看。”

一瞬间，阿卜杜勒·阿齐兹方才醒了过来，明白了一切。泪水夺眶而出，浸湿了他的脸颊。他用满是泥土的手杖抹去了眼泪。

他朝宅子的大门望去，里面的人像带毒的黄蜂似的转来转去，另外还有一种不平常的感觉：他们个个都面带怒气，每个人都好像处在嚎叫的边缘。他转身坐在了石凳上，这里曾是他傍晚喝咖啡的地方，也正是在这里，那位邮递员易卜拉欣·哲马利为他送来了写着素丹诞辰庆典消息的报纸。易卜拉欣一声不响地离开了村子，他在每个人的心里留下了一样东西，却这么一声不响得离开了，一切都被诅咒了！哈吉·凯里姆在哪里?

一个兄弟走了出来：

“你爸爸去车站了。”

好的，然后怎么样，杀了我吧。

“你爸爸的那个女人也离开了，去了你姐姐那里。”

他叔叔的一个儿子闲庭信步地朝他走了过来，手里拿着阿齐兹的手表，缓慢地擦拭了一下，看了它一眼，然后揣在了自己的口袋里。

“嘿嘿，阿卜杜勒大叔，你累了吧？”

阿齐兹朝他微笑着。

“我只是……呵呵，就像歌里唱的：

假如我是雅宾，就来安慰我吧，来帮帮我吧，

然而你是雅宾，袅袅婷婷，就请赐予我吧，请赐予我吧……”

“快去找找你爸吧，歌者的时代早就过去了。”

是啊，歌者的时代已经逝去了，很多东西都已经逝去了，一声不响，就像那邮递员易卜拉欣·哲马利。他走在去往车站的路上，人们往来匆匆，纷纷向他投来满含情感的眼光，他们抿着嘴唇，然后又都走开了。

阿里·哈利勒杂货铺的门前，他的小儿子站在那里。那是一个幼小的、健康的阿里·哈利勒的翻版，他犹犹豫豫地称量，小心翼翼地找钱，身后的母亲用曾经看待阿里·哈利勒的那种忧虑而温柔的眼神看着自己的儿子。阿卜杜勒·阿齐兹笑了……

这里是欧迈尔·法尔胡德的家。他坐在骆驼身旁，日复一

日地喂食着这头骆驼，骆驼一边咀嚼，一边睁大了眼睛，这么高的鼻子，活像他的小儿子。

而这位正是拉茜黛的丈夫。那么拉茜黛呢？也许她正忙于家务吧。他走过一排排的房屋，街道忽然变得宽敞起来，笔直地通向车站。那里，烈日下的哈吉·凯里姆倚靠着拐杖，缓缓地走着，他佝偻着身躯，耸着肩膀，虚弱的臂膀僵硬地垂在一侧。在这条身前和身后都绵延无尽的道路上，他蹒跚而行，不偏不倚，脑袋尽可能地伸向高处。阿卜杜勒·阿齐兹的心跳动着，他加快了脚步，直至追上了父亲。他伸出手去，从腋下搀扶住哈吉·凯里姆。父亲脆弱的身躯正在拼尽全力，脸上也满是尘土；然而他消瘦的面容却异常平静，双眼充满了让人心碎的思念和渴望……

“您这是要去哪里啊，爸爸？”

哈吉·凯里姆的声音微弱低沉，他近乎哭泣，说道：

“我要去沙尔基亚，我的孩子，我要去看望一些人。我的时日不多了，阿卜杜勒·阿齐兹。”

阿卜杜勒·阿齐兹用了一百分的耐心才改变了父亲的路线，使他走上了回家的路。田间地头的人们放下了手中的铁锹，观望着。几个正在玩耍的孩子一时间停止了游戏，爆发出一阵笑声，然后四散逃去了。

“让我走吧，阿卜杜勒·阿齐兹，让我走吧，我的孩子。”

“火车还要很久才能来呢，爸爸。”

“我等着就是了，我会等它来的我的孩子。”

“好的，可难道您不换件衣裳吗，穿着这脏衣服就要出远门了？”

“也是，不能像这样就出门。”

两人踏上了回家的路。哈吉·凯里姆垮了，彻底垮掉了，只留下他那渴望和思念的眼神。阿卜杜勒·阿齐兹带着他走在路上，好像带着一个需要关心和照料的小孩一样。他们来到了拉茜黛的门前，在石凳上稍作休息。拉茜黛眼望着自己的父亲，泪水无法抑制地倾泻而出。她哭泣着，身体在泪水中颤抖。

“您怎么了，我的爸爸……哪怕是尼罗河的水也洗不净我的心痛了。”

她看着眼前的父亲……

“为什么要哭呢？拉茜黛，发生了什么事，我只是想出趟门而已，你们就让我走吧，安拉会奖赏你们的。”

阿卜杜勒·阿齐兹搀扶着父亲，哈吉·凯里姆倚靠着他缓慢地走着。他们路过了阿里·哈利勒的铺子，忽然间，旁边的一条巷子里出现了拉维赫的身影，手中拉着已经瞎了的公子哥。她加快了脚步，身后的公子哥还在用手中的棍子敲击着，试探着周遭的事物。他踉跄了几步，拉维赫冲他喊道：

“亲爱的，真的是他！哈吉·凯里姆在这里！”

她拿起公子哥的手，在空中摸索着哈吉·凯里姆，阿卜杜勒·阿齐兹连忙接过，把他的手放在了哈吉·凯里姆的手掌中。哈吉·凯里姆并没有看向公子哥，他的视线超越了他们，一直伸向远方。此时的公子哥衣衫褴褛，头上围着一条破布，破布的下面是他早已失明的双眼。他冲着哈吉的方向叫嚷着，放声大哭道：

“哈吉·凯里姆啊，我的眼睛瞎了……我的眼睛瞎了……”

一旁的拉维赫这时也哭泣道：

“你们都会长寿的！你们曾是镇里的光芒啊！”

公子哥亲吻了哈吉·凯里姆的手，哈吉用微弱的声音对他说：

“别哭了，公子哥，我们要去旅行了！我们要去旅行了，公子哥，快去换件衣服，然后跟我走吧。”

拉维赫拉着公子哥，离开了；阿卜杜勒·阿齐兹拉着哈吉·凯里姆，朝家的方向走去。

人们曾经幻想拉维赫的死，说她脸上会长出羽毛，那是对她偷鸡的惩罚。而此刻，她却拉着已经变成盲人的公子哥，步履轻盈地走在街头巷尾，高声呼喊着。

阿卜杜勒·阿齐兹让哈吉·凯里姆走进了房门，自己瘫坐在了石凳上。他的身上再也没有一点力气能让他站起身来了。他把头倚靠在墙上，闭上了双眼，一声呼唤又让他睁开了眼睛：

“起来吧，你叔要和你讲话。”

他安静地看着眼前的孩子。孩子向他投来畏惧的目光，然后走开了。他站了起来，向围坐的人群缓步走了过去。

在叔叔宅子门前的一处土堆上，男人们围坐着。他们才不会被哈吉·凯里姆的插曲搅乱了节奏或心生忧虑，因为这些可是清醒的人，他们善于思考，在土堆上比划着各种各样的形状。他们腾出一个位置，阿卜杜勒·阿齐兹也坐了下来。母牛伏卧在不远的地方，一动不动，人们用一辆推车把她从田里拉了回来。车轮在路上掉了，牛也滚到了路边。此时，它正在不远处伏卧着。

这些并不是他父亲的人，他们笑着，笑声冷酷而强烈。他们围坐在一起聊天，口中却不再有美妙、友爱的言谈，而是有关他们从收音机里听来的新闻，他们群情激愤地评论着、讲述着……充满了苦涩、急躁和冷酷。

在人群的一端，阿卜杜勒·阿齐兹看到了木匠舒尔库西。他脸色蜡黄，那是一种死人脸上的黄色；他眼中充满了卑贱，一张消瘦的脸庞，皮肤底下只剩了骨头。多年以来，他饱受肝病的困扰，此刻的他仿佛每呼吸一口气都要一命呜呼……他也看到了艾哈迈德·巴达维，他的脸上满是失落和鄙夷的苦笑，但那笑容依旧温柔，似乎还有旧时岁月的魂。阿卜杜勒·阿齐兹打量着众人的脸庞，人们也向他投来抚慰的眼神。

医生骑着毛驴朝人群走来，跳下驴后他向众人问了好，众人也回了礼。

“欢迎你，穆罕默德师傅，最近都好吧。”

他缓步走来，看了看老黄牛，然后让男人们把牛架起来。所有人一起走了过来，许多长棍伸到了牛肚子底下，把它架了起来。他伸手去摸了摸患病的地方，脸上现出了愁容，然后把手抽了回来，回头看着众人：

“这牛的病已经没有救了，连接它肩膀的那根筋断了。它也可以就这么活着，必须被人架着，可以吃草也可以挤奶，只是自己站不起来了。”

叔叔沉稳地回答：

“我们已经不再需要它了。”

那人回答道：

“真主会补偿你们的。”

那时的阿卜杜勒·阿齐兹好像观赏了一出奇怪的戏剧，叔叔把手伸进了口袋，又握着拳头伸出手来：

“一点买烟的钱，收下吧师傅。”

“不用了我的老爷，我们从来不在治不好的病上收钱的。”

说罢，他朝着驴子走去。

“多待一会儿，一起吃口饭再走吧。”

“你们吃就好。”

然后又骑上了毛驴,如同一个幻影似的离去了。艾哈迈德·巴达维说：

“我们可以把这头牛宰了, 把肉分给大伙, 大伙也都出点钱, 这样就能凑齐一头新牛的价钱了。”

叔叔回应说：

“急什么，艾哈迈德。”

艾哈迈德好像有那么一点为了自己的想法心生愧疚：

“哈吉·凯里姆以前就是这么做的，他自己动手宰牛，把肉分给大家，再从大家那里收取一些钱来，最后买一头比原先更好的牛回来。”

叔叔叹息着说：

“没有必要这么做。”

“难道看着它受苦，我们坐视不理？”

“真主是伟大的。”

他看看这些坐在眼前的屠夫们，他们也面面相觑。

“赛阿达维，去向先知祈祷，然后宰了它吧。”

赛阿达维有点坐卧不安，看着自己的同伴。

“哈吉·凯里姆曾经对我们很好。”

“我又没说让你去宰了哈吉·凯里姆。”

他越发鼓起了勇气,脸上仿佛蒙上了许多层旷远的乌云……

“这头母牛怀着牛犊，肉不会太多的。”

“少又能少到哪里去，母牛的肉可像白金！”

阿卜杜勒·阿齐兹闭上眼睛，恍惚了一阵，被叔叔的手惊醒了过来。叔叔在他的手中放了些钱。

“这是真主赐给你的钱和福气，你也是，赛阿达维，真主也赐福给你刀下的牛。”

阿卜杜勒·阿齐兹看着那头母牛，它仍然在那里一动不动。它已经不是他们的了。母亲曾经满心忧虑地轻声自言自语，眼望着它从田里回来，那时候的它是那么凶悍健壮，乳房饱满。

“奉真主的名义，赞美真主。”

她也曾经一边低声细语，一边望着一脸茫然、筋疲力尽的牛那副渴望吃草的表情。

“奉至仁至慈的真主之名，以先知的名义，你会安然无恙。”

母亲也曾蹲坐在母牛身旁，膝盖上摆放着盛奶的小桶。牛奶从它的乳房中喷涌而出，填满了小桶，桶口被许许多多泡沫覆盖。那时候，阿卜杜勒·阿齐兹坐在牛前的麻袋上，逗弄着它的头和耳朵，它已经不再是他们的了，也不属于任何人了，明天，它的肉就会挂在一只只铁钩子上。

阿卜杜勒·阿齐兹在悲伤中茫然地微笑着，脑海中偶尔会出现木匠舒尔库西的脸庞。他的容颜曾经多么让人赏心悦目，头戴着一顶优雅的白色毡帽；现如今，他已经半入了土，为了不落后于那个围坐在土堆上的团队，他拄着拐杖在大街上蹒跚而行，然而没有人察觉到他的存在——他半醒半睡地坐在人群的末端，连在脸上纠缠不去的苍蝇也无法赶走……也许人们都厌恶他，或者，他们厌恶的是阿卜杜勒·阿齐兹本人吧。

黄昏来临，也到了广播开始播送系列小说的时候。也许，咖啡馆的老板已经在椅子上铺好了垫子，给地面洒上了水，把茶壶放在了瓦斯灶上，也准备好了放水烟的盘子。人们的心里一定渴望着出发了，他们会聚集在那间屋里，广播里传出嘈杂的声响，堆放在地面上的盘子里传出纸牌扣响的噼啪声，烟锅的一端燃着红红的火焰，七言八语总是无休无止，因为你根本不知道它是从何时开始的，那绝不仅是只言片语，而是一片言语的闹市，纷纷攘攘，人声鼎沸。

也许，他们都不待见阿卜杜勒·阿齐兹，现在只是因为他刚刚经历的灾祸而客气地请他坐坐。叔叔已经三言两语地为那件不幸的事件做出了裁决，现在已经到了咖啡与消遣的时间。过去，人们讲话总是不紧不慢，和颜悦色地相互问候。而眼前的这些人，往往七嘴八舌、牢骚满腹……政治、合作组织、封建统治、强权、肯尼迪、朝鲜蓟……阿卜杜勒·阿齐兹原本应该起身离去的。

但是，他没有着急离开，因为这个小团体的确让他的心情放松了不少。他想破除存在于他与众人之间的那种窘迫，想同他们一起抱怨、一起嘲讽，然而那种窘迫依然存在，难以逃避，阿卜杜勒·阿齐兹站了起来，在半起身的时候扫了一眼周围的人群，发现艾哈迈德·巴达维也站了起来。

在许许多多房屋的尽头，眼前变得空旷起来。他走上一层层的田野，那里，一排排金色的树木仿佛与天际相连。阳光下一道道柔软的阴影零零散散地撒在地面的小石子上，艾哈迈德·巴达维叹息道：

“为什么，阿卜杜勒勒老爷，大家都离开了。”

他身材矮小，长着一副孩童的面容，一双细长的眼睛，毡帽下的黑发早已被花白席卷一空。这个人周遭的一切都已经分崩离析，却依然面带微笑；他的大儿子甚至拐跑了自己的继母，离开村子奔开罗去了，之后从未给家里寄来一封信。他茫然地体味着自己的生活，却依然露出那如孩童一般的微笑。

“到底发生了什么？安拉啊！真是太奇怪了。”

艾哈迈德·巴达维依然在尝试融入这些群体。他坐在人群的末端，别人讲话时他边听边惊叹，微笑着；惊讶到极致时他也会张口说话，好像自己是坐在那座宅子里，在那盏吊灯的光影下讲话似的，然而人群往往会否定他的言论，他挫败地安静下来，总是面带着微笑。

阿卜杜勒·阿齐兹问：

“木匠舒尔库西，他看上去似乎已经疲惫不堪了。”

艾哈迈德·巴达维沉思了一阵，脸上泛起了些许愁容：

“自从他妻子死的那天，从那时候开始，他就一蹶不振了。”

那是令人匪夷所思的一天。整个村子都在捧腹大笑，直至笑弯了肠子，每个从市场回来的人都在讲述着他们是如何看到那个乞丐舒尔库西押着走在他前面的老姑娘，如何对她拳打脚踢；每个从市场回来的人都在描述着那个老姑娘的眼泪，还有舒尔库西癫狂的谩骂和无异于牲畜的残酷，你会听到各种各样版本的故事，但最终你会知道，是舒尔库西的妈妈想卖掉家里的那只火鸡，好去买一些面粉回来，因为家里已经连饼渣都没有了。可那只火鸡属于他老婆——那是他老婆的娘家人在一次庆典上送给她的礼物。人们夸大其词地讲述着舒尔库西的老婆是如何号啕大哭，说火鸡没了，她也跟着一起消失了；说舒尔库西也背叛了母亲，跑到市场上去找那只鸡和他的老婆，最终带着他老婆一路走来又拳打脚踢，老婆头上还顶着那只惊魂未定、大声鸣叫的火鸡……

从早上开始，这个故事就成了整个村子的笑柄。到了黄昏时分，人们就开始奔走相告，说木匠舒尔库西的老婆死了。她跑到乞丐舒尔库西的面前保卫自己的女儿，于是被他一脚踢在了肚子上，吐了血。临了，她还用尽了最后的力气，告诉人们不要为了她的死去惩罚舒尔库西。

晚上，灵堂搭好了。舒尔库西站在悼念的人群中间，愁容满面。头巾遮住了他的双眼，模糊了他的视线。他巨大的下巴朝前撅着，双唇紧锁，脸上斑痕累累，挤在肩头的肌肉让他看上去像个驼背。

“阿卜杜勒老爷，我从前觉得自己无所不知，可现在才发现，其实我什么都不明白了。”

舒尔库西因为对儿子的思念才走上了苦修的道路，他的妻子也戴上了一条铁链子，像一个乞丐一样生活，而他就这样坐在灵堂里，观望着。

阿卜杜勒·阿齐兹一整天都油盐未进，他感觉到自己的肚子空空如也，然而自己的心灵却不思茶饭。他被召唤去和自己的同伴告了别，而后匆忙赶了回来。

在姐姐家，父亲的另一位妻子盘腿坐在石凳上，身上穿着那件黑色的丝质旅行衣，头上紧紧地缠着头巾，她双手托着下巴；女儿一脸沮丧，站在她身边沉默不语。他也一语未发地坐在了石凳上。

“你妈妈，阿卜杜勒·阿齐兹，她骂我，还嘲笑我。”

然后便开始苦涩地哭啼，他明白，她是因为父亲哭泣。这么多年，她总是坐在屋子的角落里，默不作声地看着哈吉·凯里姆，他几乎没有同她讲过一句话，也不认识去她房间的路，而她，只好日复一日认真仔细地打理着自己的床铺，独自一人睡在那里。

“阿卜杜勒·阿齐兹，我要走了，去亲戚那里，这家已经不再是我的家了。”

泪水洗涮了她那张满是皱纹、憔悴凋谢的苍老面庞，她也早已经不再用香皂洗脸了，阿卜杜勒·阿齐兹暗暗地苦笑着，他的姐姐用微弱的声音插话说：

“你去个两天，休息一阵子，就回来吧。”

阿卜杜勒·阿齐兹明白，她这一去就不会再回来了。她的双眼像一对陌生的鸟儿，渴望着远行。他和姐姐走出了屋子，与她道别。当她紧紧地把自己拥在怀里，阿齐兹的心里清楚地知道，这就是永别了，此后两人再不会相见，她最终死在了亲戚家。

奇怪又陌生的一天，阿卜杜勒·阿齐兹坐在地上，体味着夜晚的纯净。星星悄无声息地闪烁着光芒，微弱的北风轻轻拂过，一捆捆柴火堆在地上，一棵棵柳树露出了树尖，古老的梧桐也依稀可见，孤独的老房子，储存牛奶和食物的器皿，收藏种子的瓶瓶罐罐，矮小、粗糙又丑陋的清真寺宣礼塔，老远处村子的墓地里奶奶的拱北，奇怪又陌生的一天，母牛也死了。此刻，家里的牲口圈里就只剩下那头棕色的母驴，此刻的她一定在黑暗中低垂着头，在悲伤中叹着气吧。

他伸展伸展双腿，在椅子上歇着。之前，他已经为哈吉·凯里姆铺好了床铺，为他盖好了被子；父亲的呼吸声有序而响亮。他们守在他的身边，一片沉寂。

阿卜杜勒·阿齐兹的母亲缩成一团，睡得深沉。但凡手上没有活干的时候，她就去睡觉；你永远不会看到她一脸愁容或若有所思，也不会看到她和别人闲聊或是倾听他们的谈话，要不是为了避免尴尬，她早就扔下所有人，回屋睡觉去了。

拉茜黛和其他姐妹一起默不作声地坐着，可她们都异常的清醒，像极了黑暗中那些立在树上、藏着头的猫头鹰，阿卜杜勒·阿齐兹该何去何从？有一件事是他该做的，然而他当真要辍学，然后找一个工作，把他们所有人都接到城里去？他真的有能力在一片新的土地上购置一处房产？或者是他自己回去，按时给他们寄来钱和主意？

假如和拉茜黛、哈吉·莎乌卡坐在一起，阿卜杜勒·阿齐兹也许是他们中间最开心的那个。他苦苦地微笑着，看着迎面走来的人影——哈吉·莎乌卡。

“孩子们，晚上好。”

他们纷纷走上前来，低声与她问好。阿卜杜勒·阿齐兹的妈妈全面戒备，好像时刻做好准备要与她大吵一架似的。哈吉·莎乌卡默默地坐在了席子上，望向合被而睡的哈吉·凯里姆，真怀念过去那些美好的日子和友善的言语，那些满怀思念、喜气洋洋的眼神和面容，那些时日已不复存在了。

“这世道就是这样了。”

……现在的哈吉·莎乌卡，迷上了涂抹香料，她爱上了各种不同的植物和奇形怪状的草药，以及那些小小的有“魔力”的物件。然而，她的头痛、她错误的婚姻、她内心的苦闷却都没有治愈的迹象。她在自己的头巾上系了一块金色的三角布，在辫子的一端系上了一条缎带，在两鬓各贴了几片特殊的植物叶子，一些只有她自己才会涂抹的东西，许许多多的配方和复杂的护身符咒，垂在两鬓、贴着押花的白纸片，她永远不想老去。哈吉·莎乌卡向阿卜杜勒·阿齐兹的妈妈递过一样东西。

“拿着这个，阿齐兹她妈，把它用热水煮一煮，然后涂在他疼痛的地方。”

“知道了，妹妹。”

她接过一个小袋子，满是不屑和愤恨地放在了自己身旁。哈吉·莎乌卡站了起来，他们也无意留她。

“祝你们健康。”

那个小袋子被扔在了席子上，这些东西兴许在旧日里还能派上些用场，阿卜杜勒·阿齐兹暗自笑着。

那个晚上，伊拉克的聋人也来了，哈吉·凯里姆又感觉到了酷热的难耐。

“哈吉大叔，你这是怎么了？”

哈吉·凯里姆指向他疼痛的头，伊拉克人叫嚷道：

“哈吉大叔，你的头受伤啦！”

他要来一把木头钥匙，一块手帕，一些熏香，一根蜡烛和一些油。他跳着，进行着某种仪式，用他不灵活的舌头碎碎地念着，在座的人都笑了起来。最后，他点燃了熏香，把热油涂在了蜡烛上，在手帕上打了个结，把它缠在了哈吉·凯里姆的头上；接着，他把那把木头钥匙塞进了手帕，开始转动，手帕开始在哈吉·凯里姆的头上收缩，直到哈吉疼痛难忍，叫出了声，于是，伊拉克人带着胜利的喜悦高声喊叫，随即松开了哈吉的脑袋。众人几乎要笑死过去。

时至今日，一切都是徒劳的了。按说，原本应该购买昂贵的药物，保证哈吉的营养，坚持去看医生，可是家里已经一穷二白，一切都是徒劳的了。莎乌卡的方子，伊拉克聋人的治疗，乃至伊拉克人自己的生活都已成了众人的笑柄，他匆匆忙忙地出去工作，又匆匆忙忙地回来，不看宅子一眼；宅子里的椅子上满是尘土，已经没有人坐在上面了。

奇怪又陌生的一天。他抬头望着高悬的星星，大熊星座包围着那颗唯一向北方攀升的星星，它闪闪发亮，像极了父亲的眼睛。沉静的夜晚之后黎明来临，又会是新的一天，连同它无尽的苦难和数不清的问题。

远处的楼梯上传来拖鞋的踢踏声——赛米拉高挑丰满的身体映入了阿卜杜勒·阿齐兹的眼帘。小儿子坐在她的肩上，阿齐兹目不转睛地盯着眼前的母子，恍如隔世，脑海里一片空白……

“晚上好。”

他在犹豫中低声地回应：

“晚上好，我的姐姐，你好吗？”

这时的她方才认出阿卜杜勒·阿齐兹，大声地说：

“阿卜杜勒·阿齐兹！”

她快步向阿齐兹走去，跪在了他的面前，双手放在他的膝盖上。

“阿卜杜勒·阿齐兹，我很想你！天啊，我一直盼着能见到你……”

她诉说着，笑着。在四下的寂静中，她的声音是那么清澈，宛如黑暗的汪洋中一颗耀眼的星星，那么灿烂迷人。某种东西坠落在了阿卜杜勒·阿齐兹的灵魂中，开始在他的全身漫延、

流淌。一滴阔别已久的纯洁的眼泪，仿佛浸润了他的全身，他颤抖着。他轻轻地握住了赛米拉那双正在自己的双膝上休憩的手，

“你好吗，赛米拉，你都好吗？”

在一张张沉默不语的脸庞中间，她继续展现着独有的轻率。然而，她忽然间左右看了看，回过神来，察觉到了什么，此时的她只得在怯懦中吼叫，如墓地般沉寂。赛米拉在羞愧中欲言又止，回头去寻找早已不见了的拖鞋，然后穿上拖鞋，走了出去。阿卜杜勒·阿齐兹望着她离去的背影，感到占据了自己灵魂的欢愉正随着她的远离而逐步褪去，于是他执拗地朝她喊道：

“赛米拉，为什么这么着急？”

“没什么，对不起……”

他从座位上起了身，对身边那些面露愁容、沉默不语的人们全然不顾。他所有的注意力都在她身上，只在她身上。

“等等我，我去送你！”

房屋的影子映在漆黑的大街上，墙壁上黯绿色的月光分外耀眼，屋顶被浸湿的薪柴正滴落着水滴。这夜晚如此甜美，阿卜杜勒·阿齐兹的灵魂正渴望着启程。

“赛米拉，你都好吗？”

“我很好，你呢？”

她的个头是那么高挑，以至于她的双肩几乎要和自己持平，曾经，一大早天还没亮，他们便走在这条道路上，好赶上去上学的火车。现如今，人已经长大了，她的心却依然如是，她的微笑，她整齐闪亮的牙齿，她的率真，她纯洁的灵魂，她有增无减的温柔和美丽正在化解阿齐兹心中的那些沉重和苦痛。

“你有多想我，我就有多想你。”

他的心里满是愉悦和欢喜。

“前天我好像看到你在街上慌忙地走路，当时我还问自己，这到底是怎么了。”

她由衷地笑出了声。

“没错，你看到的那个确实是我，太不好意思了，只是当时我光着脚，也没有戴头巾。”

他也由衷地笑出了声。

“那我看到的就是你了，可是你那是在做什么？”

“我当时是在追那只羊，它总是狡猾地到处乱跑，根本停不下来。”

说着，她的眼睛笑开了花。

“它总是跑去吃别人家的东西，那些人又只能来找我算账。”

说罢，她沉寂了片刻，脸上又出现了孩子一样的认真神情……

“说真的，阿卜杜勒·阿齐兹，我很累，山羊，绵羊，老牛，牛犊……我整天都在伺候它们。”

突然，她哈哈大笑起来，阿卜杜勒·阿齐兹也跟着她一起笑着，却并不知道究竟在笑什么。

“不许告诉别人前天发生的事儿：我走进一个牛圈，看到一头母牛趴在地上一动不动，闭着眼睛，我对自己说，这牛死了，是我走运，然后我就大声喊叫了起来。人们都信了我的话，那头牛却又叫了一声，站了起来，我的天老爷，那牛原来是在睡觉，人们都赶了过来，我怎么跟他们解释呢？我只好自己在那里哈哈大笑，差点笑背过气去，知道了真相的人们都拍响了手掌，说这姑娘一定是疯了，不然也不会这样……”

阿卜杜勒·阿齐兹也差点笑背过气去，他已经许久没有这样笑过了。真想拥抱她一下，连同她的笑声一起揽在怀里，揽入心里……

“赛米拉，你告诉我，你还记得以前我们一起上学的那时候吗？”

“先知啊，兄弟，你别提了，我的头都要炸了。我把儿子叫过来，跟他说：孩子，你把书本拿过来，有不懂的地方妈妈可以给你解释。他却对我说：妈妈你别说了，你那时候学的东西现在早就过时了。”

“孩子长大了，赛米拉，就随他自己去吧。”

“我就是这么做的。”

“你给孩子戴着条铁链子，是为了辟邪保命？赛米拉，你难道真的相信这些迷信？”

“兄弟，人们都是这么说的，我只是担心他们而已。阿卜杜勒·阿齐兹，只要你和他们坐下来聊聊天，你就会发现他们都是懂事的好孩子。”

阿卜杜勒·阿齐兹把赛米拉送到了地方，又折返而回。他走在大街上，影子越发黑暗，月光却更加皎洁明亮。他轻盈的脚步声在一颗沉默的心上清晰可辨，他端详着月亮的容貌，把眼睛种在了心里，好像随时都想放声歌唱，他不想回家，不想把自己的快乐和欢愉埋葬在那间满是苦难的房子里。漆黑的巷子，漫长的道路，他走着，看不见脚下的路，却依然走着。直至发觉来到了巷子的尽头，他走向一边，门前的阶梯异常低矮，他小心翼翼地走了下去，手扶着头顶的门框，来到了屋子的中间。

那里漆黑一片，什么也看不到，他在黑暗中走着，一扇看上去比较新的门，透出了些许耀眼的白光，他走进了咖啡馆。在一片沉寂的村子底下，还埋藏着一些喧嚣、吵闹的生命，强壮而有力。他没有退却，在两个男人中间找到了自己的位置，直面这噪声和喧哗。收音机近在咫尺，女歌手的歌声仿佛与所有人的喧哗声和吵闹声并行不悖，谱成了一首曲子。墙边的椅子上坐满了人，铺满了席子和麻袋的地面也难有落脚之地。

盘子旁边的人们玩着纸牌，喝着茶，吸着烟。一盏盏煤油灯，一个个发出鸣叫声的瓦斯灶，令人窒息的炙热空气。服务生站在案台前，为客人倒着茶水、点着烟；每端上一个杯子，都伴随着丑陋粗鄙、赤裸裸的谩骂。

他瘦骨嶙峋，衣衫褴褛，眼神憔悴，但那张苍白的面容上依然涌动着生命力。他的牙齿已成了黑色，他的笑容是那么无耻却有力。阿卜杜勒·阿齐兹一言不发地接过一杯茶，滚烫、多糖，一口喝了下去；他紧紧地闭上嘴唇，那是一种天然的味道，苦涩被溶解在了糖里，像喜悦一般流遍了他的全身。他的孤独也被融化在了这无处不在的喧嚣中。叔叔正在一张小圆桌上玩着纸牌，一边谩骂、一边威胁着身边的玩伴。所有人都在说话，似乎这世上的任何一件事情都不能被放过；他们是那么苦闷，那么激动，那么怨恨，那么恼怒……

“孩子，换个台吧，我们要听听新闻，快让那唱歌的女人闭嘴吧。”

服务生随即把手伸向了收音机，转动着按钮，却也没有忘记回他一声：

“新闻……这么政治，跟你爸爸一样，去他的吧。”

“你这蠢货，我们要去思考，要去理解……不然我们这一辈子和驴有什么分别。”

播音员的声音庄严肃穆，周围的吵闹和嘈杂却未见收敛，好像根本没有人在听。然而，过一会儿你就会听到，各式各样的评论在这里和那里响起，直指刚才广播里的内容，你会知道他们其实一直都在关注着。

“……阁下抵达了……”

“这些个蠢货，来干什么？”

“我要是在那儿，一定朝他吐口吐沫！”

阿卜杜勒·阿齐兹发觉，自己也加入了他们，他说着话，起初的平静到后来变成了激动，他开始叫喊……

广播员继续说着，他也在愤愤不平。喧闹依旧，所有人都在你一言我一语，一个人评论着另一个人的言论，那个人回头再来反驳……言谈、争吵、笑声、谩骂，相映成趣。

他彻底融入了他们。他的心里有同他们一样的苦闷、一样的愤怒、一样的疼痛。汗水浸湿了额头，他却仍在喋喋不休；一只拿着烟杆的手向他递了过来，他接过烟杆深深地吸了一口，一种浓稠、丰富、强劲的感觉冲上了他的头脑；他头晕目眩，咳嗽着，却没有停止讲话，他一次又一次地回到烟杆旁边，那种味道十分诱人，好像一口就吸了一百支烟，蓝色的烟雾从他的口中徐徐喷出，那么浓烈；近乎叫喊的言语在他的口中如枪林弹雨，那么尖锐，那么犀利。